21

世纪文学之星

丛书 2016年卷

短篇小说集

翠 衣

张忠诚／著

作家出版社

作者简介：

张忠诚，男，1982 年
生，辽宁葫芦岛市人。2002
年毕业于葫芦岛师范学校，
后多次在辽宁文学院作家班
进修。做过十三年中学语文
教师，现供职于机关。葫芦
岛市连山区作协副主席，辽
宁省儿童文学学会理事，辽
宁省作家协会会员。

2008 年起开始文学创
作，至今已在各级文学杂志
发表小说作品四十余万字。

目 录

总 序

袁 鹰

中国现代文学发轫于本世纪初叶，同我们多灾多难的民族共命运，在内忧外患，雷电风霜，刀兵血火中写下完全不同于过去的崭新篇章。现代文学继承了具有五千年文明的民族悠长丰厚的文学遗产，顺乎 20 世纪的历史潮流和时代需要，以全新的生命，全新的内涵和全新的文体（无论是小说、散文、诗歌、剧本以至评论）建立起全新的文学。将近一百年来，经由几代作家挥洒心血，胼手胝足，前赴后继，披荆斩棘，以艰难的实践辛勤浇灌、耕耘、开拓、奉献，文学的万里苍穹中繁星熠熠，云蒸霞蔚，名家辈出，佳作如潮，构成前所未有的世纪辉煌，并且跻身于世界文学之林。80 年代以来，以改革开放为主要标志的历史新时期，推动文学又一次春潮汹涌，骏马奔腾。一大批中青年作家以自己色彩斑斓的新作，为 20 世纪的中国文学画廊最后增添了浓笔重彩的画卷。当此即将告别本世纪跨入新世纪之时，回首百年，不免五味杂陈，万感交集，却也从内心涌起一阵阵欣喜和自豪。我们的文学事业在历经风雨坎坷之后，终于进入呈露无限生机、无穷希望的天地，尽管它的前途未必全是铺满鲜花的康庄大道。

绿茵茵的新苗破土而出，带着满身朝露的新人崭露头角，自然是我们希冀而且高兴的景象。然而，我们也看到，由于种种未曾预料而且主要并非来自作者本身的因由，还有为数不少的年轻作者不一定都有顺利地脱颖而出的机缘。其中一个重要的原因，乃是为出书艰难所阻滞。出版渠道不顺，文化市场不善，使他们失去许多机遇。尽管他们发表过引人注目的作品，有的还获了奖，显示了自己的文学才能和创作潜力，却仍然无缘出第一本书。也许这是市场经济发展和体制转换期中不可避免的暂时缺陷，却也不能不对文学事业的健康发展产生一定程度的消极影响，因而也不能不使许多关怀文学的有志之士为之扼腕叹息，焦虑不安。固然，出第一本书时间的迟早，对一位青年作家的成长不会也不应该成为关键的或决定性的一步，大器晚成的现象也屡见不鲜，但是我们为什么不在力所能及的范围内尽力及早地跨过这一步呢？

于是，遂有这套"21 世纪文学之星丛书"的设想和举措。

中华文学基金会有志于发展文学事业、为青年作者服务，已有多时。如今幸有热心人士赞助，得以圆了这个梦。瞻望 21 世纪，漫漫长途，上下求索，路还得一步一步地走。"21 世纪文学之星丛书"，也许可以看作是文学上的"希望工程"。但它与教育方面的"希望工程"有所不同，它不是扶贫济困，也并非照顾"老少边穷"地区，而是着眼于为取得优异成绩的青年文学作者搭桥铺路，有助于他们顺利前行，在未来的岁月中写出更多的好作品，我们想起本世纪20年代和30年代期间，鲁迅先生先后编印《未名丛刊》和"奴隶丛书"，扶携一些青年小说家和翻译家登上文坛；巴金先生主持的《文学丛刊》，更是不间断地连续出了一百余本，其中相当一部分是当时青年作家的处女作，而他们在其后数十年中都成为文学大军中的中坚人物；茅盾、叶圣陶等先生，都曾为青年作者的出现和成长花费心血，不遗余力。前辈们关怀培育文坛新人为促进现代文学的繁荣所作出的业绩，是永远不能抹煞的。当年得到过他们雨露恩泽的后辈作家，直到鬓发苍苍，还深深铭记着难忘的隆情厚谊。六十年后，我们今天依然以他们为光辉的楷模，努力遵循他们的脚印往前走去。

开始为丛书定名的时候，我们再三斟酌过。我们明确地认识到这项文学事业的"希望工程"是属于未来世纪的。它也许还显稚嫩，却是前程无限。但是不是称之为"文学之星"，且是"21世纪文学之星"？不免有些踌躇。近些年来，明星太多太滥，影星、歌星、舞星、球星、棋星……无一不可称星。星光闪烁，五彩缤纷，变幻莫测，目不暇接。星空中自然不乏真星，任凭风翻云卷，光芒依旧；但也有为时不久，便黯然失色，一闪即逝，或许原本就不是星，硬是被捧起来、炒出来的。在人们心目中，明星渐渐跌价，以至成为嘲讽调侃的对象。我们这项严肃认真的事业是否还要挤进繁杂的星空去占一席之地？或者，这一批青年作家，他们真能成为名副其实的星吗？

当我们陆续读完一大批由各地作协及其他方面推荐的新人作品，反复阅读、酝酿、评议、争论，最后从中慎重遴选出丛书入选作品之后，忐忑的心终于为欣喜慰藉之情所取代，油然浮起轻快愉悦之感。"他们真能成为名副其实的星吗？"能的！我们可以肯定地、并不夸张地回答：这些作者，尽管有的目前还处在走向成熟的阶段，但他们完全可以接受文学之星的称号而无愧色。他们有的来自市井，有的来自乡村，有的来自边陲山野，有的来自城市底层。他们的笔下，荡漾着多姿多彩、云谲波诡的现实浪潮，涌动着新时期芸芸众生的喜怒哀伤，也流淌着作者自己的心灵悸动、幻梦、烦恼和憧憬。他们都不曾出过书，但是他们的生活底蕴、文学才华和写作功力，可以媲美当年"奴隶丛书"的年轻小说家和《文学丛刊》的不少青年作者，更未必在当今某些已经出书成名甚至出了不止一本两本的作者以下。

是的，他们是文学之星。这一批青年作家，同当代不少杰出的青年作家一样，都可能成为 21 世纪文学的启明星，升起在世纪之初。启明星，也就是金星，黎明之前在东方天空出现时，人们称它为启明星，黄昏时候在西方天空出现时，人们称它为长庚星。两者都是好名字。世人对遥远的天体赋予美好的传说，寄托绮思遐想，但对现实中的星，却是完全可以预期洞见的。本丛书将一年一套地出下去，十年二十年三十年五十年之后，一批又一批、一代又一代作家如长江潮涌，奔流不息。其中出现赶上并且超过前人的文学巨星，不也是必然的吗？

岁月悠悠，银河灿灿。仰望星空，心绪难平！

1994 年初秋

序

沉重的话题

吴秉杰

　　每次"21世纪文学之星丛书"终审会开会的时候，崔道怡先生总要说一番话，列举这么多年来（二十年不到或二十年出头），我们推出了多少人才，出版了多少青年作家的第一本书；当初的新人，现在已是著名作家了。其中有作协主席，创研部主任，各省的现任作协领导，多少在全国文学评奖中折桂的名家。彰显成绩，鼓舞士气，显示我们这一工作于文学、于社会发展的重要性。不过，在受鼓舞的同时，也有些丧气，现在似乎是人才凋零，一代不如一代了。文学高歌猛进的年代似已过去，或者文学的发展有高潮，也有低潮。于是，又有领导一次次地说，我们不能降低标准，"21世纪文学之星丛书"不是"扶贫"（虽然上世纪创办之初也有针对新人出书难的因素），宗旨和要求，还是推出文学之星。

但星星或月亮是容易被推出的吗？

我们能做的或许只是发现与观察。

时代是不一样了，世风日下，功利日炽，物欲攀升，精神滑坡，可我觉得文学还是有着一些不变的和值得我们骄傲的地方。

譬如，文学始终是贴近社会变迁，贴近生活和贴近自己真实的内心的。我听了几十年的歌曲，总是欢歌，喜歌，颂歌；无论十七年、前三十年（包括文革），还是改革开放至今约六七十年，都是"莺歌燕舞"，从无变化。忽然开放了，通俗了，便又流行歌曲一色地唱爱情。在这个爱情被功利绑架的时代，真应了那句老话，没有什么，就吆喝什么。可能是某一年的春节（春晚），主题变成了歌颂父母亲情，弘扬传统孝道，唱歌的人发现了自己原来是多么的没有良心，歌声中这才有了些悲伤和沉重。而文学创作在我们所经历的不同历史时期，则总会出现自己不同的声音：沉重的声音。

文学在中国的政治环境、文化语境中是引起争议、批判或对立的情感最多的一种艺术门类。可能与语言文学既是大众的，又是小众的有关。而电影、电视剧若引起争议，也不是因为其表演的成分，而多半是缘于其中所孕育的文学精神，对于生活的认知，以及我们最看重的，选择并拿来和对象交流的精神价值。这，又是文学的"分量"所在。

当今时代大致可以定位为是一个喜剧时代（美学意义上所说的"悲剧"和"喜剧"）。夸张、搞笑成为其特征。最发达的是段子，最流行的是谣言，最庄重的是假话，都是些亟待戳穿的喜剧要素。另一方面在大众艺术上的表现，则是严肃退位，崇高不再，痛苦视而不见。看看现在的电视剧，小品演员、喜剧演员已占据了主流荧屏，包括张忠诚家乡的演出剧团，都是无尽的闹腾，无限长的喜剧。这自然也影响到了文学，文学中的戏仿、调侃、谐谑、穿越，一时成风。但即便如此，在流行的夸诞、调侃中，对文学而言，解构仍是最后的选择，仍然包含着时代的一种沉重的疑问。

这一切作为"背景"表现在张忠诚的作品中，是另一番面貌了。很值得关注。"沉重"在张忠诚的创作中已经构成了一种生活常态，事物的本来面貌和底色，当然也是他创作的基调。看一下他这部集子中的篇目：《翠衣》《盲》《晒狗皮》《铁扳手》《送瘟神》《杀人的口水》《蒲草结》《绑票》《矿山背尸工》《一盏麻油灯》等，就不难感受到这一点。辽宁省作家协会关于他小说的推荐意见写道：张忠诚的小说"文字厚重，笔触社会良知，直指人类生存与道德底线"，迥异于"当下'80后'的那种普遍气质，是一个具有典型文学气质的创作潜质很大的青年作家"，已很好地指出了张忠诚创作的优长所在。张陵先生在初审意见中也这样评价，认为他的作品"非常接地气。他的小说，多为农村题材，重点写普通农民，特别是弱势群体在生活中的命运和不幸的人生"。"作者善于描写场景、塑造人物、讲述故事，有相当成熟的小说写作基础，……他在表现民俗风情方面显示出自己的优势，但在处理当代社会……生活内容方面，还比较生疏。"我也同意这样的看法。

为什么写过去生活，多半是自己观察到的，而非直接接触、体验到的生活便写得好，而当下的一些变化了的生活内容则比较弱呢？是不是张忠诚也要刻意回避一些东西，和时代潮流保持距离？我觉得张忠诚的写作有他自己的想法，他用平实无华的叙事，指向那些不如意的底层生活状态，是要揭露背后的一个隐藏的世界。譬如《翠衣》，写家族生活，它未必是写得最好的，可能仅是一个改装版的"妻妾成群"，但它表现出了没有向上的文化支持的家族制的必然灭亡。"翠衣"只是外衣，我可能有些过度解读，但也是人名和作品内涵带给人的联想。《盲》设置了悬念，且保持始终，结果大出人意料，表明我们只能看到那些属于表相的社会生活，而背后隐藏的尖锐矛盾，则是属于我们普遍"盲"的范畴。《晒狗皮》是一篇生动地表现了农村家族势力斗争的小说，却也有着象征的意味。《圆房》反映落后的风俗民情，也结合了人物命运。张忠诚不是那种才气纵横的作家，但他的短、中篇小说中，仍有着含蓄的一面。他没有飞扬跳脱的文字，可平实的故事后面，仍含有沉重的话题。

　　或许，对于一个青年作家来说，不需要提出过高的要求。尤其是当他已经表现了严肃的社会责任感的时候。不过，想到开头崔道怡老师对于星光闪烁的期待；想到出第一本短篇集子的不容易，作者总要以此为起点，有更高的追求；想到文学总要领先于其他艺术门类，提供新的、更多的精神主题；对于张忠诚相对比较单一的沉重基调，还是有话可说。一般而言，从已有的，相对已固定的文化元素中加以开掘，比较容易；从传统的，但又流动、变化的文化元素中发掘，则比较难。传统现实主义也需要在发展中不断提供新的现实，提供不同于过去的新的精神特征，探渊而索源，振叶以寻根。这与"沉重"无关，与独特的发现有关。"沉重"本是作家或评论家加上去的词。从物理学的意义上，是多重就多重，无所谓轻与重，一千斤比一万斤轻，如山般沉重，山却并没有沉重的感觉。因此，在揭示生活的沉重的本相时，提供独特的感受和新的感情，或许才是"沉重"在文学的本义。

　　张忠诚有着区别于一般"80后"作家的"潜质"。他的创作自然还要发展，在一个利益追逐、个人至上的时代，文学家最重要或最后要守住的底线，是照看好自己的灵魂。若是文如其名，忠诚于自己的内心，我相信有"潜质"的张忠诚以后创作之路将会更加宽广。

　　是为序。

圆　房

　　河床白骨一样，龇牙咧嘴地横卧在村落中央。

　　河床南岸住着一户老石匠，打磨了一辈子石头，没娶过一房女人以续香火，一个人寂寞地过。只到了晚年，老石匠在石场拾到一个女婴，抱回家喂养。老石匠祈求小女孩多福多寿，给取了名字叫小多子。老石匠临死前，给多子找了婆家，那年多子七岁。小丈夫是红婶家的独苗小寡子，就住在河床的北岸。对这门亲事，老石匠本不乐意。小寡子是个智障儿，一天到晚在红婶奶头上拱来拱去，淌一口明晃晃的涎水。不乐意归不乐意，老石匠还是在咽气前将小多子嫁了过去。老石匠想过了，嫁汉嫁汉，穿衣吃饭。红婶心善，过了门，吃穿亏不了多子。

　　事情定下了，红婶就张罗着要迎多子过门。多子七岁，寡子才三岁。多子和寡子的嫁娶不同于成年人的嫁娶。小多子嫁过到红婶家先过平常日子，等到小寡子十二岁了才能正式圆房，成为夫妻。迎亲那天，红婶请了一班吹鼓手，吹吹打打。小寡子由本家嫂子抱在怀里走在队伍前面。小寡子在嫂子怀里一副不知香臭的样子，嘴巴张着，啊哈啊哈地叫，鼻涕挂下来了，抬起手一把抹进嘴里。嫂子赶紧替小寡子擦抹干净了，并低低地训斥小寡子，腌臜，鼻涕腌臜，不能吃，记着鼻涕腌臜。小寡子啊哈啊哈地答应着嫂子，鼻涕又挂下来，伸手又要去抹，嫂子抬袖子替小寡子抹干净了。

事先红婶给小多子做了一套红衣裳，叫人给送过来了。小多子穿在身上，白里透红，像一朵早春的杏花，粉粉白白地开在枝头。小多子红衣红袄，有板有眼地走到小寡子的叔伯嫂子跟前，扬起红扑扑的小脸说，嫂子，寡子给我抱吧。嫂子看着小多子，脚步走得有板有眼，话说得有板有眼，心里先替婶子欢喜了小多子。嫂子笑，多子，寡子今儿个就由嫂子抱，过了今儿个都归你抱。小多子没听嫂子的，伸出手去了，嫂子就将小寡子给了小多子。多子将寡子抱在怀里，有模有样，都不像七岁的小闺女了，真真就是十七岁的小母亲了。

迎了小多子，一队人在干燥的河床中间穿过，响器呜呜哇哇吹得高亢嘹亮，从南岸回到北岸，踢踏起一路尘烟。红婶摆了几桌酒席，院子上空飘满了喜庆的颗粒。红衣红裤的多子抱着小丈夫，大模大样地走进了婆家。客人们吸溜着烫嘴的汤菜，都夸寡子的小媳妇。

客人们散掉后，院子里凌乱不堪。桌子不像桌子，板凳不像板凳，碗盏家什沾着汤油堆在潲桶里。小寡子缠磨他娘，哭哭咧咧地要红婶喂奶。红婶拗不过儿子，躲到屋里屁股压着炕沿，撩起袄衫给寡子喂奶。寡子咬着奶头也不好好吃，嘴巴一张一合，咬来咬去，都冒了血水了，疼得红婶嘴巴一咧一咧，拍打寡子屁股骂小该死的。红婶丈夫死掉了，就留下这么一棵独苗，红婶嘴上骂，手上拍打，心里却是疼着呢。院里，小多子脱掉了新嫁衣，里面是攥着补丁绽了线的棉袄。多子将袄袖挽到胳膊肘上，露出白白的胳膊。多子在水缸里舀来清水，倒在潲桶里洗碗盏家什。小北风丝丝拉拉地挠抓人，多子的胳膊在冷风冷水里冻得红红的。多子稀里哗啦地洗了一大盆碗盏，将脏水一桶一桶倒进阴沟里。

　　红婶哄睡了小寡子，到院里帮多子洗涮。多子将洗净的碗盏家什整齐地码放在桌子上。多子不歇，手里提着扫把，一点一点地打扫起了院子。红婶跟多子说，多子，你去看着寡子，我来扫。多子没有将扫把给红婶，说，娘，爷爷说了，过了门就是你家媳妇，屋里屋外的活计不能等婆婆说，要抢着干。红婶听多子给自己叫娘，脸上怪不好意思的。红婶年岁并不大，才二十四，也是如花似玉的年龄。红婶说，多子，没圆房呢，不用叫娘，还是随便些好，叫婶。多子说，爷爷说过了门就是一家人，早晚都得改口叫娘，早叫显得亲近些，一家人不生分。这哪像一个七岁的小丫头说的话，十七岁的小媳妇也说不出这样中听的话来。红婶看着七岁的多子，眼神里像个亲娘，暖洋洋的。红婶回到屋里扯一张红纸，包了一个红包，塞给多子。多子不要红婶的钱。红婶推给多子，说，本来这份钱该圆房那天给，这是改口钱，婆婆给儿媳妇的，今儿个你叫了娘，改口钱就今儿个给了。多子还是不肯收，红婶就将钱塞到多子的裤袋里。多子给红婶塞回去，嘴上说，娘先替我保管着，用了找娘来拿。

　　红婶和多子拾掇着院子。多子一口一个娘，叫得红婶心里痒痒的。院里院外，屋里屋外，重又整齐如新了，天也落黑了。多子说，娘，我回家了，该给爷爷煮饭了。红婶给多子包了一包菜饭拿着。多子爷爷和红婶有约定，红婶先将多子迎过门，等多子爷爷走了，入土了，多子才能住进红婶家。多子将菜饭焐在棉袄里，顶着夜色，一双小脚啪啪地踩着冻土路，跑过面目狰狞的河床，跑回到爷爷身边去了。

多子过门二十五天后爷爷死了，坟就埋在了老院子里。

哭过了爷爷，多子顶着孝住进了红婶家。红婶待多子像亲闺女，吃喝穿戴，样样不亏着多子。多子负责带小寡子。小寡子除了吃奶，并不贪恋红婶，跟在小媳妇屁股后面，走东家串西家。没圆房呢，寡子得给小多子叫姐姐。一身腥膻奶气的小寡子，整天姐姐长姐姐短，高一声，低一声，叫起来没完没了。多子呢，亲亲热热地答应着，不像小媳妇，就像亲姐姐。没事，多子也教寡子唱歌。唱啥歌呢，多子先教寡子唱爷爷教给她的《坐门墩儿》：

> 小小子儿，坐门墩儿，
> 哭着喊着要媳妇儿。
> 要媳妇儿干啥呀？
> 点灯说话儿，熄灯做伴儿，
> 明儿早晨起来梳小辫儿。

唱完了，小多子给寡子梳辫。红婶为了寡子好养活，后脑勺上留下一撮毛，每次剃头都不剃掉，得到了十二岁，过了童子年龄，和小多子圆房了才能剪掉。小多子坐在门槛上，小寡子坐在小多子腿上。多子在寡子脑瓜后面鼓捣起来。多子给寡子编了一个麻花小辫，拴了一截红头绳，头绳褪了色彩，发白。小寡子愣头愣脑地问小多子，为啥给他梳小辫。多子说，寡子，我不是你姐姐，我是你小媳妇儿，等你大了要和你圆房的。啥叫圆房？寡子问。这个问题，多子也糊涂，是啊，啥叫圆房呢。多子倒是听人有一句没一句地说过，圆房就是睡一个房子里。多子想，她每天都抱着寡子睡觉，岂不是天天在圆房？多子弄不明白大人们的事。可多子知道寡子是自己的小丈夫，自己是寡子的小媳妇。多子回应寡子说，圆房就是圆房，好玩着呢。
寡子听说圆房是一个好玩的事，就晃着多子大腿要和多子圆房。
寡子脑后的小辫和头绳一晃一摇的。多子说，得等你到了十二
岁，姐才能和你圆房呢。小寡子并不饶小多子，就说，十二岁
就十二岁，我现在就十二岁了。小多子撅着嘴，很生气的模样。
多子说，寡子，你还得七八年才十二岁呢，小屁孩，还吃着鼻
涕，就要媳妇，羞不羞？接下来，多子就给小寡子胡乱唱现编
的歌，哄小寡子笑：

　　　　小屁孩，羞不羞，
　　　　拿块牛屎当土豆，
　　　　咬一口，臭臭的，
　　　　扬手丢给小花狗，
　　　　小花狗，摆摆手，
　　　　一口咬在嘴里头。

　　小多子的歌现编现唱，没什么实质性内容，信口一唱，往
往逗得小寡子滚出鼻涕来。这时，小多子就会拿衣袖给小寡子
将鼻涕刮干净。小寡子和小多子好得很，也听小多子话。在红
婶面前，小寡子多半哭哭闹闹，哄也哄不好。小多子走过去，
将小寡子领到门槛前，多子坐在门槛上，寡子坐在多子腿上，
给小寡子梳小辫唱歌，寡子就破涕为笑了。村人们在红婶面前
说，养儿养儿，养大出飞儿，看来亲娘也不如小媳妇儿。红婶
嘻嘻哈哈笑，心里很熨帖，欢喜小多子。
　　红婶从地头回家来了。小多子就到大门口抱来了柴火，蹲
到灶膛前去烧火煮饭。雨季返潮，灶膛不好生火。小多子脸贴
着灶口，憋得通红，往灶膛里吹气。小寡子蹲在小多子后面，
呜呜哇哇帮着多子用力。火苗忽然从灶口喷出来，燎了小多子

额前那绺头发。多子双眼流泪，吭吭咳嗽。红婶要小多子去洗
脸，自己蹲在灶前烧火。小寡子搬过板凳，要小多子坐到院子
里去。小多子眼睛还在流泪，小寡子就凑到多子脸上去，噗噗
地给多子吹眼睛。

　　寡子十岁了，还是鼻涕一把，涎水一把，没个成色。而多
子十四岁了，有了大姑娘样子。脸更好看了，白白嫩嫩的，如
塘里的一朵荷。多子早过了不谙世事的年纪，明白了丈夫和媳
妇的关系，懂得了圆房的意义。知晓了这其中的意义，多子惆
怅了。眉头常常会锁着，笑容几乎看不见了，不再唱那些儿歌
童谣了，藏了一肚子心事。再有两年，寡子就十二岁了，到了
童子年龄就要圆房了。多子就要给寡子暖被窝，洗衣，洗袜，
做饭，夜里吹了灯，还要摸黑给寡子生孩子。

　　有那么一天，小寡子从外面回来，拉着多子要给多子唱歌。
多子说，寡子，你唱吧，姐姐看你能唱个啥？小寡子就给小多
子唱了另一版本的《坐门墩儿》：

　　　　小小子儿，坐门墩儿，
　　　　哭着喊着要媳妇儿。
　　　　要媳妇干啥呀？
　　　　点灯，说话，
　　　　吹灯，生娃娃。

　　小寡子唱着歌，扯着多子的衣角。多子听了小寡子的歌，
生气了。抬手打了小寡子，拧了寡子的嘴巴。多子训斥小寡子，
哪里听来的下流话，以后再敢唱这种没羞没臊的歌，姐把你嘴
拧歪了。多子下手重了。小寡子哇啦哇啦哭起来。寡子给多子
唱歌，红婶听见了。多子打了寡子，红婶站在锅台前也看在了

眼里。红婶欢喜小多子，拿多子当亲闺女养。可和寡子比起来，寡子毕竟是身上掉下的肉，感情上更近一层。红婶脸上有些不好看了。拉过寡子的手，给寡子吹气揉搓，哄小寡子不要哭。

　　红婶哄好了寡子，对多子说，多子，寡子不就唱个歌吗？寡子唱得也对，寡子迟早有一天要和你圆房的，可不就是点灯，说话，吹灯，生娃娃吗？小多子不说话了，接过小寡子的手，握在掌心里一下一下揉。红婶半开玩笑地说，好嘛，这才有个媳妇样子呢。多子没说话。多子过门七年了，一直搂寡子睡。寡子贪恋多子的被窝，不和娘睡，只和多子姐姐睡。吃了晚饭，要睡觉了。往炕上焐被子时，多子站在红婶身后，说，娘，我不想和寡子一起睡了，我要单睡。红婶听出了多子话里的意思，知道这孩子有心事了。

　　红婶说，迟早要圆房的。

　　多子说，还有两年才圆房呢，圆房再一起睡。

　　红婶说，多子，你是不是嫌弃了寡子。

　　多子说，娘，你想远了，你养了我七年了，我迟早要给寡子当媳妇。

　　红婶说，多子，娘知道寡子配不上你，等你和寡子圆房了，给寡子生下个娃娃，娘做主再给你找个好人家。

　　多子说，爷爷临死前告诉我，吃了谁家粮食，就是谁家媳妇。

　　夜一黑下来，多子就钻到被窝里去，被子捂得严严实实，焐出了一脑门子白毛汗，贴身小衫湿漉漉的。多子做了梦，梦见自己成了漂亮的新娘子，骑在白马上来迎亲的是穿戴一新的小树子。多子很幸福地迎上去，刚要投到小树子怀里去，一眨眼，小树子变成了挂着鼻涕的小寡子。小多子就惊醒了，在被窝里嗡嗡嘤嘤地哭到了天亮。

　　小树子是村里的一个男孩子，大小多子一岁。冬天黑得早，乡下孩子常玩一种藏猫猫的游戏。十几个孩子分成两伙人，一伙藏起来，另一伙找。乡下可以躲藏的地方多得是，猪圈，柴房，草垛，屋顶，有时也往坟茔地藏。乡下孩子野，胆子大，不怕钻坟茔地。小多子和小树子经常会分到一伙，两个人喜欢一起藏起来。小多子在小树子身上，闻到了不同于小寡子的气息，那是真正男孩子的气味儿。藏猫猫回家了，夜里搂着小寡子睡觉，那种气息老在鼻子前打转，酸酸甜甜的。

　　有一天，小多子和小树子藏到了干草垛里。草垛里空间狭小得很，多子和树子几乎贴在一起了。多子和树子心思都远了，不在藏猫猫上了。小树子很冒失地亲了小多子的脸。吓得小多子在草垛里将脸捂住了。树子才不管多子的手呢，撕开多子的手，亲在了多子嘴上。多子躲也不是，不躲也不是，就在草垛里和小树子亲着嘴。多子觉得身体叫小树子点着了一股火，再不跑就要将草垛烧着了。多子推开树子，冲出草垛跑回家了。那个晚上，多子的嘴唇老是滑腻腻的，老想用手去擦，有几次手掌都挨到嘴巴了，又缩回去了。多子舍不得去擦。在那种滑腻腻的感觉里，多子失眠了，泪水悄悄地流了几次。

　　多子喜欢小树子，可这是没有用的。自从进了红婶家大门，小多子就要做小寡子媳妇。再过两年，小寡子满了十二岁，红婶就要给多子和寡子圆房了。小多子告诫自己不要再去和小树子玩藏猫猫了。可到了晚上，小多子还是管不住自己，领着小寡子往村口跑。分伙玩游戏了，多子心跳得乱乱的，不想和小树子分到一伙去。结果还是分到了一伙。小树子拉起小多子就走，小多子管不住自己的腿，和小树子走了。还是藏到干草垛里去，照例让小树子亲了嘴儿。

　　后来，多子心里就装下了小树子，有了心事。夜里常做新娘出嫁的梦，先是小树子穿着新郎衣裳，骑着高头大马来接小多子过门，等到了眼前，小树子又变成了小寡子，小多子的

梦就醒了，一双眼睛直勾勾地盯着漆黑的屋顶，盯出两汪晶莹
的水光。小多子白天干活常常会走神，眼睛望着远方，没有任
何目标，空空荡荡的。末了，多子会在心里对自己说一句，要
是能当小树子媳妇就好了。想到这里，嘴巴里就有了小树子口
水的味道。

　　出事了。
　　小寡子十一岁半，再过半年就要圆房了，寡子却掉井里淹
死了。红婶哭得死去活来的，命都不想要了，脑袋往墙上撞，
额头都碰出血来了，一绺一绺淌了一脸。小多子看着让水泡得
肿胀发白的小寡子，有了一种说不清楚的疼痛。八年了，小多
子拿小寡子早当成一个小弟弟了。要埋小寡子了，红婶哭背过
气了两三回。小寡子没到十二岁，不能进老坟茔，不能用棺材
装殓，也不能立坟头。而红婶坚持要给寡子立一座小坟，多子
就给立了，在红婶家门前山坡上。小寡子的坟很显眼，红婶和
小多子一抬眼就能看见。
　　埋完了小寡子，炕上只有了小多子和红婶。没了小寡子，
寂寞了，屋子冷清清的。红婶还在流眼泪。小多子睡在红婶怀
里。这么多年了，小多子拿红婶当亲娘了。后半夜，红婶哭泣
声歇了一阵。小多子就想起了小树子。小寡子死掉了，小多子
就不用做寡子媳妇了。小多子可能要做小树子媳妇了。小多子
想到这些，心里本该兴奋才是。没有。忧郁得很，寡淡得很。
心里有了很深很重的负罪感。仿佛小寡子就是小多子推到井里
面淹死的。小多子又想起了小寡子。小多子一闭眼，眼前就是
小寡子在笑。
　　红婶魔怔了。家里的活计都落在了小多子的头上。红婶整
天翻箱倒柜，将小寡子的衣裤找出来，裁裁剪剪，给小寡子做
各种式样的小衣裳。又将墙上挂着的袼褙片子摘下来，掸去尘

灰。先是给小寡子剪鞋样子，再拿样子裁袼褙，一针一线纳起了鞋底，做起了小鞋子。红婶用去了家里所有的袼褙，给小寡子做了夏天的凉鞋。春秋的单鞋，还有冬天的棉鞋。柜子里所有小寡子的衣裤都裁剪掉了，花花绿绿，小衣裳做了一大堆。红婶还嫌小寡子不够穿，将自己的衣裤，小多子的衣裤都拿出来裁剪了。小多子没有制止红婶。红婶给小寡子裁剪衣裳，小多子有时还要给红婶打下手。红婶哭一阵，笑一阵，清醒一阵，糊涂一阵，恍恍惚惚，裁裁剪剪。后来，家里再也没有可以裁剪的衣裳了。红婶就拆掉了做好的衣裳，重新给小寡子裁剪。

　　要到小寡子生日了。要是不死，小寡子会和小多子圆房的。红婶忽然叫过小多子说，多子，寡子生日就要到了，娘要张罗着给你们圆房。小多子睁大了眼睛，娘，寡子死了呀。红婶笑了，这几天寡子老给我托梦，说，娘，你给我和多子姐圆房吧，我想她了。好几天了都这样，我想还是给你和寡子圆房吧，不然寡子闭不上眼睛，老回家缠磨我。多子，你和寡子圆房了，过了一百天，娘就不留你了，你想嫁人就嫁人吧。多子不说话，不想刺激红婶。多子想，圆房就圆房吧，圆了房就可以嫁小树子了。本来到了这个家，就是来给寡子当媳妇的。白吃了人家九年高粱，不当人家媳妇说不过去。

　　小多子答应了红婶。红婶的精神似乎一下子就好了。整天张罗着给寡子和多子圆房的事。红婶先到画匠铺去扎了两个纸人，一男一女，分别是寡子和多子的替身。圆房后，两个替身要拿到寡子坟前烧掉。红倌绿娘子，被子要大红大绿。红婶裁剪了被面褥面，絮好了棉花，针脚细细密密，缝得平平展展。

　　圆房那天晚上，叔伯嫂子来给新人铺炕。炕头是一双大红被褥，挨着红被褥铺着多子的绿被褥。红婶端进来一个瓜瓢，里面是红枣、花生、桂圆，还有瓜子。红婶将一瓢"早生贵子"泼在红红绿绿的被褥上，心满意足地退出了寡子和多子的新房。

嫂子端过一碗"儿女汤"，里面漂着红枣、花生、麻籽。嫂子告诉多子，睡觉前记得喝掉这碗汤，要背对着外屋，坐到门槛上。嫂子嘱咐过了小多子，也退出去了，轻轻掩了房门。

多子喉咙里发紧，干得很。端过那碗象征着"儿女双全"的热汤，咕噜咕噜喝下去。胃里暖和了，额前出了一层细汗。喝过了汤，多子乏累了。圆房嘛，就要和寡子睡到一起了。寡子死去半年了，早烂成了一把骨头。多子掀开橱柜的布帘，里面立着一个红衣红裤的纸人，是个喜眉喜眼的小男孩儿。多子用双手去捧寡子。寡子太轻了，纸张发出窸窸窣窣的声音。多子将寡子轻轻地抱在怀里，就像寡子活着时抱起寡子一样。这哪里像一个圆房的小媳妇抱小丈夫，就是姐姐抱起哭闹不止的小弟弟，哄弟弟入睡。多子轻轻地对寡子说，寡子，来，跟姐一起睡觉吧，走了这些日子想姐姐了吧。

说来说去，多子就哭了。多子听爷爷说过，活人眼泪不能沾到替身上，尤其是女人的眼泪，沾湿了替身，替身就会活过来成精的。多子渴望一个小弟弟活回来，有个小弟弟多好呀！可多子又怕寡子活回来，缠磨自己，不要这个姐姐了，非要姐姐做媳妇。多子抹净了眼泪，掀开大红被子，将寡子放在褥子上，轻轻盖了被子。多子拾起被褥上的红枣、花生、桂圆，还有瓜子，坐在大绿的被子上，一颗一颗，剥着桂圆、花生、瓜子吃……夜深了，多子困倦了，解开衣裳，将雪白的女儿身睡到绿娘子的被窝里去。身边睡着一个纸人，多子不害怕。那不是纸人，是小寡子，小寡子不是小丈夫，是小弟弟。想到这里，多子将纸人抱到新娘子的绿被窝里来，让寡子舒坦地睡到自己嫩白的臂弯里。多子拍寡子入睡，哼唱起了好听的童谣，从多子的《坐门墩儿》唱到了寡子的《坐门墩儿》。在满炕的月光里，多子的眼泪还是弄湿了臂弯里的寡子。

圆房过了百日，多子去找了小树子，说，树子，你娶了我吧。

树子说，好，我去找我娘说，我明天就娶了你。

树子迫不及待地去找娘。

树子说，娘，我要娶小多子当媳妇。

树子娘说，什么小多子，哪个小多子？

树子说，就是红婶家的小多子，我要娶小多子当媳妇。

树子娘说，哪里还是小多子，都是寡子媳妇了，你怎么能娶人家媳妇当媳妇？

树子说，娘，寡子死了半年多了，小多子当不成寡子媳妇了，小多子还是小多子。

树子娘说，多子和寡子圆过房了，圆房了就不是小多子了，就是寡子媳妇了。

树子说，娘，多子和寡子圆房是哄红婶玩的，小多子还是小多子。

树子娘说，圆房就是圆房，圆房了就是人家儿媳妇了。替身都烧到一个瓦盆里了，就等于睡到一个被窝里了。

树子说，娘，那我就娶寡子媳妇当我树子媳妇。

树子娘说，寡子没过童子年龄就死掉了，是小多子克死的。多子是个克夫命，我可不想眼睁睁让我儿子也被她活活克死。

树子说，娘，寡子是自己掉到井里面的，不是小多子克死的。

树子娘说，好端端怎么就掉到井里去了，小谷子，小春子，怎么不掉井里，偏偏是小寡子掉到井里去了？圆房了，小寡子死了，小多子就不是小多子了，小多子连寡子媳妇都不是了，小多子就是个小寡妇了。我怎么能允许一个克死了丈夫的小寡妇进家门呢。

树子说，娘……

树子说不过娘，就来找小多子商议，将娘说的话当面对多

子说了。多子就沉默了。小树子说，多子，我们跑吧，跑得远
远的，我娶你当媳妇。多子看看天，看看游来游去的云朵，淡
淡地说，不走，爷爷在这儿埋着，没有爷爷我就被冻死了。红
婶在这里住着，她疯掉了，我走了红婶就得死掉了，没有红婶，
我早饿死了。小寡子也埋在这里，我是来给寡子当媳妇的，房
也圆了，我就是寡子媳妇了。我不走，哪儿也不去。

　　树子抱着头痛苦地说，多子呀……

　　河床依旧白骨一样，龇牙咧嘴地横卧在村落中央。
　　红婶的病没有变好的迹象。红婶给枕头穿上小衣裳，解开
衣襟给枕头喂奶，口里念念着小寡子。小多子从圆房那个晚上
告别了少女时代，成了寡子媳妇。没人再叫她小多子了，张口
闭口都叫她寡子媳妇。
　　树子娘给树子说了一门亲事，媳妇比树子小五岁。娶亲那
天，刚满十二岁的小媳妇穿了一件大红衣裤，坐在轿子里抹眼
泪。村里人都去看热闹。寡子的嫂子来叫小多子，说，寡子媳
妇，去看看热闹吧。多子没去。多子将红婶锁在屋里，挑起水
桶去井里挑水了。多子一担一担地挑，挑满了水缸，又往菜地
里挑。浇完了菜地，又挑水泼院子。总之，多子不想停下来。
扁担将肩膀上的衣裳磨漏了，皮肉磨碎了，淌下了红红的血丝。
响器呜呜哇哇在树子家门前吹得很响。多子实在挑不动了，就
瘫坐在门槛上。多子不想听那嘹亮的唢呐声。两只手掌死劲地
捂耳朵，那声音还是从手掌缝隙里钻进了耳朵，多子就哭了。
哭了一阵，红婶呜哩哇啦地喊饿了，多子抹清了眼泪，蹲到灶
台前去烧火了。
　　女孩子们嫁人，男孩子们娶小媳妇。响器成天响个不停。
呜哩哇啦，呜哩哇啦，喜气洋洋。后来，村里只剩下一个小多
子跑单帮了。多子不去找那些小媳妇们玩。多子从不找人说话，

也就没人知道多子心里想些什么。倦了，累了，多子会走过白骨一样横躺着的河床，回到老院子去。多子也不哭，只在爷爷坟前枯坐一阵。农历的每月初一、十五，多子还会给爷爷坟前烧一炷香。多子也不和爷爷说话，只低头烧香烧纸钱。多子在怪爷爷吗？不像……多子不和谁说话，日子一长，多子就哑巴了。洗衣，烧火，种田，伺候红婶，哑巴小多子一声不响地当起了小寡妇。

翠　衣

一

　　翠衣抱着一只铜皮盒子嫁进了柳府。

　　那只是一只普通的铜皮盒子，盒子里空无一物。而翠衣身上除了那只盒子又身无长物，连一样像样的陪嫁也没有，寒酸得很。

　　柳镇人对蒲柳两家联姻觉得意外，要在蒲家兴隆时，两家结亲可谓门当户对锦上添花，可如今蒲家败落了，柳家正如日中天。翠衣嫁进柳家当个填房的姨太太也就算了，还是明媒正娶的长房少奶奶，这就更让柳镇人百思不解。尤其翠衣怀里当宝贝抱着的那只铜皮盒子，柳镇人更猜不透为何方宝物。

　　半月前，母亲娄氏捧着那只铜皮盒子来到翠衣闺阁。翠衣喊了一声娘，挪过椅子要娘坐。母亲将盒子放在梳妆台上，打开盒上金锁，取出一张黄纸交到翠衣手上。

　　黄纸是一张古药方。

　　母亲说：把这张药方默背下来。翠衣不解。母亲接着说：不要问，要你背你就背。

翠衣自小聪慧，又在蒲安堂长大，对各种中草药耳濡目染，一张药方哪能难倒翠衣。翠衣默背后，又将药方还给了娘。母亲说：翠衣，你背一遍给娘听。翠衣就背了。母亲微微点头，擦一根火柴将药方付之一炬。母亲说：这张方子就是蒲家从不外传的秘方。

蒲家的秘方历代都是大掌柜一人掌管，其他人是见不到的，也就是说方子该在爹手里的。就问：方子怎么会在娘手上？这可是蒲家的传家宝。母亲说：你不要追问了，不过你一定要记住，娘让你记下的这张方子，会给你的后半生带来福气。

翠衣更加不解，说：娘，我是越来越糊涂了。母亲说：娘要你记下药方，不是要你重振蒲安堂，蒲家已是折了柱子塌了架子的楼阁，一个女流之辈哪里扶得起，娘要你含着这个方子嫁进柳家。

十五年前，柳家老太爷柳芳林患上了怪病，那病只有蒲家的秘方药能医治。十五年来，蒲家一直给柳家配置这个药。由此，柳家一直对蒲家百般恭敬，即使蒲家日落西山，一日不如一日，柳家始终善待蒲家。蒲家人心如明镜儿，那不是柳家人心善，是蒲家攥着柳家老太爷的命根子。

母亲说：娘心里清楚得很，柳家早视蒲家如草芥。不过柳家决不会拿老太爷的命当玩笑开的。翠衣说：娘要女儿去给柳芳林做小吗？母亲说：我们蒲家的女儿也曾是金枝玉叶，怎么会给老棺材瓢子当小老婆呢？我要柳家明媒正娶你当长房少奶奶。

翠衣呆了半晌问道：这也是爹的意思？母亲说：你爹？……他死了。翠衣睁大了眼睛，问：娘，你说什么？我爹死了。母亲恨恨地说：他活着和死有区别吗？蒲家就是他抽大烟败光的，他早该死了。翠衣泪流满面，说：这也不能完全怪爹呀。

当天夜里，父亲蒲松之停在烟房的炕上，翠衣去看过。父

亲的脸盖着白布，翠衣轻轻揭开白布，看见了父亲枯瘦如罂粟
壳般的头。从父亲脸的颜色判断，父亲是让砒霜一类的剧毒毒
死的。这座宅子里只有父亲、母亲、翠衣还有柳妈四人。柳妈
是个下人，断不能毒死父亲的。翠衣再去看母亲时，母亲正手
捻佛珠，面如死灰。翠衣不寒而栗，感觉母亲很陌生。

　　蒲松之的丧事办得极其简单，娄氏翻出首饰盒子，把仅存
的一条项链拿去"仁和当"当了。在镇街上雇了工人，买了棺
材，抬去了蒲家坟茔地。

　　翠衣也要去坟茔地给父亲送葬，娄氏制止了翠衣，说：那
里阴气重，女儿家不宜。翠衣说：娘，我可是爹唯一的骨肉。
母亲没说话，反手把阁楼的门锁死了。

　　蒲柳两家是柳镇的大户。

　　蒲家世代行医卖药，大药房蒲安堂坐落于镇之东；柳家靠
经营丝绸起家，柳家大院建在镇之西。故柳镇有"东蒲西柳"
之说。

　　蒲安堂的镇堂之宝秘方药曾是进贡御药，有养心健脾延年
益寿之神奇功效。据说当年西太后慈禧老佛爷凤颜大悦，打发
宫里的小太监赐给了蒲家一块金匾，上书"蒲氏仲景"。

　　大清就木，蒲家不再吃宫里的俸禄，第四代掌柜蒲安修当
起了商人，专心经营蒲家的秘方药。没有了宫廷禁令，蒲家的
秘方药走入了市井，名声日盛。来蒲家柜上取药的客人整日络
绎不绝，进山收药的马车最多有十八辆，柜上打杂伙计有几十
人。

　　蒲安堂到了蒲松之手里已是五代经营，达到了鼎盛，县城
和省城都开立了分号。

　　说起蒲家的衰落，得从土匪抢了柳城分号说起。

　　五年前土匪下山进了县城，洗劫了柳城分号，又泼油放火

烧了药铺。毁一个分号还不是最要蒲家命的，在这场抢劫中，土匪的火枪打死了蒲松之的儿子云开。云开那年十八岁，是蒲家的独根苗。蒲松之派云开去县城分号站柜，跟大柜学经营。不想云开到分号不到一个月，便遭此横祸。

蒲松之陷入丧子之痛不能自拔，荒了柜上的事务。后来伙计们看到掌柜的手里端上了大烟枪。蒲家后院成了烟房，整日飘满了鸦片的奇香。蒲妻娄氏因丧子之痛，迷上了佛事，在厢房僻了一间佛堂，青灯红烛，燃香诵经。从此蒲安堂烟雾弥漫，奇香缭绕，蒲家由此衰败。

没几年，省城分号也关了板，柳镇总号生意也淡下来。一则柜上周转的银子让蒲松之换了鸦片，蒲家无有资金进山收药。二则蒲松之迷上大烟后，配药的事就荒废了。蒲家秘方药都是掌柜在暗室里配置的，外人从不得而知。

蒲家的药客越来越少。不过总还有对蒲家药依赖的老客，耐着性子在蒲安堂门前排队等候。正是这些老客支撑着蒲家苟延残喘。大柜樊五来催蒲松之。大柜说掌柜的，门前老客都等不及了。蒲松之听了大柜的话，吸一口烟，有气无力地说，让他们再等等，等等，这口吸完药就有了。这一等就没了下文，蒲松之不定何时才磨蹭进暗室。

为换更多银钱买鸦片，蒲松之在暗室里胡乱配置。蒲家秘方药是极其讲究的。蒲家药不再功效神奇，名声跟着臭了，蒲家连一个铜板也赚不到了。

半年后蒲安堂关了板，只留当街一爿小铺面，改成了杂货铺。佣人都辞了，只留一个柳妈。过去柳妈专门服侍翠衣的，别的佣人辞退后，柳妈要给全家人做饭，洗衣，打理杂货铺。

蒲家沦为了寻常人家。而柳镇另一大户柳家却生意通达，每日有水一样的银子流进钱柜，柳家大院成为柳城有名的大户人家。

二

蒲松之刚过了"一七",蒲家跟柳家就结成了儿女亲家。蒲家正在大丧之期,蒲柳两家便宣布结亲,这让柳镇人摸不着头脑。而蒲柳两家对亲事的细节又守口如瓶,秘而不宣,外人也只能胡乱猜测而已。

定亲刚满七日,柳家就要迎翠衣过府。

喜日头天晚上,柳府大奶奶祭红派来十几个大丫头,和十个得力男仆。男仆们将蒲安堂打扫得一尘不染,廊檐下挂上了双喜红灯笼。这座连地板石缝都散发着陈年药香的建筑,有了回光返照的迹象。女佣们早早起来,在阁楼上给翠衣洗脸、梳头、化妆、穿衣……翠衣在镜子前幽怨地坐着,脸上看不见新嫁娘的喜悦。

临出门前,母亲来到翠衣的闺房。母亲说:翠衣,出了蒲家进了柳家,你就是人家的媳妇儿了,不比在家做女儿时,处处留意不要失了礼数。翠衣说:娘,你也保重,我走了,这座楼里就剩您一人,太过孤单了,要不你就不要让柳妈走了,好歹做个伴儿,说个话儿,把楼下还开成一个小铺面,维持两个人的生计还是可以的,每月我也会给你送来一些钱贴补你。母亲说:翠衣,你好好走吧,嫁进柳家就不要再想蒲家的事,好好做你的长房少奶奶,有个少奶奶的样子。你不要惦念我,我有我的打算。

母亲在给蒲松之烧过"百日"后,自悬于寝房中梁。

翠衣叹息了一声说:娘,那你随意吧,幸好柳家与蒲家仅一街之隔,隔几天我还要回来配药的。母亲说:你在柳家站住脚跟了,娘也省心了。翠衣说:我想要件东西做陪嫁。母亲说:除了这几幢发霉的空房子,还能拿出什么像样的东西给你当陪嫁呢？翠衣说：就把那只装秘方的铜皮盒子让我带着吧。母亲说：一只破盒子有什么稀罕的呢？翠衣说：秘方没了，那只盒子好歹也是蒲家祖宗的遗物。

那天翠衣抱着那只铜皮盒子走出蒲安堂，柳镇的大街上白雪飞扬。翠衣在心里叹息一声，但愿这雪能是个好兆头。

在红灯与白雪相映之下，月光都有些暧昧了，把个偌大柳府照得遍地银花，连男仆从井里提上的木桶里摇荡的都是热腾腾的银水。

洞房里，翠衣的幽怨化成了彻骨的悲伤。

面对翠衣白皙如玉的少女胴体，柳细瓷的男根始终如一只黄嘴小雀。大少爷细瓷的脸埋在翠衣胸前，喉咙里堵了一口痰水，含混不清，翠衣，翠衣……泪水淹透了翠衣洁白的乳房。

翠衣心如死灰，躺在绸缎床褥上像死尸。柳细瓷只含含糊糊地哭。天就要亮了，翠衣又摸到了身下那块软得发滑的白绸布。翠衣抓住细瓷的左手食指，细瓷的手指润软纤长，如女人。翠衣固执地用细瓷的手指捅破了身下隐秘了十八年的暗门。先是剜心刺骨的疼，接着暗流涌动，灼热，血腥，万念俱灰。

在初冬的带着些寒气的晨曦里，翠衣隔着细瓷那根柔软的手指，对柳细瓷幽幽地说：柳细瓷，你看好了，蒲翠衣的瓜儿，可是你柳家男人破的。细瓷少爷沮丧至极，脸苍白如纸，眼神迷茫、空洞又慌乱，不敢看身下美艳如花的女人。

翠衣问：柳细瓷，你说，我蒲翠衣是你什么人？柳细瓷哽咽了，嘴里只会呼喊，翠衣，翠衣……翠衣在细瓷眼前，抖开了那块沾着少女污血的绸布，说：柳细瓷，别再喊我翠衣了，蒲翠衣死了。从现在起，我是你柳细瓷的女人，是柳家大院明媒正娶的长房少奶奶了。

一个老女佣来打扫房间，捧着红漆雕花的檀木盒子。这个盒子，装走了柳家几代少奶奶的初夜喜帕。女佣叠好了新婚喜被，将绸布装进雕刻着龙凤呈祥图案的檀木盒子，去了大奶奶祭红起居的养怡园。

女佣轻挑珠帘，给大奶奶道了万福后，恭敬地奉上盒子。丫环红花接过去，揭开盒盖子，玉指轻掐，血绸布在祭红眼前徐徐展开。大奶奶的双唇轻启，犹如池水里新绽的粉莲。大奶奶说：红花，备笔墨，请大先生。

红花答应一声便去了。不多时，大先生柳三泰来见大奶奶。柳三泰一见檀木盒子，什么都懂了，捉笔在手，运笔如刀，在红帖上写下遒劲的颜体正楷："养女淑贤，闺门有训。"待墨迹风干，大奶奶吩咐管家柳百福，将红帖送去蒲安堂。

三

嫁进柳家不久，翠衣发现大奶奶跟柳芳林姨太太水莲之间不和，两个女人明里暗里地掐架，在柳府各有一派势力。祭红掌管柳家大小事务，地位在柳府不言而喻。水莲是添房姨太太，本不能和长房大奶奶唱对台戏的，可水莲有柳老爷子撑腰，也有了跟大奶奶叫板的资本。嫁给柳老太爷之前，姨太太水莲在草台班子上唱旦角。

柳家大院传下个不成文的规矩，每逢节日，婚丧嫁娶，都要搭台唱戏。有时请一个戏班，有时要请两个戏班，搭两个戏台，唱对台戏。柳老太爷常请红霞班。后期红霞班的台柱子就是水莲。水莲尤擅《游园惊梦》。一开口，将个杜丽娘唱活了。

请红霞班来柳府唱戏，柳老太爷必点水莲的戏。十三年前，一场戏散场后，柳老太爷喊来管家柳百福，耳语密授。柳百福得柳芳林示意，在柳镇最大饭馆请班主尤三吃饭。

寒暄过后，柳百福说：老爷子想留水莲姑娘，听一听水莲

姑娘的清音雅韵。尤三笑：柳爷，水莲是红霞班的台柱子，水
莲一走，红霞班就散了一半架儿，戏就唱不下去了，一大家子
可怎么活？柳百福淡淡一笑，击掌，包厢外进来柳家男仆，奉
上银票。

半月后人们在柳府见到水莲时，不再是那个唱戏的水莲了，
做了柳老太爷的姨太太。

水莲出身寒微，草台班子里卖身到柳府来做小，本不能抖
威风，可有了柳老爷子宠爱，水莲渐渐招摇起来。大奶奶祭红
看不惯水莲叉着腰呵斥下人的样子，更看不惯水莲一扭一摆的
风骚背影。大奶奶经常一口唾沫啐在地上，骂：呸，水蛇腰，
草台班子里睡出来的，还有脸摆出女主人的架子来。

姨太太水莲得意有得意的资本。柳芳林六十岁上，水莲开
怀给柳芳林生下儿子柳百兴。柳老太爷花甲之年得子，可谓天
降喜事，乐得柳芳林心肝似的把小儿子托在掌心。

在百兴降生前，柳芳林七女一子，香火不旺，本想着给柳
百顺再纳几房小妾，给柳家多添男丁，不想柳百顺在柳细瓷降
生后身染痨病，不要说纳妾生子，简直成了一个废人。柳芳林
在水莲之前也是纳过两房姨太太的，可那两房姨太太都死得快，
没能给柳家传下一男半女。

按祖上规矩，柳百顺这一脉为嫡长子，细瓷为嫡长孙，将
来要继承柳家主要家业，成为柳家大院新掌门人。而水莲是姨
太太，水莲之子便是庶出，不能承继柳家主要家业。因百兴庶
出这层关系，祭红并没把水莲和柳百兴放在心上。她相信柳家
迟早要交到细瓷手上。可话又说回来，生下儿子，给柳家延续
了一脉香火，就是有功的，尤其对香火不旺的柳家而言，这份
功劳更是不言而喻。于是，祭红又不能把水莲完全不放在心上。

祭红跟水莲心里的小九九，翠衣都看在眼里记在心上。祭

红看不惯水莲，也拿水莲没办法。论辈分，水莲还长着祭红一
辈，早晚给柳老爷子请安，也要给水莲问一声好的。翠衣小着
水莲两辈，更得处处陪着恭敬。

　　水莲到翠衣房里来，跟着丫环芍药。芍药捧着绸包，包里
裹着一块上好绸布。抖开包裹，水莲拈着绸布两角，抖开披在
翠衣身上，一笑，说：人有人命，布也有布命，这布就是给翠
衣预备的。翠衣，算是姨奶奶送你的见面礼。翠衣推辞：姨奶
奶，万万不可。水莲说：翠衣要是不收，就是打姨奶奶脸了。
翠衣只好收下绸布，并以玉簪回赠。

　　水莲接过玉簪交给芍药，说：听说玉簪是送情人的，莫不
是少奶奶拿姨奶奶当了情人？一句话，翠衣脸颊绯红，说：姨
奶奶觉得不合适，翠衣就换样物件，可翠衣也实在拿不出什么
值钱的了。水莲收住笑，说：只要翠衣送的，姨奶奶就喜欢。
翠衣说：还是姨奶奶体谅翠衣。水莲半含幽怨地说：姨奶奶下
辈子要托生男儿身，就化身细瓷少爷，也好有福消受翠衣这妙
女子。翠衣说：姨奶奶说什么呢，都羞死翠衣了。

　　水莲走后，翠衣要茯苓将绸布原样封好。茯苓不解，翠衣
说：要你收好你就收，你懂什么？入夜，红花来请翠衣，说大
奶奶请少奶奶去一趟。翠衣要茯苓取过绸布包，又找一块别样
绸布裹上，跟在红花后面去了大奶奶的养怡园。

　　祭红盘坐在暖炕之上。翠衣满面桃花，立在炕下，给大奶
奶请了晚安。未等祭红开口，翠衣说：娘喊翠衣来，要问姨奶
奶送布的事吧？祭红说：你初进柳府，姨奶奶相赠一些体己没
什么稀罕的，只是娘担心你少不更事，被人哄了。翠衣说：娘
放心，姨奶奶是姨奶奶，娘是娘。今儿个当着芍药的面，也不
好回绝了姨奶奶，眼见得小辈不识抬举似的。明儿一早，让茯
苓将布给姨奶奶送回去。祭红一摆手，说：算了，布就不要还

了，以后多长个心眼就是了。翠衣说：是，谢谢娘教诲，翠衣
记住了。

　　水莲隔上几天就会到翠衣房里来，和翠衣闲聊，扯东扯西
也没个固定话题，总之是闺房里的私密话。每次来，水莲都要
给翠衣带点什么，瓜子呀，蜜饯呀，梳子呀……反正是些闺房
里吃的用的。当然，翠衣也不会让水莲空手而回的，翻出一些
做女儿时的小体己回赠。

　　但翠衣从心底讨厌水莲来，可翠衣又没办法拒绝水莲的不
请自来。没法明着赶水莲走，翠衣暗里动了心思。水莲再来，
翠衣有意无意地冷落水莲，而水莲对翠衣的冷落并不放在心上，
隔三岔五照样捧着一件小东西来找翠衣。

　　水莲终于半开玩笑似的，问起了翠衣的肚子。水莲说：翠
衣，你最近懒得很。不是腿脚上的那个懒，是那个懒，说不清
楚的那个懒。反正是女人，都得经历那个懒。翠衣满脸茫然，
问：姨奶奶说啥呀，叫人听不懂，懒就是懒，腿脚不利索，不
勤快，还有哪个懒？以后翠衣勤快些也就是了。

　　水莲抓着翠衣的手腕子说：哎呀翠衣，姨奶奶可是没把你
当孙媳妇，就像一个好姊妹。自打你嫁进这个门，就把你当了
姊妹。翠衣连连摆手说：长幼有序，姨奶奶万不可那样想。水
莲说：翠衣你急什么？当着外人面，还是长幼有序，没外人，
你我之间，就不要顾及那么多了。我从小不知爹娘姓甚名谁，
也不知有无亲生姊妹兄弟，识得人间烟火，便随着草台班子，
唱东唱西，看人脸色咽饭，骂过来打过去，苦也受够了，进了
柳家，本也无所求了，可这深宅大院，不比市井草野，人人都
藏着心机，难找一个知冷知热，说句贴心话的人。

　　翠衣说：姨奶奶说哪儿去了，人抬人高，人踩人低。亲姊
热妹的，藏那么多心机做什么呢？水莲说：人和人隔着心呢，

就怕不是人人都像翠衣这样想。翠衣说：以后姨奶奶有话不要
窝在心口，就来给翠衣说好了。水莲说：有翠衣这句话，姨奶
奶这心口窝不凉了，暖汪汪的一汪热水。

翠衣顿了顿，看看窗外那株白玉兰，花苞鼓鼓的随时会绽
放的样子。嫁进柳家近半年了，肚腹依旧平平，跟柳细瓷连一
次像样的房事都没有。然而这又是不能对人言说的，翠衣只有
把这份苦酿在心里。

翠衣叹了口气，说：我这不是懒，是身上又来了。也不知
咋弄的呢，小肚子那儿像刀子在刮，一剜一剜的疼，怕是着了
凉了。看来嫁人做了媳妇，和当姑娘还是不一样的。水莲哎呀
一声：我刚说的那个懒，就是这个意思。不过，不是来身上的
那个懒，是不来身上的那个懒，我看你像那种懒。

水莲在说翠衣会不会怀孕了。水莲一点破，翠衣也不能打
马虎眼了。翠衣越想越难受，情绪坏到了极点，脸上有点不好
看了。翠衣倒不是故意摆脸子给水莲看，一想到细瓷裆里的黄
嘴儿小雀，难成床笫之事，更不要说给柳家延续长房香火了，
翠衣骂人的心思都有。

水莲看出翠衣不高兴了，她倒没有摆脸子给翠衣看。

翠衣不说话了，屋子里只剩水莲一个人在说。翠衣又不能
掩上耳朵，将水莲的絮叨挡在心门之外，心情就泼了脏水一样
慢慢浸湿了，懊糟透了。

水莲说：翠衣，你得上心了，是个女人都要经历分娩，有
了那份痛苦，女人才算有功劳。你若是给柳家添个男婴，续
下长房这一脉香火，你吹一口气就是风，吐一口唾沫就是一场
雨。我要没有生下百兴，在这个大院里，谁会正眼瞧你个做小
的姨太太呢，怕是连个低等的下人都不如。不过，翠衣，留得
青山在，不愁没柴烧，侍弄好细瓷少爷这块地，丰收是早晚
的事。我生百兴时，老爷六十岁了。细瓷少爷离六十岁还远呢，

你要相信柳家的男人。在这方面，柳家的男人是挺有能耐的。
翠衣，你要有耐心，你就慢慢等吧翠衣……

　　翠衣抓过被子蒙了头，在心里骂水莲是只惹人厌烦的乌鸦。
翠衣哪里想到水莲在投石问路。待水莲扭着杨柳细腰抖着丰臀
婀娜而去时，这个草台班子里摸爬出来的女人心里已有了八九。

　　待到从床榻之下揪出了行乞的小丫头珠儿，翠衣着实狠吃
了一惊，她终于看清了柳家的这潭浑水有多深。

　　柳家男丁从少奶奶房里拖死狗一样将珠儿拖到养怡园。没
等拷问，珠儿已抖如筛糠，滚着鼻涕眼泪供出了水莲。

　　柳家男丁关于细瓷暗病的风言风语，还有翠衣瘪瘪塌塌的
肚子，让水莲在细瓷与翠衣的房事上画了问号，于是想出了雇
人听房的下策。

　　姨太太水莲怒气冲天，闯进养怡园，给了小丫头珠儿两记
响亮的耳光。水莲骂：哪儿来的小狐骚，往老娘头上扣屎盆子。
珠儿正待申辩，水莲抢起手臂，给了珠儿一个十倍响亮的耳光。
珠儿晕死过去。水莲从大户人家的姨太太，发飙成了市井泼妇。
珠儿昏死于地，水莲仍不放过，抬起皮鞋踢来踢去，像踢一团
烂棉球。

　　水莲又喊又叫，并未惊动大奶奶祭红。祭红端坐在床榻上，
手里捻着一串东南亚进口的紫檀佛珠。在场的人无不惊讶于大
奶奶的淡定，就连想折腾翻了天的水莲，也不得不佩服眼前这
个女人。

　　珠儿被带到柳芳林的无心斋。柳老爷子拍碎桌子上的一个
茶碗，气急败坏地骂：荒唐，简直荒唐透顶。祭红脸上依旧是
处变不惊，不温不火地说：爹，祭红虽管着柳家的钥匙，可大
事还是要听您示下，眼下这个事祭红做不得主，还得爹您拿主
意。柳芳林浑身战栗，仙鹤腿般枯瘦的手臂挥了几挥，最后沉

重地叹息一声：祭红，还不至于把姨奶奶用麻绳捆起来，敲锣
打鼓，游街示众，那样我柳家的脸还往哪里放？老话说得好，
家丑不可外扬，不要弄得满镇风雨。

柳芳林的话软绵绵的，却是一把软刀子，明显护着水莲，
祭红也就不再说什么了，招呼家仆当着柳芳林的面打了珠儿二
十板子。祭红表面听从了柳芳林的话，没有继续跟水莲纠缠，
可在无心斋痛责珠儿，还是还了柳芳林一个软巴掌。

男仆将皮开肉绽的珠儿拖出柳家大院，丢弃街口。祭红出
了无心斋，立即让大丫头红花把珠儿弄去了胡郎中家敷了刀伤
药。祭红这样做不是说她多么可怜这个小丫头，是做给柳镇人
看的，要让人明白她申祭红可不像水莲长了一副蛇蝎心肠。

四

不孝有三，无后为大，这句话成了悬在祭红跟细瓷头上的
利剑，随时会刺下来，头破血流。万贯家业极有可能传给柳百
兴，那时水莲的风可就要抖到天边去了。

祭红手捻佛珠，在后院的禅堂里枯坐了一个整夜。祭红横
下心要下一盘险棋。无论如何都要让翠衣生下子嗣，并且名正
言顺地变成柳细瓷的种。

祭红要让翠衣借种生蛋。

而下好这盘棋，要走好两颗关键的棋子：细瓷和翠衣。

大奶奶祭红在养怡园召见了大管家柳百福。大奶奶说：你
去带着细瓷少爷，逛窑子，睡青楼，包窑姐。

柳百福一脸惊愕。

大奶奶说：在柳家你也算半个主子，你看着少爷长大，柳
家迟早要交到他手上。想必你也听说了，关于细瓷暗病的风言
风语。细瓷的暗病，早晚要医治好的，柳家长房香火还要细瓷

接续下去。少爷的暗疾本不足忧，倒是这风言风语难消受，闹将开去，没影的事也成了真的，这岂不是让柳家，在柳镇，乃至柳城，都要颜面扫地了。这步棋，也是不得已而为之。少爷去了柳城，进了青楼妓馆，关于少爷暗疾的谣言，也会不攻自破了。当然，这只是戏，假戏要演真，就全靠你大管家了。

柳百福恭恭敬敬地回话：大奶奶放心，一定滴水不露。

翌日，柳百福果真带着细瓷少爷，进了柳城有名的大窑子红翠香。柳百福赏了鸨妈大银子，包了房，却没点姑娘的牌子。柳百福说：妈妈，这是细瓷少爷。明日天亮，我们一走，烦劳妈妈满大街去嚷嚷，就说柳家大院的柳细瓷少爷，到红翠香来包姑娘了。鸨妈将柳百福的话听反了，说：大爷放心，打死老身，也不敢满大街嚷嚷。柳百福将五十块银元拍在鸨妈妈手心，一笑：妈妈，不必惊慌，这是真话，你务必要去大街上说，柳家细瓷少爷来你红翠香包姑娘了。

细瓷少爷逛窑子睡妓女的风言风语，当天夜里便传到柳镇大街上，纸片一样漫天飞舞。

在谣言传到柳镇的那个晚上，红花将翠衣领进了养怡园，红花退出去关上房门，屋里只剩下了祭红跟翠衣。

祭红把心里话说给了翠衣听，那气氛，那语调，都不像大户人家里的婆媳，俨然就是亲娘对待嫁的女儿说体己话。夜深沉了，灯光都倦怠了，翠衣走出了养怡园。

第二天，男仆赶着马车，车上坐着大奶奶跟少奶奶。马车去了柳城日本人的洋医馆。日头偏西时，柳家的马车回到柳镇，一阵旋风也跟着马车刮回了柳镇：少奶奶生育力有问题，得到省城德国人的医馆医治。

祭红将府上事务悉数托付给了柳百福，带着少奶奶往省城去了。临行前祭红交代翠衣给柳芳林配足了药。大奶奶特意花大价钱雇了一辆轿车。轿车载着大奶奶跟少奶奶风光地出了柳镇。从轿车里两位奶奶的表情上，不像是去看病，倒是像去柳城戏园子看戏。大奶奶说了，少爷细瓷已在省城候着了，少奶奶的病在德国人的医馆里算不得病。

五

大奶奶和少奶奶再回到柳镇已是半年后。

一回到柳镇，柳家便对外宣布了少奶奶害喜的消息。随即大奶奶吩咐管家去柳城请来戏班子，柳家要唱半月大戏。管家奉命连夜进城，请来了柳城玉竹班。

柳老太爷在无心斋摆下酒席，宴请了柳镇头面人物。水莲本该在无心斋陪侍的，水莲没有。草台班子咿咿呀呀的唱腔，让她想起了在红霞班的日子，不自然地伤感起了过去。水莲吩咐下人在偏厦备了几样酒菜，一个人自斟自饮。不多时水莲便醉了。

水莲不会想到这碗酒把她推向了万劫不复的死谷。

水莲醉酒后翻箱倒柜，找出旧戏装穿上，打开油彩盒，满脸浓墨重彩，在房间里边舞边唱。下人们都听见了，怕大奶奶询问起来不好讲，都躲得远远的。

当戏台上的梆子锣鼓，敲响《游园惊梦》的曲调时，水莲想起了杜丽娘。水莲说：我水莲才是杜丽娘。说罢，水莲舞着水袖飘出了柳家大院，拨开人群，摇摇摆摆，顺着木梯子爬上戏台，下了场子。

台上水莲轻舒水袖，唱腔咿呀，有板有眼。玉竹班的角们不知所以，躲在台口把场子让给了水莲。班主玉竹知晓水莲曾是红霞班的台柱子，示意乐师继续。于是管弦齐鸣，水莲在台上唱起了独角戏。

柳百福在台下看戏，左右为难。水莲再怎么是小妾也还是主子，他柳百福在柳府再说了算，在水莲面前，也还是一个下人。说难听些就是使唤奴才而已，怎敢贸然上台，拉下唱兴正浓的姨太太水莲呢。柳百福急得满头汗，只得派下人去请大奶奶祭红。

祭红让柳芳林喊去给柳镇头面人物敬酒。得到下人报告的消息祭红吃惊不小。祭红心里有鬼，生怕戏台上水莲胡言。祭红放下酒杯，给柳芳林打了招呼后，急匆匆往戏台这里赶。

戏台前挤满了柳镇的男女老少，都仰着脸看戏台上水莲耍活宝。见大奶奶来了，闪身让出一条路。祭红再不把水莲放在眼里，毕竟低着水莲一个辈分。大庭广众之下，祭红轻易也不能对水莲造次的。祭红挓挲双手，眼巴巴看着水莲，轻舒水袖，翩然歌舞。

祭红没来前，水莲唱的是戏词。祭红一来，在人群中凤立鸡群，水莲再开口却全不是《游园惊梦》里的戏词了。听那水莲满嘴下流话，一口荒唐言：

> 大门大户和大院，长房单传为一男；
> 这一男先天是男根软，眼睁睁难传血脉香火断；
> 难为了大奶奶苦心经营，鸳鸯戏水为了这般；
> 龌龊之事谁不知，借种生蛋了心愿；
> 只可惜大奶奶恩威并施，府上下一手遮天，直教
> 人有口难言；
> ……

祭红恼了，失去了柳府掌事大奶奶的沉稳，怒不可遏，冲上台去，掌掴水莲，口里骂道：烂婊子，也敢满嘴胡呲。

水莲彻底惹恼了柳芳林，这才是最能要水莲命的人。祭红

和水莲明争暗斗，柳芳林都看在眼里。柳芳林在床上给水莲吹过枕边风，说水莲你不要和祭红斗，你斗不过祭红的。柳百顺再不争气，柳家的家业还是要传给长房，这是老祖宗定下的，谁也休想破了这个规矩。柳芳林的话水莲没听进去，还是明里暗里的和祭红掐架。不过，尽管水莲油盐不进，柳芳林还是处处护着水莲。

戏台上，水莲酒后狂言，揭了柳家的丑事，让柳家在柳镇颜面扫地，彻底激怒了柳芳林。其实，祭红借种生蛋，探子早报给了柳芳林。柳芳林不想柳家长房香火断掉，哪怕将来家业传给柳百兴，长房还是要有一脉人的，于是柳芳林便佯装不知。水莲捅破了窗户纸，柳芳林岂能不怒。

柳芳林一怒，水莲还是怕了，酒也醒了，油彩花了，跪下去告饶，磕出满额乌青。

柳芳林大骂：死也脱不了婊子的皮。下三滥的戏子，给你个梯子你就要上天，也不睁眼看看，这是什么地方，臭婊子也敢满嘴喷粪？柳芳林喘匀一口气，对堂下男仆：脱下她的鞋子，掌嘴五十。一个男仆扒下水莲的莲花鞋，另一个男仆从背后搂住水莲。这两个男仆便是柳老太爷的探子。握着鞋子的男仆抡起胳膊，左右开弓，噼噼啪啪，扇在水莲的脸上。水莲狼哭鬼嚎，叫声凄厉，耸人毛骨。

两个男仆打到三十几下，水莲晕过去。牙齿掉了半口，淋淋漓漓的鲜血糊住了嘴巴。男仆收了手，不忍再打。柳芳林又喊：弄醒她，打烂她婊子的臭嘴，看她今后还敢不敢胡咇？

男仆只好依命行事，一瓢凉水浇醒了水莲。打碎了一只莲花鞋，脱下另一只，接着打够了五十下。柳芳林骂：臭婊子，也想一手遮天？拖去惊梦堂，生死由命。说罢柳芳林拂袖而去。

惊梦堂建在后院，挨着仓房和马厩，专门用来关各房受罚女眷的。没有要惩罚的女眷，惊梦堂就空着，无人近前。门窗紧闭，房子里霉气很重。知晓柳家底细的都知道，丢进惊梦堂的女人，大凡不会有好下场。

水莲缩在屋角，不成人形了。戏台上那张倾国倾城的脸，变得丑陋不堪。伤口很快感染，整张脸腐烂化脓，腥臭的脓水流了一地。看守透过门缝，看见水莲的惨状也不寒而栗。

翠衣连续几天都没有走出屋子。水莲揭了柳家的丑，给她的打击是致命的。翠衣自杀的心思都有了。她本该恨水莲的，可奇怪的是她又恨不起来。翠衣有时觉得自己和水莲是前生今世的缘分。翠衣在水莲身上恍惚看见了自己的影子。翠衣坐在窗边，静静地想：翠衣就是水莲，水莲就是翠衣。

翠衣派茯苓去打探水莲的境况。茯苓回报：还能怎样呢，听说整张脸烂掉了，脓水流了一地，怕是活不长久了。听了这话，翠衣的喉咙里似梗住一团烂肉，吐不出来，又咽不下，一种欲哭无泪的压抑感从来没有那么分明。

六

柳镇飘起了入冬以来的头场雪。雪片越飘越紧密，覆盖了柳家大院花径上的残枝败叶。一年前就是在大雪天嫁进柳家的，想起来翠衣恍若隔世。翠衣想起了死去的哥哥云开，想起了抽烟上瘾的爹，想到了吊死的娘。

翠衣翻出那只装秘方的铜皮盒子，盒子古香古色，上面的铜让柳家几代掌柜的磨得光滑如镜，翠衣揭开盒盖，里面空空如也，如今在里面睡了近百年的秘方化到了她的肚子里。

想到肚子，翠衣手掌在肚腹上轻轻地抚摸一下，在心里说，城里的老大夫号脉说了，八成是个男胎呢。一想到能生下男胎，翠衣凭空便长了几分志气。不管生下的是猫样还是狗形，只要是个带把儿的茶壶就比光刺溜的茶杯好，哪怕那盏茶杯是多么上等的材质都无用。管他是不是个野种，只要在柳家大院生下来就是柳家的种。翠衣想起了在柳城柳家的秘密宅院，夜深人静时那个陌生男子的脸。一切都是值得的，只要生下男婴，给柳家长房续下一脉香火，翠衣在柳家就有行风行雨的那一天。

翠衣还藏着一个秘密，打算重新让蒲安堂开张，凭着蒲家那味秘方药，依然能让蒲家在柳镇重获新生。进城前深夜的长谈，重开蒲安堂是翠衣开出的条件，祭红应允。那只铜皮盒子在手里翻来覆去地把玩，像把玩一件古器珍宝，她在心里不住地叨念：蒲家祖宗，你们可要保佑翠衣啊。

下人们在雪地里向后院跑去，把雪地踩成了烂泥。翠衣要茯苓去探问，茯苓回来说：姨奶奶水莲死了。翠衣的泪水不由自主地淌下来，口中喃喃：好端端的一个人就死了……身后茯苓说：少奶奶也不必难过，老太爷说姨奶奶是咎由自取，还给管家发了话，不能进柳家坟茔的。翠衣说：闭嘴，还轮不到你嚼舌根子。

后院房门咯吱一响，抬出一张软床。软床上躺着姨太太水莲，脸上遮着白布。下人们抬着水莲，踩着雪，经过翠衣窗前花路，翠衣看见了那张比雪还要白的遮脸布。翠衣想：白布下就是那张风姿绰约的脸吗？那就是水莲吗？水莲？水莲？……

翠衣不由自主地叨念出声。身后想起了丫环茯苓的声音：少奶奶，您这是怎么了？翠衣回过神来，忽然喊住脚步匆匆的下人，翠衣说：我要看一看。茯苓抓住了少奶奶的衣袖哀求：大奶奶吩咐过，少奶奶身怀有孕，见不得污秽。

翠衣头一次在下人面前抖起了少奶奶的威风。翠衣骂：你个吃里扒外的小贱货。茯苓说：少奶奶就疼疼茯苓吧，大奶奶交代过，要茯苓照看好少奶奶，少奶奶看了死人的脸，大奶奶会打死茯苓的。

翠衣扳过茯苓的脸：我还是少奶奶吗？你说，哪个把我当过少奶奶，你们的眼里只有大奶奶，谁把我当过少奶奶？茯苓说，柳家哪个都把少奶奶当主子的。翠衣猛然推开了惊恐万状的茯苓，抓起桌上的胭脂膏子，砸在茯苓的脸上，说，我算什么少奶奶，你说呀，小贱货，你把我当少奶奶了吗？你就是替大奶奶闻骚的一条狗。你把我说的话，快去告诉大奶奶，大奶奶给你备下了赏钱。快去啊，小贱货。

茯苓哭着说：茯苓是一心伺候少奶奶的。翠衣惨然一笑：不要怕，在这个院子里，我和你一样，都是该死的奴才，都是被人呼来喝去的狗。茯苓说：少奶奶是主子，我们才是该死的奴才。

翠衣手指养怡园，说：别看威风八面的大奶奶，她在柳府也是该死的奴才。茯苓手捂耳朵，摇着脑袋喊：少奶奶说什么呢，茯苓可什么都没听到。

下人们抬着水莲，走也不是，站也不是。不知怎么就有一阵风，吹翻了水莲脸上的蒙脸布。翠衣离得有几丈远，灯火恍惚的，什么都没看到，可白布让风吹撩起的一瞬间，还是"呀"地叫出了声。下人们慌慌张张给水莲盖上蒙脸布，小跑着走开了。

翠衣想：那是水莲的魂灵，冥冥中揭开了面纱，给她的姊妹翠衣看的吧。在心里翠衣把死去的水莲当成了姊妹。

翠衣恍惚看见水莲让下人们拖着走，被拖曳而去的水莲没有叫喊，而是轻轻地喊着翠衣的名字。那声音缓缓飘过来，茯苓听不到，翠衣听得到，那是水莲在喊翠衣：翠衣，我等你！翠衣，我等你！……

翠衣尖叫了一声，晕厥过去。

七

翠衣躺在产床上痛苦地呻唤，热汗如豆。产婆满手血污，指挥着柳府的女佣。丫环婆子，端进去热水，端出一盆盆血水。

大奶奶祭红始终没有到少奶奶产房里去，整天都在佛堂里不停地烧香。祭红祈盼翠衣给柳家降生一个男婴。翠衣诞下男婴，祭红苦心经营的一盘棋，也就落定了最后一颗制胜棋子。否则将满盘皆输。

少奶奶翠衣痛苦的呻吟之声，在柳家大院上空飘荡了一个白天后，终于伴随着一声婴儿响亮的啼哭停下来。柳家男仆女佣们都松了口气。松这口气不是他们的少奶奶平安生产，而是他们饿塌的肚子终于可以填进饭菜了。

祭红在佛龛前红烛上，点燃了三炷高香。就这时门让红花推开了。祭红手举高香，弓着身子，正打算往香炉里插。红花喘息了一阵，才响起低低的声音：是个千金。祭红手里的香火突然抖了起来。红花在后面喊了一声大奶奶，赶忙上前去扶，不料祭红将红花推开了。

祭红将那三炷香火，颤巍巍地往香炉深处插下去。由于手抖动得厉害，三炷香火无声地从根部折断了。祭红叠着两只手，手上沾满香灰，眼里涌上一泡水。这是红花头一回见到大奶奶在下人面前哭泣。红花听见大奶奶在不住地喃喃：就这样断掉了吗？

门廊上要点灯了，红灯笼还是那几盏，却是死气沉沉。

祭红一直枯坐在佛堂里，接连不断地烧香。小小的佛堂里青烟缭绕，如燃湿柴，呛得祭红吭吭咳嗽。

清晨之光沐浴柳府。男仆女佣们看见大奶奶走出了佛堂，一夜间仿佛憔悴了许多。大奶奶径直去了翠衣房里，在女佣怀里抱走了女婴。大奶奶抱着女婴脚步匆匆，后面没有仆人相跟。回到养怡园，又攥出了大丫头红花。

半盏茶过后，大奶奶喊来红花，交给红花的是一个死婴。大奶奶说：这孩子天生羸弱，呛了风寒死掉了。红花抱着那死婴惊恐地望着大奶奶，大奶奶怒目而视，狠狠地说：死丫头，还愣着干什么，你没听到我说的话吗？

红花抱着死婴沿着花路急急往外走，迎面正撞上男仆柳七。柳七哭丧着嗓子喊大奶奶：大奶奶，少爷他？少爷……淹死了。

柳七的话如一颗炸雷在养怡园爆炸，祭红险些跌下门前的石阶，惊问：你说什么？少爷他怎么了？柳七几乎是半跪在大奶奶面前，说：大奶奶快去看看吧，少爷在荷花园里淹死了。祭红明白了柳七说的话后，几乎是跌跌撞撞着奔向荷花园。

柳家后院的百花园里挖了一处水塘，塘里埋了藕根，每到夏季塘里便开出粉莲来，柳家人都把这水塘叫荷花园。早晨男仆柳七来水塘捞浮游柴草，却发现水塘上漂着一具尸体。尸体一丝不挂，大肚朝天。柳七吓得失声喊叫，引来许多下人，大管家柳百福也得到了消息赶到荷花园。柳百福指挥着男仆捞过尸体辨认，吓坏了柳家在场的所有人，尸体竟是大少爷柳细瓷。柳百福即刻要柳七去养怡园禀告大奶奶。

大少爷柳细瓷的裸体漂浮在水面上，柳家下人们有意无意地把目光投在了柳细瓷的裆里，都想见识一下大少爷的男根，果如黄嘴小雀。柳细瓷的死法向柳家下人昭示了水莲所言非虚，翠衣所生女婴为野种，这无异于重重地扇了柳家一个大耳光。柳家的丑闻再也遮掩不住了。

一向老成持重的大奶奶祭红，在看见儿子柳细瓷的尸体时晕厥过去，柳百福一面命人好生抢救大奶奶，一面要人把少爷的尸体先行抬到柳府的水窖，五月的天气已经很炎热了。

祭红转醒后在红花的搀扶下去了水窖看儿子，又是一阵痛断肝肠的号哭。待冷静下来，祭红吩咐柳百福调查少爷之死。柳百福集合了柳家所有的下人讯问，伙房的何大说，他看见少爷昨天傍晚就在荷花园池边坐着，何大问过少爷，少爷满脸忧容没有理睬。这时又有几个男仆女佣见证说少爷坐在荷花池边发呆。

那个上午，柳百福陪同柳城警察署的几位侦探查看了荷花池现场，少爷的衣服整齐地放在荷花池边，没有任何撕扯打斗痕迹，少爷身上也没有伤痕，最终确认非他杀，柳家少爷是投湖自尽。

细瓷暴亡，柳府将丧事做得极其简单。办完丧事的柳府依然沉浸在一片哀痛之中，空气里到处飘荡着忧伤。

一直病怏怏的柳老太爷突然出手，把掌事的大奶奶祭红软禁到了惊梦堂，而事先府上没有透出半点征兆。柳芳林在风烛残年让柳镇为之瞠目。

柳镇人想到柳芳林会敲打一下大奶奶，可没想到出招会这么狠，毕竟祭红在柳家掌事二十几年，没有功劳还有苦劳。

过了很久柳镇人才明白柳芳林出此狠招，是为了给幼子柳百兴清障。

在承受着丧子的巨大悲痛，又遭软禁，祭红的精神彻底崩溃，疯了。

疯了的祭红整日吵闹不止，哭笑无常，以头触地，满脸血渍，过去那个端庄雍容呼风唤雨的大奶奶一夜之间成了邋遢的疯女人。

守门的男仆阿皮在柳府五十年了，看守惊梦堂也有二十年了，这间惊梦堂里几乎每年都有囚死的女人，这些女人中有不守规矩的下人，也有犯错的小姐奶奶姨太太们。阿皮听说惊梦堂四十年前曾关过一个少奶奶，这个少奶奶跟一个裁缝好上了，关了半月，饿渴而死，拖出来时瘦成一张人皮。关进惊梦堂的女人还没有活着走出去的，阿皮想这位大奶奶的结局也好不到哪里去吧。

祭红还是活着走出了惊梦堂，救她的是少奶奶翠衣。细瓷死后翠衣成了寡妇，按规矩是要在少奶奶房里守节的。但翠衣手里握着秘方，捏着柳芳林的命门，翠衣便向柳芳林提出了两个条件：一是让大奶奶祭红回怡园养病，二是翠衣回蒲安堂，否则翠衣一死了之。在翠衣以死相胁之下，柳芳林默许了翠衣的要求，祭红回养怡园，翠衣回蒲安堂。不过翠衣在蒲安堂住，还是柳家的少奶奶，节还是要按祖上规矩守的。

翠衣回蒲安堂是在半夜，柳家特地派了一顶轿子。轿子到了蒲安堂的门口，翠衣一身素衣钻出轿子，只看一眼门额上高悬的匾便匆匆开门，一闪身进了蒲安堂。柳家下人看见那身素衣在月色下，把他们的少奶奶幻化成了一只鬼魅。

翠衣离开柳府后，祭红回了养怡园养病，她是柳府头一个从惊梦堂活着走出来的女人。回到养怡园的祭红依然狂躁不安，只好注射镇静剂。注射了镇静剂的祭红安静下来，有时会死人一样睡过去。

八

柳家又要娶女人了。

先是柳芳林把镇上皮匠之女凤仙纳为小妾。皮匠之女本不能嫁进柳府的。无奈柳芳林已是风烛残年，门户之俗也忌讳不得了，刚纳凤仙，又把翠衣房里的丫环茯苓收了。

柳芳林又给一口气痨病壳子大爷柳百顺娶了三房女人。祭红虽疯依然是柳家的大奶奶，娶进来的都是姨太太。二姨太是

豆腐房陈家的老闺女喜兰，三姨太是镇上杂货铺秦家的女儿小
娥，四姨太是佃户吴大本的女儿珠翠。

老太爷跟大爷房里收进五房女人，都是在安静中完成的，
没有敲敲打打，彩礼也只是管家领着男仆套上马车送过去，迎
娶完全没有大操大办，很像柳家买进了一个下人，甚至爷俩的
新房窗子上连个红喜字也没贴。

柳家就这样静悄悄地娶进了五房姨太太。随即柳芳林在无
心斋宣布了一条禁令，这五个女人不得参与府上任何事务，违
令者按家规处置。禁令一出，断了这五个女人争风吃醋的念头。

柳家把最大的排场给了柳百兴。时隔若干年，柳家败落，
柳百兴沦为柳镇小木匠，背着斧锯锛凿，跟着师父胡朽木四处
奔走为人盖房搭屋时，柳镇人依然记得柳百兴十二岁那年娶亲
的场景。

小少爷柳百兴要娶女人了，少奶奶是镇上米行陈掌柜的小
女儿粉彩。粉彩十八岁，比小新郎大了六岁。

迎亲那天柳芳林容光焕发，大管家柳百福陪着在门前迎接
前来道贺的客人。柳家花了大把银子，把镇上三家大饭馆的大
厨师傅请了过来，在柳镇最大的广场上支锅盘灶，开流水大席，
让柳镇人饱享美味。

小新郎柳百兴头戴小礼帽，穿着绸服，披红戴花，在丫环
婆子的簇拥下上了迎亲的汽车。柳家这次迎亲没用轿子，动用
了柳老太爷新买的汽车。轿车迎亲在柳镇还是头一回，柳镇人
纷纷挤在石板街的两边。小新郎柳百兴显然没有进入状态，小
木偶般让丫环婆子们提着丝线游走，显得很是滑稽，逗得围观
者掩面而笑。

掌灯了，柳镇从一天的喧闹中缓缓平静，像一条癫狂的河
流终于安静下来。柳家大院遍挂红灯，进出的客人也稀了，下

人们在收拾大院内外残局。小新郎大新娘入了洞房，丫环铺展红床，婆子遍撒红枣花生桂圆莲子。

　　柳镇那条大街依然静静地铺展在那里，一个柳府年长女佣猫一样踩在石板上，手里提着食盒。女佣走到蒲安堂临街的楼前停下来，推开楼前石阶上的铁艺门，把食盒轻轻地放在楼门前，提起一个小匣子，转身关好铁艺门，又猫一样无声无息地踩着石板街回了红灯高挂的柳府。提来的食盒里盛着少奶奶翠衣的饭菜，提回去的小匣子里装着柳老太爷一天的药。过去少奶奶住在柳府时，柳老爷子的药是一次配好服用半月的，打回了蒲安堂后翠衣坚持每天配一服药。那个年长的女佣每天往返于蒲家与柳家之间，传递食盒与药匣。

　　女佣提回了药匣，跟往常一样交给了府上的药师拿去煎药房熬煎。煎好的药送到了无心斋，柳芳林为柳百兴的婚事迎来送往了一天，面带倦容地仰躺在藤椅里，两个姨太太左右分立，揉捏捶打。柳芳林发出了微微鼾声。药端进来时已晾至温凉适中，凤仙接过药碗，茯苓将一条围巾围在柳老太爷的脖子下。凤仙说了一声老爷，该吃药了。柳芳林舒了一口气，缓缓张开眼睛，眼里布满了血线。

　　服药后不久，柳芳林身体突然剧烈地抽搐起来，紧接着鼻孔有血流出。当柳家人明白药里有毒时，柳芳林已没了气息。突如其来的变故让柳府一片大乱。柳百福要男仆捉来熬药的药师与取药的女佣打算拷问时，只见柳镇东方火光冲天，很快有人来报大管家，蒲安堂失火了。柳百福一屁股坐在台阶上，摆手示意放了药师与女佣，他已明白那毒药来自哪里了。

　　大火烧了半夜，这座百年宅院，曾负盛名的蒲安堂化为了灰烬。柳家下人在一片狼藉的废墟里找到了少奶奶的尸体，让火焚烧过的翠衣残存一个骨架，骨架躺在蒲家供奉蒲家祖宗灵位的家堂里，尸骨的手里抱着一个烧得变了形的铜皮盒子，下人们不得不掰碎了尸骨的手骨才取下那只盒子。盒子里依旧空无一物。

柳家下人在清理废墟时，清理出了烧成了陶体的泥人，那泥人有几百个，原来柳家这位寡居守节的少奶奶，半年来在蒲安堂里都在捏泥人打发时光。人们惊奇地发现，那些栩栩如生的泥陶清一色都是男婴，裆里那根棒棒儿皆不成比例地粗大。

裁缝铺

一

　　菱花刚把身子泡进竹木澡桶，街上传来了唢呐声。菱花往身上撩着水问女佣孙妈："哪家在办喜事？过去这街上哪家有喜事，咱铺子都要随一份喜的。"孙妈试试水温说："是铁匠铺。"菱花停止了撩水："铁匠家的儿子还小呀？"孙妈往澡桶里续水说："是金枝，又招赘了一个。"菱花说："哦。"孙妈说："夫人猜招赘的汉子是哪家的？"菱花说："我不常在街上走，猜不出是哪个。"孙妈伏到菱花耳边，其实孙妈完全没必要，屋子里就她们主仆二人。孙妈说："是罗保，跟铁匠学手艺的那个，比金枝小着十多岁，这才叫老牛啃嫩瓜。"

　　菱花半晌不再说话，而孙妈依然在咕噜不止。孙妈说："白瞎了罗保了，才二十三，嫩生生小瓜蛋子，听说在金枝前还没开过荤嘞。金枝还带个崽子，罗保进门等于给卢家拉帮套。"菱花说："罗保怎会娶金枝呢？"孙妈更正说："不是罗保娶妻，是金枝招夫。这个罗保鬼精，还不是看上了铁匠留下的那点家业吗?"

菱花不想跟孙妈聒噪，让孙妈帮着擦背。洗净了，出浴，更衣，上了淡妆，在箱子里翻来拣去挑出块大红的布料包了。她要给金枝送上一份贺仪。这份贺仪很重了。

三个月前那个下着毛毛雨的早晨，俊生去柳城吴记布行，卢铁匠图财害命在半路下了刀子。凶事败露后铁匠被捉去县上，在城西五道庙门口受了绞刑。俊生死后的几个月，除了去郊外给俊生上坟，菱花几乎没有走出过裁缝铺，饮食起居都是孙妈侍候。夜深人静看着地中央那架缝纫机，总会想起俊生坐在缝纫机前踩踏板的样子。菱花在镇子上没有亲人，关于离不离开镇子她想了何止千遍。想到最后她决定留在镇子上，说什么也要把门面撑起来。裁缝铺是俊生的心血，她要对得起俊生。菱花想在明天重开裁缝铺，特地让孙妈烧了一桶水，她要洗个澡除去一身霉气。

菱花"吱呀"推开裁缝铺的木门，走上青石板街，向铁匠铺款款而行，走出了半条街的风韵。她穿着一条低开衩的素色丝质旗袍。这条旗袍是丈夫俊生的得意之作。菱花半含着笑，那笑恰到好处，刚刚洗濯过的脸白里洇出微红，像个酒后微醺的佳人。没人知道菱花为何也来了铁匠铺，卢铁匠可是杀死她男人的人。菱花有菱花的心思，要想在镇子上开铺子便不能与人结怨。

铁匠铺门前贺喜的人见菱花走来，立时管弦歇音，人群噤声。金枝被推到了最前面，她穿了条棉布旗袍，粗劣的做工出自蹩脚裁缝之手，肥大的袍子让她的身形显得臃肿不堪。菱花走近了金枝，三分笑意立时漾成了七分，开口喊金枝嫂子。这个称呼大大出乎了意料，这表明菱花不计卢家的仇了。照理说官家不打送礼的，金枝该还一声妹妹才合礼数。菱花的妖娆让金枝显得无比土气，心中早有了九分怨气。金枝身边站着罗保，罗保穿着件绛紫色绸衫，戴着黑色瓜帽，眼在菱花身上来回遛。

金枝没说话，菱花便把七分笑漾成了十分，拉过金枝的手说："嫂子大喜之日，妹妹无以为贺，铺里余下这块料子，给嫂子裁件小衣，要是嫂子不嫌妹妹手艺拙劣，哪天去铺子上量尺子，妹妹亲手给嫂子缝。"

菱花这话说得情真，金枝却想成了别的，以为菱花以贺喜为名前来羞臊她，怨气又添了三分。金枝没接那块布料子，说："我金枝再没衣服穿，也不差你这块布，就是全城的裁缝都死光了，我也不会去你家裁衣裳。"金枝这话说得不讲情理了，她不该当着菱花说裁缝死光的话。罗保伸出手，笑嘻嘻地把那块料子接过去，说："谢谢陈夫人。"金枝一把打掉了，骂罗保："你不要把我卢家的脸丢尽了。"又用脚在地上踩，呸了几口唾沫。

这就是金枝的不对了。后街李杂货的女人凤仙拽金枝的胳膊，凤仙说："金枝，人家菱花好意来给你道喜，你不说谢谢也就算了，总不能不识好人心，把善心当成了驴肝肺。"金枝白了凤仙一眼，呛了句："你知道什么，这女人就是个扫把星，没有她铁匠也不会做下狠事，她家男人也不会死。"凤仙说："铁匠杀人是谋财，跟菱花扯不到一块儿。"金枝说："你知道什么，铁匠那死鬼是看上了裁缝铺的女人才起杀心的。在我跟罗保喜日这扫把星来铁匠铺，哪是来道喜，分明是来送晦气。"

人群很响地"噢"着，似集体犯了牙疼病，凤仙也不再说话。

听金枝说扫把星，菱花眼里半含上了泪光，紧紧咬住嘴唇，又慢慢张开，下唇渗出了血珠，她说："我这是何苦呢。"

回到裁缝铺，菱花陷入了悲伤，刚调整过来的一点好心情，彻底让金枝的毒舌击溃。孙妈做好了饭盛在盘子里，菱花懒得去吃，在缝纫机前枯坐。孙妈走过来，站在背后说："谁不知金枝是个啥样的女人，夫人不要跟她一般见识。"菱花说："俊生走了，我想把这铺子开起来，要想生意好做，这镇上的人谁都不能得罪。"孙妈说："夫人的心思我懂，可你不能不吃饭，陈掌柜走了，这铺子今后要靠你一个人支应，身子可不能先垮了。"菱花说："孙妈，今后铺子上的事你还得多帮衬着。"孙妈说："夫人说哪儿去了，陈掌柜和夫人待我不薄。"菱花说："俊生心善，他不该遭此横祸，难道真如金枝所说，我给俊生带来了灾祸？"孙妈说："金枝口无遮拦，心又不善，她那张嘴恨不得毒死你，夫人要着了这话的魔，岂不正中那女人心思？"菱花说："这世上最难懂的便是人心了。"孙妈扶着菱花的肩膀说："夫人不要胡思乱想了，铺子明天还要开张呢。"

二

沈锦绣沈老爷妻妾成群，共育四儿七女。儿女中唯有大少爷如寔天生侏儒，已过而立之年，身高却不过三尺余。沈家深宅阔院，良田百顷，买卖铺户十数处，银钱无计，只大少爷是沈老爷的心病。沈老爷决计不让如寔娶女人，连如寔与府上的小丫鬟们走得近些，沈老爷都要干预。不为别的，沈锦绣不想沈家第三代再出现侏儒，这有辱沈家祖宗的脸面。

菱花打开铺子门，见门外站着大少爷如寔，笑着说："大少爷呀，这么早？"忙往铺子里让如寔，招呼孙妈给如寔少爷倒茶。如寔有点慌，摆手说："陈夫人，别拿我当个外人，过去怎样还怎样，我还想看夫人裁衣裳呢。"菱花将如寔让到茶桌前，说："少爷是贵体，怎好烦劳少爷。"如寔手脚没地方放，搓着手掌说："夫人不要这么说，我本来是条贱命，错生在了沈家。"孙妈沏好茶端来，给如寔少爷斟好。菱花说："少爷不嫌铺子寒碜，就常来坐。"如寔胡乱喝了口茶，起身往后屋去。如寔说：

"我去生火。"菱花想拦着如寔，可如寔已进了后屋。菱花摇头
笑笑说："这个大少爷呀。"

裁缝铺重新开张，来客多是熟客，也有镇上人到柜上找菱
花说话的。晚上菱花与孙妈归拢生意，照俊生在时少了大半，
这里面有刚开张的缘故，有些老主顾还不知情。接下来的几天，
裁缝铺的生意有了好转，但仍不及俊生在时的一半。可这也够
菱花忙的，铺子上细碎的事都交给了孙妈。菱花整天量尺裁布，
坐在缝纫机前踩踏板。每天铺子开门如寔少爷准到，菱花没想
太多，如寔少爷以前也老来铺子看俊生裁衣裳。本来菱花不比
以前，她是个寡妇了，不该与男人走得太近的。可如寔少爷是
个短人，也就没把如寔少爷的到来当回事。

这天晚上菱花赶工太晚，伏在缝纫机案板上睡着了，朦胧
之中看见俊生从门外走进来。俊生还是进城时那身打扮，长衫
是菱花亲手缝的。那衫子没用缝纫机，纯粹一针一线精工细作。
衫子洗得发白，俊生依然穿着不愿脱。俊生走过来，坐到缝纫
机前，熟练地穿针引线，踩踏板，缝纫机机轮发出嚓嚓嚓的转
动声。俊生缝完了，起身要走，菱花伸手去拉俊生，俊生的袖
管是空的，再去抱身子，也是空的。到末了，菱花手里只剩那
件旧长衫，她看着俊生光着身子穿门而出。菱花大喊俊生，发
现是南柯一梦。胸前什么也没有，双臂仍作环抱状。孙妈扶住
向前跌去的菱花喊："夫人让梦魇住了吧？"菱花伏在孙妈身上
呜呜地哭。菱花说："我梦见俊生回来了。"孙妈说："夫人是太
累了，好好歇歇吧，等养好了精神再赶工。"菱花说："我想早
点把铺子开起来。"孙妈扶着菱花坐到椅子上，说："但买卖不
是一天做成的。"

第二天开门没有看见如寔少爷，先是孙妈"咦"了一声，
菱花放下手里的水壶，到门前来看也没发现什么。菱花转身再
去提水壶时，她也"咦"了一声。菱花回头看孙妈，孙妈也看

着菱花。菱花说:"大少爷。"孙妈也说:"是呢,大少爷没来。"这天菱花做事有点走神,如寰少爷不会无故不来的。想来想去菱花兀自说:"好像人家少爷是你的小雇工。"

晚上盘账,菱花拿过记账本,无意中发现来铺子上裁衣改衣的大都是男人。过去可不这样,来裁缝铺的多是女人。这是个不小的发现。

接下来几天菱花刻意观察来客,如寰少爷不来铺子后,来铺子的男人明显多了。有游街叫卖的小贩,中药铺胡掌柜家的浪荡公子,连流氓痞子阿三陈五也来铺子里光顾。这些男人大多没有裁衣改衣的活计交给菱花做,屁股压着门槛说些疯话。过去铺子上来的男人,不过坐坐而已,那时毕竟沈少爷在,铺子里有个男人,男人们行为举止还有些忌惮。如寰少爷不来铺子才几天,铺子里便成了男人的散居地。荤话入了菱花耳朵,心燥面热,又不好说什么。

菱花只盼天早点黑下来,好关了铺子。寡妇门前是非多,何况菱花开着铺子,招是非的机会便成倍增加。挨到晚上菱花让孙妈把窗子也关严实,老觉得有人在暗处窥视着铺子。

孙妈趁着夜色去了大车店,那里人多嘴杂,许多闲言杂语都在大车店里发酵。孙妈在大车店里当过杂役,与那里的李宝金老板熟头熟脸。孙妈去了很久才回来,进门说:"太太,沈老爷给如寰少爷下了禁令,不准他再来裁缝铺。"菱花说:"如寰少爷以前可是天天长在咱铺子里,也没见沈老爷说过什么。"孙妈面露暧昧,说:"还不是怕镇上人说闲话惹是非,坏了沈家的名声。"孙妈接着说:"车店的李老板说,如寰少爷寻死觅活的,沈老爷也拿他没办法,如寰少爷再闹下去,沈老爷也得放了他,真要如寰少爷有个好歹沈家岂不让人耻笑?"

菱花没应孙妈,口中呃呃的。

菱花从此不再抛头露面,前台接待都交给了孙妈。缝纫机

搬到了后屋，菱花只在后屋做活。除了量尺，菱花不跟前台的
人打交道。

三

镇街上的刘婆子经营小买卖卖些针头线脑，也保媒拉纤，
给大户人家介绍长短工买卖丫鬟。这天刘婆子捏着烟袋锅子走
进裁缝铺，一笑露出满口黄牙。

孙妈与刘婆子相熟，孙妈去大车店当杂役，还是刘婆子介
绍给李掌柜的。孙妈说："哪阵香风把您老人家吹这儿来了？"
刘婆子嘬口烟，说："这阵香风可大了，这阵风要刮起来，你孙
婆子也要跟着沾福气了。"孙妈知这婆子满嘴没有实话，也不把
她的话放在心上。刘婆子说："夫人呢，怎没见夫人的影儿？"
孙妈说："夫人在后屋赶工呢。"刘婆子要往后屋去，孙妈拉住
刘婆子说："夫人交代过了，前台迎来送往的都跟我说。"刘婆
子说："我一不做袍子，二不改褂子，找你们夫人有喜事。"孙
妈说："喜事？你刘婆子登门，还会有什么喜事？依我看是夜猫
子进宅，无事不来。"刘婆子说："你老孙的嘴用尿罐子涮过吧，
说话也忒毒了些。"

孙妈与刘巧嘴儿一替一句地斗口，后屋裁衣的菱花听个真
真儿的。菱花在后屋说："孙妈，让刘妈进后屋来说。"刘婆子
嘻嘻笑："看你老孙没成色的，横扒拉竖挡的不让见，到底人家
夫人明事理。"

刘婆子见菱花先道恭喜，菱花还礼说："真不知喜从何来？"
刘婆子说："夫人有福了。"菱花说："刘妈别拿我打哈哈了。"
刘婆子神秘地说："沈老爷请我过去，跟我说了半天的话，沈老
爷看上了夫人，想让夫人进府当八太太。"菱花淡淡地说："刘
妈开哪门子玩笑？沈家多高的门槛。"刘婆子说："夫人说的哪

里话，全镇上哪儿去找夫人这般标致的，沈老爷的大太太不说了，老母鸡了，余下那六房太太，哪有能比得上夫人的，就是加起来捆成把儿，也不及夫人的一半。"菱花说："刘妈你抬举菱花了，我不过凭着一点薄技糊口而已，哪有那个命进那么高的门第当太太呢。"刘婆子去拉菱花的手，说："夫人可不要错拿了主意，过了这村可没这个店了，多少黄花闺女等着当沈老爷的八太太呢？"菱花说："刘妈不要说了，菱花没那个命，也不想去当那个八太太。"刘婆子把酸溜溜的口气哈到菱花耳根，说："夫人是不是嫌弃沈老爷年岁大了？你可不知道沈老爷，年岁是大了几岁，可还行着呢，七太太要我给物色个听说听道的丫鬟，前几天我送进府去，七太太趴在我耳根说的，沈老爷宝刀不老，劲头比得上小伙子呢。"菱花听刘婆子说起了疯话，面带愠色地说："刘妈，你不要说了，沈老爷怎么样跟我没关系，我不会嫁进沈府，哪怕是去当大太太，我也不想嫁进去。"

刘婆子见菱花变了脸色，忙给菱花赔不是。刘婆子说："沈老爷说了，进门虽说名分是八太太，但府上大小事务都由八太太说了算。夫人想想，入了府使奴唤婢，丫鬟婆子走马灯似的服侍，挂珠带翠，金银过手如流水，那是个怎样的日子，可不是这个裁缝铺能比的。当了八太太还用得着裁裁剪剪，整天点灯熬油地踏缝纫机，想穿什么样的，自有管家去县城的成衣铺，穿什么有什么，那日子，啧啧啧……"菱花喊孙妈："孙妈，送客。"刘巧嘴儿一下子尴尬在那儿，她没想到菱花会拒绝得这么干脆。刘婆子说："夫人可要三思啊。"菱花说："谢谢刘妈的好意，我没那个福分，你告诉沈老爷，他高看菱花了，不要说沈家，谁家我也不会嫁。"刘婆子说："夫人不要把话说这么死。"菱花见刘巧嘴儿还没有走的意思，怕她再无休止地纠缠下去。菱花说："你告诉沈老爷，我死也不会嫁给沈家人。"

菱花本以为不再抛头露面，便能躲开是是非非，沈老爷却又打起了她的主意。镇上那些男人们还好对付，但沈老爷不同别人，他是沈家的老爷，是镇公所的所长，真要得罪了沈家，她一个小寡妇在镇上怕不好开铺子。可俊生尸骨未寒，菱花不会这么快嫁出去。再说即便嫁人，菱花也不会嫁进大户人家做小。五年前菱花的父亲为了两亩薄田，要把她嫁给一个财主当小老婆，那财主七老八十了。菱花不肯，跟着小裁缝俊生逃出了镇子，千里漂泊来到双羊镇落脚。菱花对孙妈说："明儿个铺子关一天板，你陪我去给俊生上坟。"孙妈不解地问："夫人，明天也不是什么节令，怎么想起要去上坟的？"菱花说："俊生老给我托梦，我想去看看俊生。"

四

如寁被允许夜间走出沈家大院，但不允许去裁缝铺找菱花，如寁只得隐身在裁缝铺对面的小巷子里，像个哨探一样看着夜幕下的裁缝铺。

这天如寁在巷子里蹲到了深夜，整条街都睡了，有几家铺子廊檐下挂着灯笼，寒气里把半条街晃出红光。忽见一条黑影闪到了裁缝铺门前，如寁吓得差点喊出来，忙在暗处把身体缩成了一个毛球。从背影如寁看出是罗保。罗保贴在门板上听动静，而后用刀子状的物件拨门栓。夜半三更拨寡妇家的门，非奸即盗。

如寁想走过去拍拍罗保的肩膀，但这样便惊动了罗保，真要动起手来，十个如寁也打不过罗保。情急之下如寁想起了投石，抢起小胳膊抛出一块石子去，碎石没有打中罗保，却也把拨门的罗保吓得魂散。丑事让人盯上了。罗保没有沿着大街逃回铁匠铺，而是往如寁所在的小巷子跑来，把如寁吓得脖子差点缩回腔子里。罗保刚跑进巷子，发现前面飞跑而去的小人，停下脚骂："这个该死的短人。"

如寔见罗保没有追过来，又返回街口，发现罗保又在拨裁缝铺的门。故伎重施已不管用，罗保根本没把如寔放在眼里。如寔脑子忽灵灵转悠，撒腿跑回沈府大院，在门房里要了纸笔，写下了七个字：罗保去了裁缝铺。

写罢又跑去了铁匠铺，砸铁匠铺的大门，等金枝抽动门栓时，如寔把纸条贴在了门板上，又返身跑回了那条巷子。如寔想好了，这个计策不能奏效，他准备跟罗保拼命。

不多时远处贴着墙根走来一个人，看步态是金枝。如寔等着看好戏。罗保拨门不顺利，但这家伙依旧贼心不死。金枝是个没心没肺的女人，她不该抓住罗保后大喊大叫。整条街狗咬吵吵，临近铺户纷纷点灯。金枝骂："说去城里打铁，不成想半夜来这扒骚儿。"金枝再怎么喊也不该喊捉奸。这一喊罗保丑事藏不住也掖不住了。

裁缝铺里的菱花与孙妈也醒了。先是孙妈趴到门缝往外看，吓得脖颈子冒凉气。菱花让孙妈把衣衫取来。孙妈说："太太你要到街上去？"菱花说："都闹到家门口了，再怎么也不能装聋子吧。"孙妈说："夫人你不要去蹚浑水，你装作不知情还好办，真要照了面倒不好办了，金枝问你，你能说什么，让那一公一母俩猴子要去，看丢人现眼的是谁。"

菱花觉得孙妈说得有理，也不打算开门了。可金枝偏不让菱花躲过去，捏着罗保耳朵敲起了裁缝铺的门。

这么一敲再也不能装聋作哑了。

菱花让孙妈开门，金枝跳过门槛来抓菱花。菱花哪里是金枝的对手，未及还手面上已着了几下。孙妈扯住金枝，喊菱花："夫人快到内室躲一躲。"

这样的阵仗菱花初次经见，捂着脸躲到后屋去。金枝摆脱了孙妈，扑到菱花躲避的屋子前以脚踹门，骂起不堪入耳的荤话，连孙妈也听得捂耳念佛。金枝踹门不开，便开始砸铺子。那些布料，半成品，还有做好的成衣，都让金枝用剪刀剪成了布条。

镇街上的人闻声而来，裁缝铺门口人越聚越多，有人还提着灯笼。门外的人看着金枝撒泼，都不说话。看客无声地助长了金枝的气焰，到最后铺子里再也找不见一块完整的布料。金枝见再无东西可砸，气焰嚣张地喊孙妈给泡茶。这个胖女人竟四平八稳地坐在满地狼藉的铺子里喝起了茶，指着菱花躲的屋子骂了句下流话，才扯着罗保的耳朵气汹汹地走了。

金枝走了，看客们也散了。暗街上人影游移，一盏盏灯笼飘浮进街两边的铺子。裁缝铺里一地烂糟糟的碎布，菱花把手指咬在嘴里无声地哭着。夜寂寂静静，仿佛死了。

五

闹到了镇公所。

其实事明摆在那儿，金枝无理取闹打砸了裁缝铺，该赔偿所有损失。而金枝振振有词，说菱花勾引罗保，往前说，铁匠杀俊生也该追究菱花的罪，铁匠杀俊生并非谋财，是让这女人迷了心窍才起了杀心。

金枝说："看这女人长得光鲜，其实是只尿桶。"

尿桶是骂那些胭脂巷里的妓女的，这两个字恶毒到了极点。

菱花嘴讷，不会辩解，只会如实陈情。菱花说罗保怀有歹心，而金枝坚称菱花勾引了罗保。双方各执一词，沈老爷问罗保，罗保起初支吾，再问，便说他与菱花相好。

菱花当场气得战栗。

沈老爷不急不慌，下巴上那缕山羊胡撅了几撅，啜了一口茶水，晃着头，喉结耸动。就在人们以为沈老爷会咽下去时，管家于身后捧过漱口瓷盂，一低头，噗一声，茶水吐在白色瓷盂里。沈老爷擦了擦嘴角的水渍，说："罗保你不要满嘴喷粪。"罗保说："我哪敢胡说，菱花不约我夜半去私会，我哪敢大半夜去裁缝铺敲寡妇门，双羊镇是有天有地有王法的。"菱花气得说不出话。沈老爷说："你有什么证据？"罗保说："菱花左侧大腿根儿有颗黑痣。"

罗保此话一出，吓得菱花双腿瘫软，幸好身后站着孙妈，不然菱花要跌在地上。原来菱花左侧大腿根儿真有颗黑痣。这么私密之处的标记，不是亲密之人不会知道。菱花想不通罗保是怎么知道的。

沈老爷对文案先生说："去找刘巧嘴儿来。"

听说找刘巧嘴儿，菱花不知沈老爷葫芦里卖的哪味药。有刘巧嘴儿给沈老爷求亲在前，菱花心中不免别扭着。没等文案先生动身，人群里闪出了刘婆子，三分阴气七分媚气地来见沈老爷，说："沈老爷要婆子我给陈夫人验身吧？"沈老爷笑眯眯地说："啥事也瞒不过你刘巧嘴儿。"刘婆子说："再怎么精明也比不过沈老爷心明眼亮。"沈老爷说："这么多年你没少给沈家跑腿，天寒了，去账房支点钱，裁套过冬的袄裤。"刘巧嘴儿跪地上给沈老爷磕头，说："谢谢沈老爷，巧嘴儿跑断腿儿也没怨言。"谢过沈老爷，刘婆子问："沈老爷，在哪儿验看？"沈老爷说："既是取证据，还是在当场好些，让在场的人都有个见证。"

听沈老爷说当场给菱花验看腿根儿黑痣，镇公所院子里围观的男人突然像一群发情的公羊骚动起来，有人起哄说："沈老爷英明，我们给当个见证。"

菱花感到了孤立无援，要真在当场验看，大庭广众下，菱花还能活人吗？沈老爷咬人的狗不露齿，这是把菱花往死路逼。

刘巧嘴儿向菱花走过来，菱花说："沈老爷，未免太过分了吧？"沈老爷说："那陈夫人说怎么办？人是你告过来的，我不能不主持公道，各说各的理，我又没亲见，你让我怎么办？当场验看也能还夫人清白不是？"菱花说："沈老爷，这是非曲直明摆着，你放着恶人不抓，偏拿好人为难，你主持的是哪门子公道？"沈老爷怒气横生地说："这里是镇公所，不是你的裁缝铺，用不到你指手画脚。"菱花说："镇公所是双羊镇讲公道的地方，不能你沈老爷说什么是什么。"沈老爷说："那陈夫人的意思是，用不到我来裁断你们这笔官司了？"菱花说："沈老爷主持的是公道自然要得，要是沈老爷出于偏私就要不得。"沈老爷抖起了威风，对身后的家丁说："把那女人捉住，看她还说不说疯话？"

沈家家丁唯沈老爷命是从，抢过来捉菱花。一个小女子，哪里逃得出两个恶奴之手。沈府家丁擒住菱花，沈老爷说："陈夫人，你是自己脱呢，还是让刘婆子动手？"真要让刘巧嘴儿当场扒下了裤子，菱花回头只能吊死。菱花真怕了，头发散乱开，青丝覆面，哭着说："沈老爷，不用了。"沈老爷说："刘婆子，把陈夫人带到偏厦去验看，不要让人说陈夫人是被逼着承认的。"

沈府家丁把菱花推进了偏厦，随后刘婆子也跟进去。刘婆子黑着脸说："陈夫人，我得向沈老爷交差，没有那套袄裤过冬我得冻死。"

菱花冷冷地说："不劳你动手了。"

刘婆子从屋子里出来时，人们从婆子的脸上看出了结果。最吃惊的是金枝，她以为罗保在编排瞎话，以此来糊弄沈老爷。说来菱花把金枝告到镇公所，金枝也怕了，裁缝铺的损失不小。腿根儿长黑痣，那么私密的标记，不是亲眼所见怎能说出来。看来罗保与菱花真有事，金枝奔进了偏厦，在菱花身上乱抓一气。手上抓着口中骂着："尿桶。"

菱花也不还手。

沈老爷作了裁定，裁缝铺的损失皆由菱花自己承担，并保证跟罗保扯清关系。菱花没有听沈老爷的裁定，满脸伤痕地往镇公所门外走。孙妈过来架菱花的胳膊，菱花打开了，孙妈还要架，菱花又打开了。菱花盯着孙妈说："老孙，我错看你了。"

孙妈早已羞臊难当。

菱花想透了，在双羊镇知道这颗黑痣的，除了死去的俊生便是孙妈，孙妈伺候菱花洗过澡，罗保只有从孙妈口中才能知道这颗黑痣。

菱花坐在裁缝铺一张条凳上，孙妈进来见桌上放着钱，明白了菱花的意思，喊了声："夫人。"菱花没说什么，脸上从来没有这样冷。孙妈进了屋拾掇了零碎，来到菱花面前把两块钱放在桌上，说："我该死，怪我财迷心窍，罗保找我问些夫人的私密事，我以为他有窥私癖也就没多想，他给了我两块钱，可我没想到他用来陷害夫人。"

菱花背过身去说："刀子都捅到心窝子了，说这些有什么用？"

裁缝铺只剩下菱花，看看满屋子的惨象，捂着嘴巴无声地大哭了一场。幸好那台意大利产的缝纫机没安在外间屋，不然也会让金枝砸散架了。菱花看看满地被剪碎的衣料，打开钱匣子，仔细点数匣子里的钱，还不够赔给主顾们的。又打开一只小盒子，盒子里有三件金饰。这三件金饰是俊生花掉多年的积蓄买给她的。菱花把金饰拿在手上摩挲了许久，挑了一件去了荣信当铺。

听说金枝大闹裁缝铺，主顾们纷纷前来寻菱花。待菱花把主顾们打发走，手上又分文皆无。裁缝铺已无钱取暖，炉子里没有火星。菱花不得不把被子裹在身上，来抵御从四面渗进来的寒冷。

六

也是菱花大意，天黑了忘了给门上栓。罗保推开虚掩着的门，一脚跨进来，摆出无耻赖皮相，菱花往外推罗保。罗保抡锤打铁出身，菱花一个织女，如何推得动罗保。罗保说："菱花你不要那么绝情嘛，外面可都说咱俩好过，你说咱俩不好一回不亏吗？"菱花气得银牙咬碎，骂："罗保，你是个无耻之徒，你不要脸我还要。"罗保说："你可是想要脸，可脸偏偏丢尽了，你不听听外面如何说？"菱花说："还不都是你害的，你还恬不知耻来我这里说疯话？"罗保说："要不是铁匠铺那几块破铜烂铁，我才不会进卢家门槛，那金枝插个尾巴，就是头叫驴，哪有半点女人味？"菱花说："你要再不走，我就把金枝喊来。"罗保一屁股坐在了凳子上，说："你喊，你要不怕这铺子再让那娘儿们砸一回你就喊。"菱花没辙了，只好说："你到底想怎样？"罗保从裤里摸出两块钱，说："这钱可是我私攒下来的，你可不能不领情。"菱花说："把你的钱收起来，腌臜。"罗保说："钱要腌臜，那沈家钱库就成了粪坑。"说罢将钱嘻嘻笑着咬在嘴上。菱花说："你要是不走，我可真喊人了，反正这铺子里也没有值钱的物件了，金枝她爱砸就砸。"罗保说："俊生死了恁长时间了，这么大个铺子，里里外外没个男人也不成。"菱花说："守寡还是再嫁，那是我的私事。"罗保涎皮赖脸，说："全镇人都知道我罗保看过黑痣，还能说不关我的事？"

罗保话说得越来越下流，菱花抓起烙铁抡起来打罗保。罗保抬胳膊把烙铁抓在手里，用力一带，菱花连人带烙铁向前抢过来，罗保顺势把菱花抱住，烙铁丢在地上。罗保凭空长了胆气，黑脸厚唇往菱花脸上贴，手自上而下往菱花衣襟里插，菱花死死地抱住前胸尖叫不止。

门被撞开，门外滚进如寒少爷，一头撞在罗保屁股上。那罗保车轴汉子，如寒力薄，弄了个屁股蹲，尾骨磕在地上生疼。罗保还在搂着菱花撒野。如寒看见了那把长把烙铁，抓在手里，蹦起来，抢着烙铁拍在罗保后背上。罗保再肉肥骨壮，毕竟不是金刚之身，铁家什抡在了脊梁骨上也够呛。罗保丢开菱花，回身见是沈如寒，举起的胳膊未落下来先自软了。沈如寒貌不惊人，但沈家的势力，他一百个罗保也不及。罗保来不及整理凌乱的衣襟，逃也似的消失在黑暗的街上。

菱花坐在地上哭。女人到了这个地步，只剩下了哭。如寒少爷找了一件褂子给菱花披在后背上。他没说话，悄悄退了出去，掩上门，坐在门口，看着夜空的寒星，冷风从他的袄领灌进去，耳朵始终倾听着屋内的动静。

女人的哭声是那种压抑的调子。

后来哭声渐渐止了，门被拉开了。菱花说："大少爷，别在外面坐了，进来吧。"如寒站起来，仰头看着菱花，说："让人看见了不好，会坏了夫人的名声。"菱花说："我现在还有什么名声呢，早声名狼藉了。"如寒说："夫人说哪儿去了，在我眼里夫人始终是陈掌柜在时的样子。"菱花说："这镇子上的人可不都像大少爷这样心善。"如寒说："人心都是肉长的，也不都像金枝罗保那般坏。"菱花说："若没有大少爷解围，真不知会怎样？"如寒说："夫人不用说客气话，快关门吧，看寒气灌进去。"

罗保夜闯裁缝铺的第三天晚上，如寒少爷让人打了。打人者从背后一棍子斜着抽在如寒后背上。如寒小身板哪禁得起这一下子，一个狗啃屎，整个人趴在地上，霎时吐了血。而打人者在夜色掩护下逃了。若不是赶车的马瞎子发现，如寒便死了。中医杨大先生的草药保住了他的命，杨大先生离开沈府时嘱咐沈家人，大少爷没有三个月养不好。

沈锦绣对于这个儿子的死活，并不那么上心，可沈家的颜面丢不起，打沈如寔等于打他沈锦绣的脸。沈老爷找来管家，说："沈家的脸真没地方搁了。"管家说："老爷放心吧，这个人我有眉目了。"沈老爷说："哦，哪个？"管家说："八成是罗保，大少爷坏了他的好事。"沈老爷说："这个罗保还反了天了，上次真该割下他的根子，让他做太监。"管家说："现在割也不晚。"沈老爷摆摆手说："算了，打断他的腿就够瞧了。"

罗保自以为做得神不知鬼不觉，可他低估了沈家在双羊镇的势力。沈老爷手眼通天，什么事能瞒得过沈家的眼线。沈家家丁像罗保偷袭如寔少爷那样，也是在晚上把正走在街上的罗保打翻在地。两个家丁黑衣遮体青纱罩面，一个摁住罗保，一个抡起铁杵硬生生把罗保双腿砸断。

双羊镇人心知肚明，打断罗保双腿的是沈家的人，但碍于沈家的势力，没人敢说出真相。沈老爷是镇公所的所长，话头子在沈家的嘴里，沈家人说什么是什么。

罗保也明知是沈家在报复，但也只能暗气暗憋，腿伤痊愈后成了个废人。金枝招赘罗保入门，是看上了罗保学成了卢铁匠的手艺，能帮着养活她跟铁匠的儿子。罗保残废后，金枝非打即骂，像个夜叉。而罗保不恨打骂他的金枝，也不恨打残他的沈家人，只恨那个他得不到的裁缝铺的女人。

七

双羊镇刮起了一股旋风。

女人们背后说起菱花，不再叫她菱花或是陈夫人，而是叫尿桶。其实谁也没有亲见菱花跟罗保好，尽管罗保说对了菱花私处的黑痣，但人们依然认为罗保与菱花并未发生什么。

真相是什么并不重要，女人们享受着这个突发事件带来的

乐趣，甚至是生理上的刺激。她们把想象力发掘到极致，编排
了罗保与菱花相好的种种细节，还要让这些细节在双羊镇广泛
传播。卢铁匠也被她们从坟堆里被扒出来，让骨渣子与活生生
的女人发生关系。

菱花在双羊镇人口中被嚼烂、诅咒，终于成了个臭名昭著
的寡妇。

这种细节丰满，又让人浮想联翩的流言，在双羊镇如绵绵
不绝的秋雨般泛滥时，菱花还守在裁缝铺里一无所知。

再没有人来铺子上裁衣裳，所有积蓄又都赔了出去。菱花
不得不去当第二件金饰。等她当掉了最后一件金饰，再也无力
赎回了。还剩两件值钱的东西，缝纫机跟这座铺面。缸窑厂的
周掌柜派管家来找过菱花，说周家二姨太看上了这台缝纫机。
沈家也来跟菱花商量买下铺子的事。缝纫机是俊生生前用过的，
而这座铺子是俊生的命。菱花要对得起俊生，死也不会卖这两
件东西。

"黑痣事件"过去半年，菱花再也拿不出一文钱。菱花围着
围巾，穿着俊生缝的素色低开衩丝质旗袍，妖娆地走上双羊镇
大街。人们纷纷把眼睛对准门缝，看着这个女人从街上走了几
个来回后，又回到了铺子里。几天后菱花再从街上走来走去时，
人们看出这个女人因饥饿而变得虚弱不堪。

但菱花依然保持着双羊镇的女人没有的优雅。

女人们的眼光被门缝挤得细长而又挑剔，声音从鼻子里哼
出来，她们说："一只尿桶，还好意思摆出仙女下凡的样子。"

男人们没有人再敢打菱花的主意，都知道菱花是沈老爷看
上的女人。他们可不想像罗保那样断掉双腿。裁缝铺的境况，
一分一毫都在沈家眼里，沈老爷坐在那张藤椅上喝茶，等着裁
缝铺无以为继的一天，那时菱花会乖乖来做他的八姨太。沈老
爷吩咐管家说："去荣信当铺把那些物件给八姨太买回来。"管

家笑眯眯地点头哈腰说："老爷放心，一样也少不了，等八姨太进府来，老爷给八姨太一个惊喜。"当管家把菱花买米的钱都拿不出的消息告知沈老爷时，沈锦绣意识到火候到了，他吩咐管家把刘婆子喊了来。

刘婆子颠颠进了沈府。沈老爷说："再去一趟裁缝铺，不信她不动心。"刘婆子说："难为沈老爷对她一片心，就是铁石心肠也该焐热了。"沈老爷说："我沈家人不会强迫哪个女人嫁进来。"刘婆子说："老爷看上她，是她的福气。"沈老爷说："上次袄裤钱可从账上支了？"刘婆子说："老爷心善，袄裤裁了。"沈老爷说："这事成了，再许你副棺材本。"

一副棺材本让刘婆子心花怒放地敲开了裁缝铺的门，菱花已饿得撑不起来。菱花见了刘婆子说："我知你为沈老爷而来，你回去告诉沈锦绣，我死也不会嫁进沈家。"刘婆子说："人死如灯灭，死了可什么都没了，何况夫人死后怕连个收尸的都没有。"菱花说："死了也就死了，死了还管得了身后事吗？"刘婆子说："沈老爷可是一片痴心，你想想沈家想娶什么样的女人没有，沈老爷看上你是你的福气。"菱花说："我把这福气让给你了，你去嫁给那个老棺材瓢子，使奴唤婢多好。"刘婆子说："夫人怎么竟说疯话，沈老爷怎么会看上我，他看上的是你。"菱花说："听说你有个女儿，你把女儿嫁给沈老爷，那你就是沈老爷的丈母娘了。"刘婆子说："我那丫头长得倒标致，可惜没那个命。"菱花说："你去给沈老爷跪下，眼泪一把鼻涕一把地求，沈老爷是个大善人，没准就耳软心活了呢。"刘婆子说："陈夫人快别打我的哈哈了，沈老爷还等着我回话呢。"菱花咬着牙说："你回去跟沈锦绣，我宁可骨渣子抛在乱葬岗子，也不会进沈府。"刘婆子说："你不要惹恼了沈老爷。"菱花咯咯笑："我一个要死的人了，还会看谁的眼色吗？"

见刘婆子还赖着不走，菱花自己走出了裁缝铺。

天已黑下来了，有铺子在挂灯笼。

菱花夜游在街上，飘飘忽忽，仿佛魂已离脱了身子先去了。

菱花回到裁缝铺，人几近虚脱，她已想好了今夜的归路。

当菱花走到桌子前时，看到了一个布袋子。菱花愣怔了一会儿，把袋子的口抓在手里，撑开，一股饼香扑面而来。菱花把门关死，点着灯，那袋子里装着一摞葱饼。葱饼下还有一只小口袋，取出来解开扎口的绳子，是钱，细数，现洋五十块。

对于身处窘境中的菱花，五十块现洋是一笔巨款。

菱花把现洋托在掌心，猜起了这钱的来历。莫不是沈家派人送来的？当然沈家送钱并非善意，菱花吃了人家的饼花了人家的钱，还不得乖乖上门去做八姨太吗？菱花看看柜阁子上那只小瓶子，拔开瓶塞把里面的粉末吞下去，菱花就能见到俊生了。菱花想，若真是沈家的诡计，大不了吞了那药，反正想好了要死的。想到这儿菱花释怀了，打开布袋子把那饼撕着吃了。又掂掂那小口袋里的钱，开始在灯下盘算这钱的用处。

八

菱花死也不进沈家门，这话经刘婆子之口，添油加醋地说给了沈老爷。沈老爷看出了这个外乡来的女人的决心。沈老爷喊来管家，叮嘱他看好裁缝铺，菱花一死沈家接管那两间门面房。

双羊镇人巴望着裁缝铺的女人快些死。男人们的想法出自裤裆里，他们不可能得到这个女人，凭什么他沈锦绣能弄那么俏的女人？还不如这女人死掉谁也得不到公平些。女人呢，心思就简单了。有那么个女人勾着男人花花心，女人们觉也睡不踏实。就在人们等着听菱花的死讯时，这女人竟又妖娆地走出铺子，走上双羊镇的大街。她去了煤铺买了煤，又去了米店，叮叮当当丢下的都是现洋。

　　菱花等于搧了双羊镇一个大大的耳光，把双羊镇男男女女搧蒙了。全镇人仿佛让菱花骗了一样，迅速膨胀的愤怒中夹杂着期望落空后的失落感。双羊镇人似乎生来热衷于造谣。他们又一回纵容了想象力，把那女人说成无客不接的淫妇，细节堆砌如亲见。而菱花似乎迷恋上了行走，她穿着那件旗袍从街上走，皮鞋把一条街踩得嗒嗒响。

　　双羊镇能拿出五十块现洋的人家不少，但能暗中拿钱替菱花解困的唯有如寏少爷。菱花翻来覆去想该如何报答如寏少爷，后来想就给如寏少爷做件合体褂子吧，如寏少爷穿的褂子很旧了。

　　菱花破例进了趟城，在吴记布行里买回了洋布。裁衣之前要量体，菱花看不见如寏少爷，但这又难不住菱花，她的眼睛是把尺子，如寏少爷的身量都在她心里。菱花裁这件褂子，没用缝纫机，针脚都是菱花亲手缝的。缝着针脚时，菱花常常会走神儿，她想如寏少爷不是个短人该多好，要不是身体的先天缺陷，大少爷要什么没有？绫罗绸缎，锦衣玉食，妻妾成群。

　　想过了，菱花满脸绯红。

　　看不见如寏少爷，褂子只好在柜子里叠放着。裁缝铺不能老这样下去，得把生意做起来。菱花在吴记布行买回些棉布，她决定今后只给穷人裁衣裳。写了块牌子竖在门口，手工费降了三成。但双羊镇人似乎商量好了，没人找菱花裁剪。裁缝铺门庭冷落，菱花每天坐在铺子的柜台后面看着门前的街道，她能感到经过铺子门前的人目光闪闪烁烁。菱花从这些飘忽不定的目光中看出了端倪，镇上人都在看着沈家，沈家人不来铺子，没人敢先踏进裁缝铺的门槛。

　　几个月没有在镇街上露面的大少爷如寏，突然敲开了裁缝铺的门。菱花见到如寏少爷难抑欣喜之情，差点把如寏少爷抱起来。而如寔少爷惊慌失措的样子，又让菱花的心不由得抽紧。菱花在灯光下见如寔少爷，腰挺不直了，上半身佝着，依旧穿着那件磨破了的褂子。由于褂子不再合体，下半身只好提起来掖在腰带上，看上去像个惹人发笑的小木偶人。如寔惊慌地说："夫人，你快走吧，要大祸临头了。"菱花说："多日不见大少爷，一来就向我报忧吗？"如寔由于着急，话说得磕磕巴巴，如寔说："罗保是条豺狼，他得不到你便心生歹计，要借刀杀人，怂恿金枝去香炉山报告豺狗子，说你如何长得好看，要豺狗子连夜带人来双羊镇把你抢走。豺狗子贪财好色，是吃人肉喝人血的杀人魔头。"菱花听后也大惊失色，说："少爷，你怎么知道的？"如寔说："我听孙妈说的，孙妈听大车店的李掌柜说的，孙妈一直觉着亏欠着夫人，她不敢来见夫人，便让我来给夫人报个信，这个事几乎全镇人人皆知，只你还蒙在鼓里。"菱花心倒安然下来了。菱花说："该来的祸躲也躲不掉，这就是我的命。"如寔急得汗水淋漓，说："夫人你快走，香炉山距双羊镇不到百里，豺狗子今晚必来双羊镇，再不走可就来不及了。"菱花说："大少爷，在双羊镇遇着你，我菱花这辈子有福了。"如寔说："夫人快别说了，逃命要紧。"菱花说："大少爷别劝我了，要不是大少爷暗中给我接济，我怕早死多时了。"如寔说："夫人，你没必要搭上命，不值当。"菱花说："大少爷，你回去吧，豺狗子才不会看上我。"如寔脸憋成了猪肝色，说："夫人，你是双羊镇最美的女人，沈府的小姐丫鬟没有一个能赶得上。"菱花说："大少爷过誉了，我说豺狗子看不上我，就是看不上我。"

　　如寔说不动菱花，只好回府去求他爹沈锦绣。

　　菱花看着满天夜色，关好门，又把所有的灯都点亮。如寔少爷腰挺不直了，先前裁的那件褂子也不会合体了。菱花坐到了缝纫机前，她想赶工给大少爷裁件新褂子。

九

沈老爷得到探子报告，拐棍捣地骂金枝跟罗保狗脑子，给豺狗子送信岂不是引狼入室？金枝虽说已动身去了香炉山，沈老爷派人去追还追得上。沈老爷想来想去还是没派家丁去追。沈老爷哼了哼，说："裁缝铺这个不识抬举的女人，就该送去土匪窝。"

豺狗子来双羊镇借过钱。所谓借钱不过是客气的说法，实质是软刀子。借到沈家头上，沈老爷倒是慷慨，给了五千块现洋。豺狗子也大方，给沈老爷留了条枪，并放豪言谁欺负沈家就是欺负他豺狗子。以后每年不用豺狗子来镇上，沈老爷都会挨家商铺收钱，派心腹人送到香炉山当面交给大当家的。有这份交情在，豺狗子从不祸害双羊镇，但双羊镇人提起豺狗子，还是脊梁骨跟着冒凉气，都知道那是群杀人祖宗。

如寔找到沈老爷房间，管家也在。而管家坐在椅子上没动，他向来不把这个大少爷放在眼里，沈家将来做老爷的是二少爷如骞。如寔说："爹，金枝去香炉山了。"沈老爷喝着茶，也不看这个大儿子。如寔背驼后，沈老爷更不爱看这个大少爷。沈老爷说："双羊镇有什么能瞒得过沈家。"如寔说："这么说爹知道金枝去干什么，那爹为何不制止金枝，豺狗子是什么人爹不会不知道。"沈老爷说："寔儿，越来越没规矩了，怎么跟爹说话呢？"沈老爷把茶碗在桌上墩得很响，说："你不是为你爹急，为全镇人急，你是为裁缝铺那个女人急吧？"如寔说："菱花也是咱双羊镇人，爹是镇公所的所长，你不能把她丢给豺狗子。"沈老爷说："那是她自己把全镇人都得罪了。"如寔说："没听说她怎么得罪了全镇人，倒是镇上人百般刁难她，分明不让她活，前者金枝打砸裁缝铺，爹明知金枝无理取闹，罗保信口开河，还要当众为难菱花，把理断给金枝一边。"沈老爷一掌拍在桌上，茶碗震得颠了起来。沈老爷说："你说爹断的是糊涂官司？"如寔说："糊涂不糊涂爹心里明镜似的。"沈老爷抓起茶碗摔向如寔，茶碗从如寔头顶飞过，落在地上，满地瓷片。沈老爷说："狗东西，你也敢来教训你老子？给我滚出沈家，沈家再没你这个忤逆之子。"

沈锦绣拂袖而去。

小待客厅里只剩了管家与如寔少爷，如寔少爷对这个管家也没有好印象，他总给沈老爷出各种阴损主意。管家说："大少爷，要让老爷出手救人只有一条路可行。"如寔说："请管家明示。"管家说："你不了解老爷的心思，老爷让刘婆子去裁缝铺说了两回了，想让她进府当个八姨太太，只要那女人答应嫁进来，没人敢碰她一根汗毛，双羊镇是沈家的地盘，他豺狗子也不敢把沈家怎么样。"如寔说："我爹都有七个太太了，人也七老八十了，还要什么八姨太？"管家神秘地说："老爷最忌讳人说他老，大少爷不知道的事多着呢，老爷宝刀未老，不然那六姨太七姨太年纪轻轻的，能塌心跟老爷过日子？"如寔说："可人家不想嫁过来，强扭的瓜不会甜。"管家双手摊开，说："那没人帮得了她，只能听天由命了。"如寔说："管家，我爹最信你的话，你去劝劝我爹，让菱花来沈家暂避一时，等豺狗子走了，再让她回裁缝铺。"管家说："少爷你想得轻巧，豺狗子来双羊镇为啥，沈家把裁缝铺的女人藏起来，不等于向豺狗子宣战吗？沈家这叫引火烧身，大院里百十口子的小命儿呢。"如寔说："即便菱花答应嫁进沈家，不一样等于向豺狗子宣战吗？"管家说："那不一样，她当了老爷的八姨太，豺狗子来了，老爷也好跟豺狗子说，豺狗子不会不给老爷面子。到时候豺狗子会把怨气撒到金枝跟罗保头上。"

如寔再次敲开裁缝铺的门，菱花正在缝纫机前踩踏板。如寔说:"都火烧眉毛了,你还有闲心做裁剪呀?"菱花对如寔说:"天塌下来倒省心了。"如寔说:"夫人的命就那么不值钱吗?"菱花说:"命值钱又怎样?人家不让你活,刀架在脖子上。"如寔说:"小鸡临死还要抖落抖落翅膀,你这么大个活人就抻着脖子等着挨刀子?"菱花说:"大少爷来为跟我说这个吗?"如寔说:"只要你答应沈家一件事,你就能进沈家大院避难。"菱花停下手里的活计,说:"我说过,我死也不会嫁进沈家的。"如寔抬高了声音说:"沈家又不是魔窟。"菱花说:"大少爷,我手上正忙着,你帮我往炉子里加点煤,把那把烙铁也烧上,一会儿要熨衣服。"

如寔想说什么,见菱花心意已决,嘴咬了几咬,出了门,掩好,坐在门前,把腰里那把小刀子抽出来,攥在手里。黑夜很黑,如寔身形又太小,坐在地上几乎看不见人,只看见他手里那把小刀子闪着寒光。

十

沈老爷把管家喊进内室,问如寔的去处。管家说去了裁缝铺,沈老爷让管家派个人跟着大少爷。管家去管事房派了一个家丁,去裁缝铺外监视动静。

过了两盏茶的工夫,家丁回报管家,说大少爷提刀守在裁缝铺门口,不知作何打算。管家立时去报沈老爷,沈老爷气得手脚并抖,骂道:"让这个畜生作死去。"管家说:"老爷,不能让大少爷坐在那儿,按脚程推算,豺狗子后半夜准来双羊镇。"沈老爷说:"让土匪砍了脑袋更好。"管家说:"老爷,不能由着大少爷性子来,豺狗子什么事都做得出,倘使豺狗子把大少爷掳走了,以此要挟沈家,那时麻烦就大了,再怎么说大少爷也是沈家的少爷,沈家连大少爷都不去救,岂不让人笑话老爷心毒。"沈老爷说："拿条绳子去把这畜生捆回来。"

　　管家挑着灯笼到了裁缝铺近前，才见一个小人猫一样坐在地上。管家喊了声大少爷。如寔见是管家，背后跟着家丁，先猜到了几分。没等管家开口，如寔说："管家，你回去吧，我已经不是沈家人了，我的死活与沈家也没有关系。"管家说："大少爷，刚才老爷一时生气，说话重了，到何时大少爷都是大少爷。"如寔说："我不会跟你回去的。"管家说："少爷何必呢？为了个女人就跟老爷撕破脸吗？"如寔说："反正我不会跟你走的。"管家说："少爷也知道老爷的脾气，他老人家说的话谁敢违逆，少爷真要为难我们这些做下人的，我们也只好冒犯少爷了。"如寔说："难道要把我捆回去不成？"管家说："少爷，这也是没办法的事，不然老爷怪罪下来我们吃罪不起。"如寔听罢后背倚住门板，小刀子在手里舞耍。管家对身后的家丁说："你们是打算得罪老爷呢，还是得罪少爷？"

　　家丁会意，一左一右向如寔逼过来。这两个家丁是沈府打手，手脚上都有功夫，三下五除二将如寔捉在手上。如寔破口大骂管家与两个恶奴。门开了，灯光辉映下走出了菱花，手上捧着一只包裹，菱花说："大少爷，你在这里等于以卵击石，白白葬送小命。回府好好跟沈老爷赔不是，沈老爷毕竟是少爷的爹。"如寔让家丁提在手里，像只让人捏住脖子的鸭蹬腿挣扎，他说："夫人，你快走，再不走真的走不了了。"菱花说："大少爷对菱花好，菱花都记在心上了。俊生在时你常来看俊生裁衣，你是在偷他的手艺，俊生早看出来了，大少爷是个好人，俊生才没有保留，不过俊生的手艺你还没有学完，从明天起我来手把手教你。"如寔说："夫人，你不走，怕是再没机会见面了。"菱花说："大少爷，不要再叫我陈夫人，叫我菱花吧。"如寔嘴唇翕动，半晌说："菱花。"菱花泪水充盈，递过那个包裹说："给大少爷裁了件褂子，你身上那件不合体了。"如寔让家丁抓着手臂，菱花说："你们放开大少爷，他会跟你们回去的。"家丁看看管家，管家使了个眼色，家丁松了手。菱花说："大少爷，你跟他们回去，真要把大少爷绑回去，也让镇上人笑话沈家。"

如寰接过包裹，捧在手上，人已泣不成声。

如寰少爷走后，菱花把门窗关好，看看裁缝铺，净了手，给俊生的灵位上了香。

土匪这次下山来得异常嚣张，连马蹄也没有包。马队踏上了双羊镇东西走向的那条石板街，马蹄掌踢踏出的声音让人战栗。全镇人跟着马队的噪音颤抖起来。马队在裁缝铺门前停下，土匪们在马背上说着匪话，火把将裁缝铺门前照如白昼，马刀与长枪在火把的光里闪着青光。

菱花坐在火炉边，那把烙铁在炉膛里烧得通体赤红。炉子前立着一面镜子，菱花看着镜子里那张绝美的脸。土匪开始粗暴地砸门时，菱花嫣然一笑，从炉膛里抽出烧红的烙铁，烙铁头慢慢地贴在了脸上。

大土匪头子豺狗子闯进裁缝铺，看到的女人的脸不是倾国倾城的美貌，而是被烧焦后丑陋不堪的脸，如怪似鬼。豺狗子的脸也随之变得扭曲，手下的大炮手说："当家的，我们让那娘儿们给耍了。"军师提醒豺狗子说："当家的，这里面不会是条绝户计吧，我们可在人家的瓮里。"豺狗子怒不可遏，出了裁缝铺，跟手下的众匪们说："不管双羊镇下什么套，咱都不能这么走了，谁都不能空着手。"众匪得了号令，开始了打砸商铺，只挑金银细软，其余通通舍弃。

豺狗子叫上七八个小匪，催马前来铁匠铺找金枝。

豺狗子没亏着金枝，赏了她二十块现洋，这女人正跟罗保数着钱。豺狗子踢破铁匠铺的门，金枝惊慌失措地迎过来喊大当家的。豺狗子抡起蒲扇般的巴掌，打裂了金枝的眼眶。罗保见状拖着残腿要去扶金枝，豺狗子手起刀落砍了罗保的脑袋。军师又一刀把金枝的儿子捅死在被窝里。

那军师转而一刀要去挑了金枝，让豺狗子给拦下了。豺狗子说："留着这娘儿们，让兄弟们开开荤。"小匪们得了当家的令，扑上去剥光了金枝。豺狗子拍着桌子说："别急别急，一个一个来。"

天亮前豺狗子劫掠后打马归山。本来打算也抢了沈家，砸个大窑，见沈家早有戒备，便放了一通马枪走了。双羊镇街面上狼藉不堪，几乎没有铺子能幸免。惊惧还未消散，直到中午人们才战战兢兢地走上街头。土匪打砸时他们各自躲藏，井中，炕洞子，菜窖，这些地方成了藏身处。

镇公所清点损失后，文案先生给县上行文：土匪豺狗子劫掠双羊镇，三十一家铺子遭劫，粗计损失现洋两万余，死十一人，伤二十三人，七名妇女遭奸，其中女人金枝遭匪轮奸致疯。……镇上人心惶惶，待县府抚恤。

县长收到双羊镇遭匪洗劫的报告，没给拨付一文钱的抚恤款，只责成文案回复了一纸公文：惊悉匪乱，大殇甚哀，镇公所沈公善恩，务以百姓安居为重，死者入土，伤者得医，以慰生者；宜各铺各户出资，训乡勇铺勇以备匪患……

沈锦绣在镇公所办公房里，捧着县府的回文。凄哀之音正从街上传来，不绝于耳。

沈锦绣的心头压着一坨铁。

十一

县府回文经文案先生之手，张贴在镇公所的宣示栏里。双羊镇人怒气横生地向沈府进发。他们很快把沈府包围，要求严惩裁缝铺的女人，还双羊镇人以公道。

豺狗子远遁山林，金枝又疯癫了，罪责便都落到了菱花头上——菱花自毁容颜激怒了豺狗子，致使双羊镇遭此横祸。

沈府门子去报管家，管家打眼儿看外面的阵势，不敢怠慢去报了沈老爷。沈锦绣仰躺在藤椅里闭目养神，六姨太七姨太分立左右，给沈老爷捶腿捏肩。

管家示意两位姨太太，六姨太凑到沈老爷耳边，轻声软语："老爷，管家来了。"沈老爷微微睁开眼，说："来了不少人吧？"管家说："少说也有上百人，还有人闻风往这里来。"沈老爷从藤椅里坐起来，六姨太扶着腰，七姨太架着肩。管家发现沈老爷几天工夫苍老了，如一盏灯耗尽灯油前的残喘状。沈老爷坐到榻上去，接过六姨太递过来的茶碗，小抿了一口酽茶，说："这事不怪人家菱花。"管家说："老爷，这不是怪不怪的事，眼下要紧的是平复人心，不然会闹出乱子来。"沈老爷说："你去门外告诉他们，就说老爷在拿主意，天黑前给他们交代。"

管家想不透老爷是怎么了，一点都不像过去的老爷了。管家不敢多问，出门站在门前高阶上说："老爷在拿主意，天黑前会给众乡亲个交代。"门前众人嚷嚷一片。管家高声断喝："家有千口，主事一人，不要乱糟糟的坏了老爷情绪。"管家的话里藏着刀子，入了在场人的耳没有不刺痒的。这就是沈府的威严，沈老爷不发话，没人敢轻举妄动。

人群依旧闹哄哄的，门子跟管家说："咱沈府没这么窝囊过，让一群刁民堵门闹事，也不知老爷怎么想的？"管家狠狠地瞪了一眼门子说："看好你的门，当下人的只管把事做好，不要乱嚼舌根子。"

整个下午管家都在门里坐镇，他怕门上人把不住大门。天眼见着黑下来，人群又乱起来，嚷嚷着要见沈老爷。管家又急急去见沈老爷。沈老爷靠在榻上看书。管家说："老爷，您快拿主意呀，外面又乱上了。"沈老爷放下书，说："到饭口了，把人都请进院来，咱沈家开席待客。"管家说："老爷您说什么，把外面几百号人放进府里来，还开席款待？"沈老爷说："在外面站了大半天了，饥渴难当，几百号人吃顿汤饭，咱沈家又不是供不起！"管家还想说什么，沈老爷把眼闭上了，挥了挥手说："去吧，嘱咐厨下多放些肉，油水大些。"

沈府灶上铲勺齐响，七八个厨子同时上灶。家丁在沈府大院摆下长条桌案，点上七八盏风灯。众人拥进沈府。许多人目睹了沈家的气派后咋舌不已，原来沈家的阔气远超他们想象。

沈老爷来到庭院中，站在廊檐下。众人见沈老爷来了，都停止了咀嚼。沈老爷抬起手又往下压了压，说："大家吃，别停。"转而对管家说："嘱咐厨下，再给添菜。"人群中有人说："谢沈老爷。"沈老爷说："薄酒粗茶，慢待诸位乡亲了。"沈老爷回了内室养神。人们又把头埋下去，咀嚼声又一阵紧密。

席罢已是后半夜，残羹撤下，沈府下人打扫庭院，众人在院中歇坐，又有下人提来茶桶。管家从沈老爷内室走出来，站在沈老爷刚站过的廊檐下，对着众人说："老爷说了，这么多人呛呛半夜，也理不出个头绪，选几个人去内室跟老爷商议。"

沈老爷的小待客厅是沈府的禁地，一般下人不经允许是不能进入的。沈老爷把镇上人请进私密的小待客厅商议，足见沈老爷对这个事的看重。沈老爷端坐在太师椅上，六姨太七姨太左右服侍，管家与二少爷如骞居左右下首，两名家丁随时候命。

沈老爷不紧不慢地说："说说吧。"开酒馆的白老板说："沈老爷，不能这么白白放过了裁缝铺的女人。"沈老爷说："不放过还能咋样？这事不怪人家。"米店的钱老板说："沈老爷怎么替那女人说起了话，过去老爷可不这个样子的，谁不知沈老爷是咱全镇的主心骨，为咱全镇人主持公道。"沈老爷说："钱老板此话差矣，这个事真不怪裁缝铺的女人，我得一碗水端平，不能昧着良心说话。"开油坊的褚麻子说："听说沈老爷想纳那女人做个八姨太，老爷不会有私心吧？听说那女人如今脸烫成了鬼脸儿，沈老爷也该断了念想了。"褚麻子话未说完，沈老爷眉头便皱上了。管家见了，插话对褚麻子说："褚老板是来跟老爷谈公事的，不是说私事的，若说私事，我们可要送客了。"褚麻子也看出沈老爷挂了脸色。在双羊镇哪个敢不把沈老爷的脸色放心上。褚麻子忙改口说："沈老爷，我不是那个意思。"白老板也打圆场，说："沈老爷勿要见怪，褚老板也是心急。"

沈老爷看看窗子已发白，晨光就要把双羊镇照亮了。沈老爷说："你们想怎么样？"刘婆子也在这几个人中，众人推举她，主要考虑到刘婆子嘴巧心毒。刘婆子说："沈老爷，大家伙都呛呛好了，把那女人剥光了，游街，再卖去胭脂巷当婊子，让她染上花柳病浑身长满黄梅大疮溃烂而死。"沈老爷说："忒毒了点吧？"七八个人齐说："不毒不毒，不如此不能消吾等心头之恨。"沈老爷打了个哈欠说："随你们折腾去吧。"刘婆子一跳三尺高，说："就等沈老爷这句话呢。"

几百号人打着长长的哈欠，流水般浩浩荡荡向裁缝铺而去。裁缝铺的门虚掩着，屋内空无一人，菱花不知去向，连那架缝纫机的机头也不翼而飞，只剩踏板与铸铁架。狭小的裁缝铺成了人们泄愤之地，凡是能打砸的，没有一件幸存下来。若不是裁缝铺与商户脊挨脊，会一把火把裁缝铺烧成灰烬瓦砾。

失踪的还有沈府如寒大少爷。

管家来到沈老爷房里，沈老爷正躺在榻上吸烟，两位姨太太跪在榻上伺候。管家闻到了烟气里飘着奇香，他知道老爷抽上了从云南贩过来的烟土。

管家说："老爷，裁缝铺那两间门面房还收不收？"

沈老爷罩在青白色的烟气里，说："沈家还有子孙，不能把事做绝。"

十二

如寒与菱花再回到双羊镇是五年后，那时沈家正在走向衰败，但沈家依然是双羊镇的头户。沈老爷已风烛残年，主事的是二少爷如骞。沈老爷每天躺在内室烟榻上吸烟，装烟的是新娶的八姨太跟九姨太。沈老爷又要娶金家寨新寡的梨花当十姨太了，他在用娶女人的方式抵挡对苍老的恐惧。

这天太阳照在双羊镇旧街上，石缝间蒸腾出濡湿的热气，人们聚在各家铺子的廊檐下纳凉，手中的纸扇摇得檐下生风。一辆马车风尘仆仆而来，赶车的是个孩子，细看是个侏儒。马车到裁缝铺前停下，那侏儒跳下马车，掀开车篷的帘子，先抱下来一个小女孩。接着车里躬身移出一个女人，这女人脸上疤痕堆砌，奇丑无比，肚子挺挺着，一看便知有着身孕。那侏儒把一张条凳横在车辕下，女人扶着车篷，踩着条凳落到了地面上。

一条街的人忽然醒悟，是沈家大少爷如寒回来了。那满脸火疤的女人便是五年前失踪的女人菱花吧？人们齐刷刷地看向裁缝铺。这个疑问很快消除，人们从地上那个小女孩的脸上，看出了五年前裁缝铺里那张美丽绝伦的脸。

女孩说："爹，娘，这就是咱家的裁缝铺吗？"

如寒少爷蓄了胡子，他摸着女孩的脸说："当然。"

裁缝铺的两间门面房还在，沈家没有占，镇子上也无人敢打铺子的主意。门楣上的"俊生裁缝铺"五字横匾犹存，只看上去像张爬满皱纹的脸，比五年前可是苍老了。

如寒与菱花的归来，成了双羊镇头号新闻。在这背后人们好奇的不是他们为何会归来，而是他们竟然有了孩子，菱花再过不久还要生产。在小女孩的身形上，看不出一点要长成小侏儒的征兆。沈如寒是个侏儒，这太不可思议了。双羊镇人把这对夫妻的床上生活，又做着隐秘的想象。

次日如寔跟菱花驾着马车去郊外看了俊生的坟。俊生埋在郊外一面长满槐树的土坡上。秋风萧瑟，风过林梢，呼呼如鬼哭。菱花把纸钱在坟窝子里烧，片片纸灰死蝶样随风起舞。菱花跪在坟前说："俊生，我跟了大少爷了。"如寔帮着烧纸，纠正说："陈老板，我不是大少爷了，我会待菱花好。"如寔又拉过小女孩说："闺女儿，给陈伯伯磕三个头。"

上坟归来如寔开始拾掇裁缝铺，请了泥水匠粉刷了墙壁，请了木匠师傅修了门窗。菱花捧着肚子倚住门框，优雅地嗑着葵花子。没人来裁缝铺跟这一家人说话，镇上人都在看着沈家的反应。而沈家就像没有得到沈如寔归来的消息，亦无人来裁缝铺问津。

铺子还叫老名号：俊生裁缝铺。

裁缝铺开张后，接连许多天无人光顾。如寔搬把椅子让菱花坐在廊檐下，菱花给女儿梳头发。如寔拿着小锤敲敲打打，把门窗榫卯处用小木楔加固结实。

裁缝铺迎来的第一位客人，是沈家的大管家。管家进门喊如寔少爷，如寔摆摆手说："叫我如寔，我早不是什么少爷了。"管家说："老爷想裁件睡袍，身量没变，只是比先前瘦了。"如寔说："管家三天后来取吧。"管家走后，如寔开始在布上画线，接着是剪裁。如寔侏儒又驼背，他用不了缝纫机，针脚都是用手工缝。

三天后管家来裁缝铺取袍子，给了如寔一包现洋。如寔留下一块，把剩余的都还给了管家。如寔说："这一块都多了。"管家说："这是老爷的意思。"如寔说："无功不受禄，余下这些钱你收好。"

沈家来了裁缝铺，这给了镇上人一个讯号。铺子的生意很快好起来，每天都有做不完的活计。如寔的裁剪手艺，不比死去的俊生差。菱花快要临产了，又帮不上如寔什么忙，如寔要忙至深夜。

<h2 style="text-align:center">十三</h2>

菱花临产那天是立秋。如寔去请接生婆子王妈，回到铺子，菱花见如寔脸色不好。菱花问如寔是不是病了。如寔说没有，菱花再追问，如寔说："金枝死了，在土地庙前四仰八叉地躺着，偏让我撞见了，觉着晦气。"菱花说："那还不得狼吃狗啃？"如寔说："金枝娘家又没什么人，铁匠一个叔伯兄弟把铁匠铺卖给了缸窑厂周掌柜，谁给她收尸？听说这几年疯疯癫癫四处讨吃，这也是她咎由自取，谁让她长了副蛇蝎心肠呢。"菱花捂着肚子，下身有了明显的疼痛感，她的第二个孩子就要来到人世了。菱花说："如寔你去给买口薄皮棺材，把金枝跟铁匠并骨葬了。"如寔说："菱花，你心也忒好了些，你忘了谁杀死了俊生，谁把你害得人不人鬼不鬼的？"菱花说："人死不结仇，再说没有那些劫难，我也当不了沈家的媳妇。"如寔说："可我过不去那个坎儿。"菱花说："就当为孩子积点德吧。"如寔吭哧了半天说："我去了，你怎么办？"菱花说："你去吧，这儿有王妈呢，再说一时半会儿也生不了。"

等如寔埋了金枝匆匆赶回裁缝铺，铺子里正传出响亮的婴儿啼哭。

菱花诞下了一个男婴。

七天后的晚上，沈老爷走进了裁缝铺，穿着如寔裁的那件袍子。他是让两个家丁用轿子抬来的，身后跟着大管家。沈老爷说："寔儿，归来这么久了，也不知回府去看看爹。"如寔说："我早不是沈家的人了。"沈老爷说："过去那么多年了，你还对爹耿耿于怀？"如寔说："沈家人巴不得我死。"沈老爷说："你还是大少爷。"如寔说："我只是个裁缝。"沈老爷说："我能看看孩子吗?"如寔说："我说过我早不是沈家的人了。"沈老爷说："没人不把你当沈家人看。"如寔说："我过不去那道坎。"正说着,菱花抱着孩子从里间屋来到外厅。

沈老爷看着菱花怀中婴儿,老泪纵横。管家替沈老爷抹去泪水。沈老爷说："让这孩子归沈家的族谱吧?"菱花说："让你看一眼孩子,我们就不欠沈家什么了。"沈老爷说："你们从来不欠什么,是沈家欠你们的。"菱花说："我不是无心之人,五年前不是老爷拖住了全镇人,又让马夫给如寔备下马车,我们根本出不了双羊镇。"说罢菱花抱着孩子回去了,沈老爷一脸怅然若失,在外厅伫立许久不别。管家拉拉沈老爷衣角说："老爷,该回府了。"

管家扶着沈老爷刚要迈出裁缝铺的门槛。如寔在柜台上看到了一个盒子,盒子是沈家之物,如寔认得。他拿起盒子来喊："沈老爷,你有东西落下了。"听如寔喊他沈老爷,沈锦绣身子猛震了一下,回头木然地看着如寔。沈老爷说："那本来就是菱花的东西,物归原主罢了。"如寔木然地托着那个小盒子,看着沈老爷出了门。直到菱花在里间屋喊如寔,如寔才如梦方醒,托着盒子来见菱花。如寔把盒子递给菱花,菱花打开盒子,是当年她在荣信当铺当出去的那三件金饰。

满月这天镇街上的人来裁缝铺道喜,如寔请了邻铺的琴嫂帮着迎客。到了晚上裁缝铺安静下来,依照双羊镇的旧俗要给孩子取个名字。如寔与菱花的女儿叫青梅,这个男孩如寔说叫竹马吧。菱花摇了摇头,如寔说立秋生的那就叫立秋好了。菱花又摇摇头,说："叫俊生吧。"如寔看了一会儿菱花,慢慢给菱花递过去一个笑,说："俊生好,就叫俊生。"

补遗：

沈如寒七十寿终。两年后，菱花也安然西去。沈俊生按母亲遗愿，把骨灰分成两罐，一罐与父亲沈如寒合葬，一罐与陈俊生合葬。一个侏儒与一个满脸火疤的女人以及一家裁缝铺，给双羊镇留下了一段讲说不尽的传奇。

菱花临终前留给儿子俊生两件旗袍。这两件旗袍出自两个男人之手，工艺却同出一脉。沈俊生子承父业，终成旗袍大师。有不少投资者来找沈俊生合作，要把俊生裁缝铺变成服装公司，沈俊生均婉言相拒，一心在双羊镇打理裁缝铺。问其缘故，沈俊生不说。

沈俊生给他缝出的旗袍命名为"陈氏旗袍"。陈氏旗袍至今仍坚持全手工缝制，用料也只选传统纺织工艺织出的丝绸。由于做工与用料的讲究，陈氏旗袍一件难求，成为富家太太小姐们衣橱里的奢侈品。而沈俊生从不承认陈氏旗袍是奢侈品，他说每件陈氏旗袍都是艺术品。一位东南亚的华人慕名来到双羊镇，出了大价钱想请沈俊生缝一件旗袍中的绝品，他亦婉言相拒。在沈俊生眼里称得上旗袍中绝品的，只有母亲留下的那两件。

蒲草结

　　太爷和爷盯着狗儿，木炭火在心里烤。兵荒马乱的狗年月，死个孩子该不算什么，可病在炕上的狗儿，是太爷盼了近十年才盼来的长孙。杨大先生擦了一把额上的汗，将银针收回针匣说：找王麻子吧。王麻子是二十里外王家窝铺的阴阳先生。太爷送走杨大先生后，派二爷骑了圈里的马骡子，连夜去了王家窝铺请王麻子。爷报了狗儿的属相、生日、时辰，王麻子闭了眼，大拇指在其余四指指节间拨算盘一样拨来拨去，脸上的麻坑在忽明忽暗的香火里凸凹分明。

　　王麻子打了一个很响的馊嗝，说：给狗儿娶个媳妇冲冲喜吧。

　　十六岁的六爷捧着装有十斤小米，二十颗鸡蛋的陶罐，跟在大媒婆赵二娘屁股后，连夜淌过河套里扎骨头的流水，走了十几里终于天亮前赶到了杏树沟。小米倒在那户人家的簸箕里，鸡蛋在炕上滚来滚去，女主人的眼里便饱含了泪水。梅抱着吃奶的五弟坐在外屋地的蒲团上，其余四个弟弟饿成了布

袋，瘪瘪地铺在土炕上。赵二娘叼着旱烟，屁股压在炕沿上等
回话。梅的娘抹一把眼泪说：二娘，等我问一问梅。梅搭话：
别问了，娘，我愿意。

就这样，十四岁的女孩梅，在那个金光灿灿的早上，跟着
六爷和赵二娘走进了爷家的院子。奶早给狗儿的腰里束了一条
红布。女孩梅走进大门前，奶在梅腰里也系了一条红布。冲喜
嘛，繁文缛节就省下了。系了红布，就算走了圆房的过场。

可冲了喜，狗儿还是死掉了。

狗儿死后不到两年，梅就和别的男人好上了。

这个男人不是别人，就是六爷。

六爷和梅怎么好上的，两个人至死没向外人说。奶在谷草
垛里将六爷和梅揪出来时，六爷和梅的头发上挂着谷草的叶子，
两个人都是一脸的惊恐。太爷在石场敲打石磨还没回家，太奶
就让爷将六爷绑在了门前的香椿树上。梅则被关进驴圈去闻
尿膘和屎臭。驴圈的木门用粗绳绑缠了十几道，在门外打了死
结。深夜了，太爷还没回来，累了一整天的家人打起了盹。旧
年很多人家习惯把镰刀等农具挂到牲口棚里去，在将梅关到驴
圈里后，爷将锄头、犁铧、锹和镐头等都取走了。梅借着月光
还是摸到了一把割地的镰刀。梅用镰刀先是割开了绑驴圈木门
的绳子，又割开了绑六爷的绳子。六儿，赶快跑吧，明天一早，
老爷子回来得打死你。梅，一起走吧。六儿，你一个人在外好
养活自己，添了我是累赘。梅，一起跑吧，我走了，他们会拿
你出气，会打死你的……六爷不肯丢下梅一个人走，拉着梅的
手要带梅一起走。梅挣开六爷的手将镰刀横到了脖子上说，六
儿你走不走，你要再不走，我就抹脖子死给你看。六爷就走了。
梅用一把镰刀逼走了她深爱的六儿。

六爷走后，梅回到驴圈里一直坐到天亮，等待着太爷回来
对她的裁决。太爷从石场回到家，听了爷和奶的陈述，并没有

像想象中的那样大发雷霆。后来爷回忆，那天太爷只是那顿早
饭吃得比往日长些，平时一顿早饭吃半颗煮咸鸡蛋，那天吃了
两颗，酒也比平时多喝了两盅。太爷吃完饭，奶拾掇了碗盏家
什，爷给卷了一筒旱烟，点着了递到太爷手上去。太爷问，六
儿跑了？跑了。梅丫头放走的？我没捆结实，六儿自己跑的。
梅丫头咋没一块儿跑？梅丫头没说。放了梅丫头，是咱六儿不
成器。太爷把责任都归结到了六爷的不成器。六爷既然跑掉了，
那就随他去吧。梅在驴圈里等待着太爷发话，心里盘算着那份
活罪怕是少受不了，太爷邦邦硬的石头这辈子不知敲碎了多少，
敲她一个小丫头的脑壳还不是一碟小菜？六爷是她放走的，太
爷会把所有的气恨都撒到梅的头上来。而当爷打开驴圈门，喊
梅出来吃饭时，梅还不知晓太爷将罪过都推到了六爷的头上。
梅呆呆地立在驴圈门口，身上散发着毛驴屎尿的臊臭味。太阳
光毒辣了一些，在昏暗的驴圈里坐久了的梅，在阳光下眼睛还
没适应过来，双眼眨巴下几滴酸涩的水泪。爷将这泪水误认为
了梅的悔悟。

　　梅不声不响就投井了。

　　幸好被救了起来，湿淋淋的梅被四爷和五爷用门板抬回到
爷家里来。梅躺在炕头一言不发，奶和大姑们轮番来劝梅，梅
就是不开口。从此，梅变得沉默寡言，很少走出家门，出了家
门也只到庄稼地里去薅草间苗锄地割谷，从不到街上去找同龄
的姐妹小媳妇们拉家常。都说梅死过一回，救是救起来了，可
人的魂早让阎王爷记到生死簿上了，魂儿没了人也就苶了。奶
说，梅丫头的魂儿没在阎王那儿，在六儿那儿。狗儿死后一年，
东北解放了，县委土改工作组进驻到了青石岭。妇救会的女会
长来到爷家看梅。女会长对梅说，梅同志，你可以嫁人了，共
产党主张男女平等，你不用为一个吃奶的孩子守寡。太爷和爷
其实是主张梅再嫁的，在妇救会女会长来之前，奶就曾找梅说

过，梅丫头，再走一步，你还年轻。梅只摇头不说话。那天女会长也说了很多，梅同样没说一句话，只摇头。奶送女会长出门给女会长说，别劝了，梅丫头等六儿呢。

一九五二年秋天，一直杳无音信的六爷突然返家。六爷走进家门时，家人发现六爷左边的袖管被风吹起，飘飘摆摆。六爷离家出走后被国民党抓了壮丁，六爷和几百名壮丁被一营国民党兵驱赶着走进了锦州城。六爷在国民党的兵营里，先是干伙夫后来被补充进了炮营，当起了拉炮的骡子。锦州城解放后六爷当了俘虏，解放军的一个营长站在机枪掩体上给俘虏们开了一个会，宣传了共产党优待俘虏的政策，参加解放军的发枪发军服，想回家种地的发给路费。六爷是想家的，尤其想梅，太爷会怎样处置梅六爷一无所知。而六爷思谋再三，还是选择留在了部队当兵。六爷随着四野挥师入关，参加了平津战役，又一路撵着国民党残兵败将的腚眼子，一直打到了海南。在打海南的战斗中，六爷的左臂被子弹洞穿，伤口感染后截了左臂。在部队医院养好伤后，六爷以伤残军人的身份光荣复原回家了。梅抱一捆柴火在庭院中见到六爷，眼里没有贮满激动的泪水，只是很平静地喊了一声六叔。六爷在看到梅还好好地活着时，终于舒出了一口憋了四年之久的气。六爷和太爷生活在一个院子里，太爷的院子和爷的院子紧挨着，梅住在西屋，六爷住在了太爷的东屋，两间房子只隔了一道土坯墙。两个曾经热恋过的男女，每夜隔着一道土坯墙，夜深人静的时候，能听得见对方凌乱的喘息声。

有人来给六爷提亲，六爷一口回绝了。六爷说他这辈子不娶女人了。给梅来保媒的也有，到探寻梅口风时，梅将脑袋左右摇摆。日子久了，就都看出来了，梅非六爷不嫁，六爷非梅不娶了。可六爷和梅已不再是当初的少年，心里压了一块沉重的石头——一个是叔公，一个是侄媳。太爷临死前，将他的大儿子也就是我的爷叫到了眼前嘱咐，让六儿娶了梅丫头吧。爷抱着太爷那颗花白的脑袋点点头，爹，就等您这句话呢，要不这样下去，坑了六儿，也祸害了梅丫头。

太爷死后，爷找六爷，奶找梅。六爷和梅像是打过商量，脑袋左摇右摆，拒绝了这桩婚事。爷问六爷，你不稀罕梅丫头了？奶问梅，你不惦记六儿了？两个人谁也不说话，低了头，不吭声了。梅忽然泪如泉涌，娘，我谁也不嫁。奶抹去梅脸上滚落的泪水，梅丫头，以后不要喊娘了，嫁给六儿吧，嫁了六儿，你就能喊我嫂子。梅没有走出爷的院子，搬到隔壁去和六爷同住。一年四季，梅在屋子里穿针引线，给一家人裁剪缝补，那里面当然也有六爷的衣衫裤褂。六爷从不到爷这院子来，梅也从不到六爷的院子里去。偶然碰了面，梅会喊一声六叔。

六爷铁了心不娶女人，爷就把四叔过继给了六爷。四叔的过继是请了村上头面人物，立了字据白纸黑字写下了"过子单"的。六爷的膝下有了四叔，从此也就有了后，四叔要给六爷去承续一脉香火。那年月劳力紧张，爷和奶都要下地挣工分，梅也要下地挣工分。梅一个人立起了灶口，一个人挣供养一个人吃。而爷家里只有爷和奶，还有大伯刚能挣工分，大伯身上的几个姐姐都嫁做人妇了，家里还有爹、三叔、四叔和小姑姑，几个孩子几张嘴整日哇哇乱叫喊饿，要吃要喝，等待养活，日子就过得艰难许多。四叔在没过继给六爷前，几乎是和梅一起吃住的。四叔过继给了六爷，却没有离开爷身边，还是和爷奶一起生活。过继后，六爷每月要从牙缝里挤出一部分口粮，送到爷院子里来作为四叔的口粮。四叔过继给了六爷，就是六爷的儿子了，六爷就要出口粮的。

爷早就搬出了老院子，老院子留给了梅。爷知道梅喜欢四叔，就对梅说，四儿就住在你那里吧，我给出口粮。梅很乐意四叔留在老院子，就说，爹，啥口粮不口粮的，四儿一个小屁孩，能吃几个米粒儿。其实，爷是拿不出多余的口粮给梅的。于是，六爷再送来口粮，爷就说，老六，送到老院子吧，四儿给梅丫头做伴儿。爷奶管梅一直叫梅丫头，爷临死前还是喊梅梅丫头。有一年，爷在醉酒后说，梅丫头不当我弟媳妇，也不当我儿媳妇，就当闺女养着。

打爷说过以后，六爷就将口粮直接送到梅的老院子去。四叔过继给了六爷当儿子，四叔又成天长在梅的院子里，这样六爷和梅就多了交往的机会。起初，六爷到送口粮的日子，会不声不响地放在两家中间的院墙上，梅知道六爷口粮紧巴，就不拿六爷给的那份口粮。常常那份口粮放在院墙上晒了半个月的阳光了，梅还是没拿进屋子里去。后来，六爷只好将口粮送到梅的老院子里来。有了四叔这个小人儿在中间，六爷和梅渐渐话多了起来。爷跟奶说，有了小四儿，六儿和梅丫头兴许能往前走一步。一家子人都盼着六爷和梅真的能往前走一步，有情有义却隔墙相望，那日子多恓惶人呀。

文革初期，爷还是生产队长。那时生产队长是个香饽饽，管着几百口子的工分和口粮。那年月，口粮就是人的命。当了生产队长，处理全村的大事小情，就难免一碗水端不平，惹人的事是常有的。文革一来，乱套了，哪个愣头青站出来，粪堆上插一杆旗，随便就能造谁的反，革谁的命。爷成了走资派，一大家子跟着爷遭了殃。爷每天让人押着四处游街，头上戴着一顶纸糊的高帽子，边走边喊自己是走资派，喊的声音不够响，走在一边的造反派就会抡起巴掌抽爷的耳光。爷被打倒了，让爷的几个兄弟都成了造反派批斗的对象。六爷只因在锦州城给狗日的反动派当过骡子，拉过大炮车，就被打成了反革命。

造反派对六爷的批斗，采用了一种惨无人道的方式。别人遭批斗胸前挂木牌子，上面写了一些打倒某某某的话。在六爷前面挨批斗的人都挂了木牌后，造反派觉得应该玩出点新鲜的花样儿来才有意思，便提出将生产队门前榆树上挂着的一段铁轨，给六爷挂上游街才好看。那段铁轨是代替铜钟挂在榆树上的，每天上工或是要召开大会，队长或是会计都会拿一柄小锤子敲响铁轨。那段铁轨在六爷挂了之后，遗弃在了生产队后院的菜窖里，文革结束后让小学教师抬走，挂到办公室门前重新被当一口钟去敲了。

造反派指挥着两个壮汉将铁轨抬上批斗高台，给六爷挂在了脖子上。那段铁轨足有百斤重，铁丝在六爷的脖子上勒进去很深的一道肉沟壑。造反派举着鞭子吆喝着六爷，就像一个马夫吆喝着一匹跑骚儿的公马。六爷的身子无法站直。造反派喊着响亮的口号，抽死你个反革命的狗头，永世不得翻身。鞭子落下来抽打在六爷裸露的脊背上啪啪作响。

经历了那场批斗会的人后来回忆说，六儿的脖子，硬啊！这话里面有赞美也有惋惜。说六爷的脖子硬，不是那么重的铁轨没有将六爷坠死，话里的意思还是在说六爷的脾气犟，像头死心眼的驴，敢在批斗会上大骂造反派不是人操出来的。造反派被六爷的破口大骂彻底激怒，鼓动台下喊起了山呼海啸般的打倒六爷的口号。造反派显然并不稀罕台下的口号能淹死六爷。他们给六爷想出了更加残忍的刑罚。

几个空酒瓶在台上摔碎后，造反派扒去了六爷的鞋袜，脱去了六爷的裤子。六爷只剩下了一件灰布裤衩。造反派架着因极度疲劳和疼痛而周身瘫软的六爷，让六爷光着脚丫子在碎玻璃上来回行走。六爷在台上发出了撕心裂肺的喊叫。架着六爷胳膊的那两个人相视一笑，同时松开了手臂，沉重的铁轨让六爷扑倒在台上，六爷的大腿和膝盖刺满了碎瓶碴子。疼痛和疲惫让六爷昏死过去。批斗兴味正浓的造反派们，显然不想就这么放过了六爷。造反派将马掌铺挂马掌吊牲口的铁架子抬到了台上来。六爷被绑在了铁架子上，很像一个囚徒上了绞刑架。六爷两腿血肉模糊，冷风将血凝成了紫红色血泥。铁轨依然吊在六爷脖子上，六爷头耷拉着，脖筋坠断了。批斗会结束后，六爷还绑在铁架子上。当时，爷的一大家子都被关进了牛棚，没有人来解救受难般的六爷。

六爷还是被解救了，解救六爷的人是梅。梅在人们退去后，孤身一人走上一片狼藉的批斗台子。梅卸下了挂在六爷脖子上的冰凉的铁轨，挥起镰刀砍断了捆绑六爷的绳索，六爷扑倒在梅的怀里。在一片狼藉的高台之上，梅哭着拥抱了六爷。在烧得烙腚的暖炕上，梅一片一片地给六爷取碎玻璃片。那份疼痛比玻璃刺进去时还要刺骨，可六爷抓着梅的衣襟，不吭不喊。梅说，六儿，疼得受不了，你就喊出来。六爷左腿的神经坏掉了，六爷成了一个瘸子。更致命的伤害是六爷的头再也抬不起来，脑袋和身子永久地弯折成了九十度。

梅斩断了六爷的绳索，造反派就盯上了这个要单儿的女人。爷一家被关起来后，造反派倒是放过了梅。不是说梅不是我家的人，造反派要让梅来控诉爷。梅没有按照造反派的指示揭露，梅就惹恼了造反派。梅救下六爷的一个星期后，梅突然被造反派拉上高台，摁倒在台上和地富反右坏一起跪下去。造反派给梅挂上的道具是一双破鞋和一只沾着女人经血的内裤。破鞋挂在梅的脖子上，内裤被造反派当作了一顶帽子给梅套在了头顶上。这对梅是极大的羞辱。台下是一浪高过一浪的笑声。对地富反坏右的批斗只是为批斗梅敲起了一个序曲，梅才是批斗会的高潮部分。造反派抓着梅的头发让梅脸仰起来。造反派要梅喊"我是破鞋，我是妓女……"梅紧闭双唇就是不肯说。梅的执拗和六爷是很像的。造反派又要梅交代和六爷的破鞋关系，六爷一共睡了梅多少回，第一回在草垛里还是在驴圈的槽后面，等等。梅牙关紧咬，造反派便解下一只破鞋子，抓在手里吓唬梅，不说就扇嘴巴子。梅还是不说话。造反派抡起了鞋子抽了梅的嘴巴子。

　　对梅的批斗，因梅的嘴硬没有达到造反派预想的热闹场面，便临时想出了更加恶毒的手段。当时贫农阵营里有一个傻子吴三，造反派喊过来傻子吴三。傻子乐呵呵地上台来，甩着稀稀的清鼻涕，立在造反派的面前。造反派说吴三，给你白面馒头你吃不吃？吴三一听说有馒头吃，乐呵呵地说想啊，想。造反派说，想吃自己去拿呀？傻子问到哪里去拿？造反派一指梅的胸口，傻子没闹明白，造反派便抓着傻子的手伸进了梅的胸口。傻子伸进去的那只手，抓住了梅圆润的左乳，傻子乐呵呵地揉捏着梅的乳头。梅破口大骂造反派是畜生。造反派又扇了梅的耳光，将傻子的另一只手也插进了梅的胸口。吴三的两只手在梅胸口里用力地揉搓起来，疼痛加羞辱让梅发了疯一样一口咬住了吴三的胳膊。吴三疼痛过后抽出了手臂，骂咧咧地去抹手臂上的血迹，一脚揣翻了梅。造反派骂了句，反了你个破鞋妓女骚娘儿们，敢咬贫农兄弟的胳膊，还了得？造反派抓着梅的头发，将梅死死摁在台子上，呵斥着傻子掏出裆里的东西，往梅的脸上浇了一泡黄尿。

　　那个晚上，梅关进了生产队后院的仓房里。夜幕降临的时候，造反派领进了村上的老光棍儿。老光棍是生产队的饲养员，人老实巴交，独身了几十年，从没尝过女人的滋味。老光棍没有按造反派的指示爬上梅的身子，而是蹲在墙角一个劲儿地抽烟。第二天清晨，造反派打开了仓库大门，看见老光棍和梅分别睡在两个墙角，造反派一脚踢醒了睡着的老光棍。没有得逞的造反派似乎并不甘心，很快街上便刮风一样传开了老光棍睡了梅的谣言。老光棍当夜在生产队的牲口棚里吊死了，死前捅死了生产队的一头驴，蘸着驴血在牲口棚上写下了：造反派是牲口。而梅没有自杀，是放不下成了废人的六爷。老光棍的吊死让造反派心有余悸，往后卑劣手段也收敛了许多，这也让六爷和梅得以存活下来而没有被整死。

　　文革结束，很快生产队又解体了，接着是土地承包到户。六爷成了废人，地自己种不了，爷就帮种六爷的地。爷和六爷住得远一些，而梅和六爷的院子是挨着的。梅就照顾起了六爷的饮食起居。梅给六爷还叫六叔，一年四季的换洗衣裳，一天三顿饭食都是梅给弄好。梅要三叔给六爷改装了一把木椅子，加了两个轮子，制成了一个简易轮椅。闲下来了，赶上好太阳，梅抱出六爷放在轮椅上，推到河边去晒太阳。六爷从一个健壮的男人萎缩成了一把皮包骨。梅推着六爷到河边去晒太阳，从来不避讳人的眼睛。

　　爷死去的前两年又操心起了梅的婚事。爷和奶商量好后又请出了村上有名的媒婆赵二娘。当初梅走进这个家就是赵二娘出马说合成的。如今的赵二娘已是八旬老太。赵二娘走进梅的家门后，受到了梅的热情款待。梅说，二娘，都半百的人了，年轻时都过来了，现在更没想头了。赵二娘说，梅丫头，出一家进一家不容易，这些年你和六儿的情大家都看在眼里，你和六儿就成了吧，照顾六儿也方便些。梅的眼睛盯着窗外的一棵香椿树，叹了口气说，名分啥的早都看淡了，也没啥不方便的。赵二娘回了话。奶说，当初梅丫头和六儿走了也就好了，这多坑人呀。爷说，她不和六儿走，是不想白端咱家两年的饭碗。奶说，梅丫头有情啊。爷死后，奶跟着也死了，就没人再提起六爷和梅的婚事。

　　六爷在爷死后三年患上了重度脑血栓，成了植物人一样的废人。过继给六爷的四叔在外当兵，一年回一次家，没法在身边照顾六爷。梅就将六爷背了过来。梅住西屋，六爷住东屋。

六爷在梅的精心照料下奇迹般地又活了四年，终于在一个寒冷的冬夜咽下了最后一口气，抛下了他深爱的，也深爱他的梅，到另一个世界去了。梅给六爷置办了最好的装老衣和棺材，又请了有名的杨家沟响器班子给六爷吹魂灵。老辈留下的习俗，一辈子没有结过婚的男子或女子，死后要给这个男人或女人打蒲草结的。蒲草结就是用蒲草编两个草人，一男一女，再用一棵结实的蒲草，将两个草人捆扎在一起，打上一个死结，放在棺材里给死者带去，传说这样这个死者转世后，就不会再一辈子寡居了，会娶到如意的婆娘或是嫁个好夫主。梅给四叔说，四儿，你爹的蒲草结我早就打好了。梅从箱柜里捧出一对好看的蒲草人。那两个蒲草人打上了蒲草结，放在了六爷的棺材里，陪着六爷入土了。

六爷死后，梅整日枯坐于门外的香椿树下，十根枯瘦的手指一片一片地撕扯落地的椿树叶。撕扯着椿树叶，梅嘴里叽叽咕咕，说些颠三倒四不着边际的话。椿树叶撕扯光了，梅便麦开涂满绿色汁液的手，摆弄起脚下的蒲草编起了蒲草人。这样的蒲草人梅编了许多个了，每编完一个，梅都会抓在手里，向前平直地伸长了胳膊端详好一阵子，而后咂摸一下晒蔫了的丝瓜皮一般干瘪的两片嘴唇，自言自语，不像，还是不像。没人听得懂梅说不像的含义，是不像人，还是不像哪个具体的真人？梅咕噜咕噜说了几句不像后，会气急败坏地拆开蒲草，让一个好端端的蒲草人骨肉分离成一堆凌乱的茅草。

忽一日，梅正编着蒲草人，村口走来一个身形枯瘦，穿着邋遢的妇女，那妇女怀里抱着一个婴儿，挨家挨户地讨要口粮。当女人走到梅家大门口时，梅鬼使神差地放下了快要完工的蒲草人，两眼直愣愣地盯着女人怀里的婴儿看了一阵，忽然喉咙里咕噜一声咽下一口痰，接着嘴里便喊出了声音，六儿，六儿……六儿你回来了，六儿你回来了……梅跑过去，冷不防从那女人怀里抢过婴儿，搂在怀里亲咂个没完，口里一个劲儿地喊念着六儿，黏稠的口水糨糊一般涂抹了婴儿的半张脸。那个女人惊慌失措后，到梅怀里去抢婴儿，梅抱着婴儿不撒手，两个女人在梅门前开始了拉锯式的争抢。梅抽了那女人一个响亮的耳光，那个女人一拳捣在梅的脸上。那个女人终于将婴儿抢回去，然后惊恐万状地快步离开梅家的大门前，女人身后的梅慢慢倒下去，衣袖滑落到肘部，一只干柴般枯瘦的手臂伸向女人逃离的方向，口里念叨着，六儿，你回来，六儿，你回来……

　　梅很快不省人事，口吐白沫，当夜便死掉了。梅死后，关于如何给梅殓葬，发生了一些争议。先是梅的棺材里要不要放蒲草结。多数人是不主张放蒲草结的，毕竟梅和死去的大伯狗儿是系了红腰带圆了房的，不能说一辈子没嫁过人，男人就是死去的大伯狗儿。爹对四叔说，四儿，梅嫂子与你最亲，你说句话。四叔说，夭折的大哥还没到圆房的年龄，还算不得男人，顶多算一个童男子，梅还是一辈子没嫁过人的，该放蒲草结。另一个争议在梅该不该进祖宗的坟茔。夭折的大伯未满十二岁，死那年丢弃在了荒山岗狼吃狗啃，祖坟坟茔里没有狗儿的坟包，梅要进坟茔该埋在哪里呢？

　　四叔在梅的柜子里找到了又一对好看的草人，这回人们都看清了，一个是六爷模样，一个是梅模样，两个草人打好了蒲草结。梅没有进祖宗的坟茔，她的坟离大坟茔不远，坟窝子像张着的嘴巴，喊着不远处祖宗坟茔里黄土下的六爷，六儿，你过来，六儿，你过来……

送瘟神

一

村东一声巨响，轰！……地都要裂开了。

瓜蒂给保家仙香火碗换草灰，吃了一吓，香火碗脱了手，碗渣子和草灰洒了一地。男人马奋一脚踹在瓜蒂屁股上，瓜蒂啃在土里，碰了一鼻子灰，呜呜哭开了。马奋又补一脚踹在腰里，嚷，号哪门子丧？

马奋老娘用拐棍敲着锅台，大过年的，非弄得孩子哭老婆叫的？转眼一看地上的香火碗，又变了脸色，棍子不敲锅台，改敲瓜蒂的脑袋，大过年的打碎了香火碗，咋就恁不小心？说完，俯下身子去捡碎瓷片，老太太嘴里叽叽咕咕，仙家莫怪，仙家莫怪……瓜蒂伸手去帮婆婆捡，老太太手里的碎瓷片敲在瓜蒂手指骨节上，瓜蒂疼得龇牙咧嘴缩了手。

这时候会计牛槽刮烟似的进了院子，村长，老碾子让人炸了。马奋丢开了瓜蒂和香火碗，啥？牛槽哑着嗓子像只捏了嗓子的鸡，挨千刀的狗牙从煤矿回家过年，弄回了一包雷管，不咋就给了麻袋家的傻豌豆两颗，这小杂种插碾眼里当炮仗放了。这小崽子命大，连根汗毛都没伤着。可怜老碾子了……

马奋急慌慌和牛槽走了，到了现场一看，傻眼了。雷管巨大的破坏力让老碾子四分五裂，碾盘碎了，碾砣滚在一边。烟尘还未散去，爆炸现场一片狼藉。马奋见状，咬了半天牙，最后竟娘儿们似的唱开了——呀呀豌豆，你个小瘟神，啊啊哈呀……唱也唱不成句子了，痰水哽在了喉咙里。

二

磨盘村西，山顶之上，两块圆形巨石叠压，远看形似巨大石磨，磨盘村因而得名。磨盘村第一户人家，是闯关东过来的河南夫妻，后来更多闯关东者，山东、河南，各色口音在此落脚。三五年，繁衍出一个百十户的村子来。

可磨盘村兴旺没几年，便祸事不断，非旱即涝，五谷不丰，人不兴，畜不旺，尤其那一场可怖的霍乱瘟疫，一夜间让坟茔地里垒起了几十座新坟。

那时，磨盘村的村长是马奋的爷爷马鞍。村人都来找马鞍，说要看看风水，镶治一镶治，这样下去人要死光了。马村长就找了胡家岗子的胡先生来。

胡先生是方圆百里有名的阴阳先生，手段了得。胡先生绕着磨盘村走一遭，说，村西一盘巨型石磨，磨乃白虎也，白虎踞于西，焉有不闹灾祸的道理。胡先生又指点了迷津，可请上好石匠在村东凿一盘青石碾子，碾子乃青龙也，东伏青龙，西踞白虎，阴阳平衡，必定大旺。

村长马鞍封了银元，送走了胡先生。随后挑了十二个精壮青年，套上马车，去了三十里外青石岭，凿来青石。又舍了五块大洋，请了青石岭石场掌桌大石匠张秃爪，七天七夜凿出青碾子。

几年后又修了一座小碾子神庙。

三

磨盘村的魂儿丢了。村人心口窝堵得慌，都想哇呀呀大哭一场。可谁也没哇呀呀，都在悄然中惶惶战栗。出门时，走路成了怀孕的娘儿们，甩着外八字，小心翼翼，放屁挤着屁眼，瘪瘪地撒在裤裆里。在家窝着，人屁股压在炕沿上，眼皮会时不时向上翻一下，生怕房梁或檩条一下子断掉了，整个屋顶塌下来，要了全家人的小命。

这年还咋过呀？指不定啥样的灾祸，噼里啪啦，雹子一样砸下来。给碾子神备下的猪头肉、年糕、各样供果，还往哪里去供奉呢？白菜和猪肉摆在案板上，女人们没有操着菜刀，叮叮当当剁白菜肉馅，谁都不晓得年夜的这顿饺子还吃不吃。

马奋喝酒喝了一下午，掌灯时分，脸红脖子粗地嚷起了瓜蒂。

你他娘的磨蹭个屁啊你点灯啊剁肉馅啊包饺子啊没肉馅包你个头啊包？

别人家都不点灯，都不切案板，咱家招那灾星？

啥？都不点灯，不剁肉馅？

你出门看看，哪家亮灯了？扯耳朵听听，哪家案板响了？

马奋爬上屋顶，一看，漆黑一片，再一听，静悄悄的。就皱紧了眉头，年咋能这么过呀？下到地面，进了屋，一边抖开军大衣披上，一边喊瓜蒂快些点灯，屋里屋外的灯都开着，能照多亮照多亮，剁肉馅，菜刀切案板响一些，当当当，当当当，能切多响切多响。

马奋顶着寒气，挨家挨户敲门，要人家点灯，包饺子。

四

熬过了年夜，又要熬日子。大白天走在路上，像做贼，摸了人家东西，匆匆忙忙穿过街巷，不时看看头上的天，看看脚下的地，生怕一块石头飞过来，砸塌了头盖骨，或是地一下子陷下去，整个人连肉带骨头，烫了滚热的岩浆。

到了夜里，熄了灯，或者说点灯的人家就很少。被窝里那点乐子事也有点压抑。过去，一黑下来，女人们幸福的呻吟声，就像捅了刀子，一浪一浪地传出来。现在不行了，做那事有点例行公事，稀里糊涂弄几下，草草了事。

男人女人们仰面朝天，看着漆黑的屋顶打唉声，这日子，唉……叹了气就没了下文，心都跟着凉了，凉到了骨头缝里。男女赤裸着身子，渌着一身腥汗，沉沉地合了眼。过去男人们能把屋顶震塌的呼噜声，如今也没了，嗡嗡嘤嘤抵不上一只绿豆蝇。

正月十五的晚上，窗外那个大月亮裹着寒气，一张脸白惨惨地吊在半空，屋子里是那张白脸反射的光。马奋喝了酒，早早躺下了。拾掇完碗盏家什，瓜蒂爬上炕，脱光了，摇着马奋要做那事。马奋睡眼惺忪，爬上了瓜蒂的身，在瓜蒂臃肿的肚子上趴着，像只喝醉了的蛤蟆，流了一滩拌着蒜臭的涎水。瓜蒂颠一下，马奋动一下，没几下，就面条一样软下去。从瓜蒂肚皮上爬下来，马奋两条腿拌着蒜，仰面躺进瓜蒂臂弯里。在月亮的白光里，瓜蒂给男人抹肚皮上的热汗，一把一把地甩到屋地上。

马奋咕噜一句，烟。

瓜蒂伸手去砖墙灯窝子里，摸出一只卷好的旱烟，葱一样

栽到男人嘴巴中间。接着，火柴在石灰墙上擦燃了。瓜蒂一手
捏着火柴杆，一手捂着火苗，捧着递过去。马奋吸着烟，朝地
上一口口吐痰水。瓜蒂拉过男人的手，一把摁到胸脯上。马奋
一手捏烟，一手胡乱地揉捏瓜蒂的奶子。

不知啥时，烟火头灭了，屋里有了鼾声。月亮过了中天，
后半夜了，马奋忽然着了鬼魅似的惊醒，浑身湿淋淋的腥汗。

在惨白的光里，马奋说，不能再这样过下去了……真也是
的，妈了个巴子的……唉，豌豆这个小瘟神……不这样过，可
还能咋过……老碾子哎……哎呀呀……哎呀呀……马奋睁着眼
睛说起了胡话。瓜蒂开了灯，见男人额头晶亮的汗和惨白的脸，
魔怔了一般，眼光愣呆呆的。

五

钟声在小北风里很刺耳。钟声一响，村人不敢怠慢，吸溜
着鼻涕，从不同方向往村部拥，连孩崽子们也让大人们拽着耳
朵拉来了。村部前挤了百十颗脑袋，冷风呛入喉咙，纷纷咳嗽
起来，痰水吐了一地，乐坏了游荡找食的鸡们。

马奋说，过了十五，年就过完了，该修老碾子了。修碾子
不是凿碾子，老碾子百十年了，有了灵性，凿一盘新碾盘，怕
也镇不住，把碎碾盘拼起来，找上好铜匠铜上就行。

都哈着手说，听村长的哈，村长说咋弄就咋弄。

马奋说，铜匠找板石沟的郭锥子，郭锥子有一手绝艺，能
铜薄如纸片的青花瓷酒盅。还要唱落子戏，不唱三天落子敬敬
神，碾子修好也是白修。

有人说话了，村长啊，请铜匠也好，唱落子戏也好，钱咋出？

马奋说，铜匠不白铜，落子戏也不白唱，钱按户头均摊。

那人提出异议，这碾子是豌豆炸的，请铜匠和唱落子该麻

袋拿钱。

马奋说，你看麻袋拿得出钱不？麻袋就差和媳妇穿一条裤子了，怕是放个屁连个油花都崩不出一星来。

那人说，麻袋家不是养着一头黑猪？那猪黑得没一丝杂毛，卖了换钱。不换钱也行，杀了猪，大家伙沾光吃顿猪肉。

马奋咣一下敲了铁钟，说，猪的事再说，修碾子的事就这么定了，请铜匠，唱落子，钱均摊。

村长说定了就定了，人群散了，各回各家，生火煮豆，张罗早饭。

正月十七，马奋请来了郭锥子锔碾盘，又请了落子戏班在村部唱落子戏。

两天后碾子修复进入尾声，老碾盘上大大小小几十道巴铜子，要多凄惨有多凄惨。郭锥子好手艺，碾盘重又坚如磐石。马奋当场推碾杆滚着碾砣，碾了一簸箕玉米渣子。

收了工，给郭锥子准备了酒肉菜，会计牛槽陪着吃了，饭毕包了赏钱，连夜派马车送回了板石沟。落子戏还在唱，还要唱三天三夜。台上唱的是苦情戏，《冯奎卖妻》，戏台前落了一行泪雨。

六

罗筐识阴断阳，能掐会算，自比早年胡家岗子的胡先生。在村人眼里，罗家的香火堂子，没有邻村老乔麦壳家的香火堂子旺。可对这个半仙之体，村人还是心怀敬畏。有个大事小情，都来问个吉凶。

来看香火的，要舍香火钱。钞票、菜油，一瓢米，反正不能空手来。

看香火时，罗筐一团烂肉堆在炕上，胖墩墩的脸极虔诚。

屋地上立着的柜橱里，摆着香火碗，插了三根草香。罗仙人眯
缝着眼，看香火，不时咕嘎咕嘎打起馊嗝。据说嗝声越密越响，
香火越灵验。于是，来看香火的人，都支棱耳朵，等着罗仙人
又密又响的嗝。

一出事，又都来卜个吉凶。罗筐一反常态，满脸神秘状，
笑而不答。人心就不落地了，悬在晾衣绳上，飘来荡去的。越
是这样，来人越多，挤在门框边上，怯生生地——仙人给个准
话嘛！通个气也行嘛！……仙人于蒲团之上打坐，三缄其口，
一星儿话也不赏。

仙人也吹枕边风，到米糠那里问，兴许问出个子丑寅卯来。
不知哪个娘儿们提了议，要去问瓜蒂。男人不好出面请仙人老
婆，花菜就颠颠儿去了，挎了小筐，筐里埋了二十颗鸡蛋，大
家凑的，鸡屁眼刚挤出来，还带着热乎气。花菜将鸡蛋捡出来，
放在米糠姐家的葫芦瓢里。

米糠姐，姐妹们都等着找你拉古（聊天扯老婆舌）呢。

米糠犹豫了一下，看了一眼罗仙人。仙人吱吱喝着茶水，
不哼不哈。米糠没了主意。花菜趁势拉起米糠，硬生生扯到家
来。

炕上放着炒好的倭瓜子，一群女人围着剥。牛槽的女人白
菜、花菜小姑子细草、萝卜姐、吴妈、开豆腐坊的俏西施……
连瓜蒂都在。捧星星一般，将米糠捧上了炕头，坐了主位。女
人们给米糠剥起了倭瓜子。

由于罗仙人，米糠比一般娘儿们招人待见些，可比起人家
瓜蒂和白菜，还是矮锉了一截，二位女娇娘可是磨盘村的官太
太，平日里哪个会给她米糠一个好脸色的？这下好了，瓜蒂和
白菜赔上笑脸了，姐长妹短的，喊得米糠麻酥酥的。

剥着倭瓜子，花菜说，米糠姐，常伴仙人身边，也是半仙
之体了，说说看嘛。

一群娘儿们赏花儿样儿围着，要问啥，米糠心里跟明镜儿似的。就说，仙人说了，大灾在后面呢。米糠又咕噜咽了一大口唾沫，这大灾，躲是躲不过去了，命里该有此一劫的。有此一劫，全因白虎星下凡，白虎不除，磨盘村安生不了。

白菜接话了，这还用说？青龙粉了身，白虎可不就占了上风？

米糠说，这个白虎不是西山石磨，是麻袋家的豌豆。

豌豆？女人们都很响地咦了一声。

米糠说，我家仙人说豌豆属虎，命里就是一只白虎，专克青龙来的，要躲灾星，就要躲傻豌豆。

俏西施吃多了煮豆子，欠身放了个很响的屁，说，豌豆还真属虎，比我家小崽子蒿草大一岁嘛。

瓜蒂说，这么说，克了青龙，这小白虎星岂不就更猖獗了？

哎……女人们都叹了气，瞪圆了眼，脸皮扯成了棉鞋底子。

七

麻袋夜里睡不着，白天人也恍惚，走路脚下没根儿。一家三口，只麻袋一个灵性儿人。女人荆条脑子不灵便，几近于白痴。儿子小豌豆脑子也不灵便，智商随娘，吃饭不知饥饱，睡觉不知颠倒。麻袋酒后经常打荆条，傻女人不哼不哈。可麻袋一打豌豆，荆条会发了疯，如小母狼，护住豌豆，替儿子挨拳脚或鞭子。

出事后，麻袋酒喝得更凶。一喝酒，麻袋就要打人。豌豆便像挨刽了的猪崽子，经常凄厉地惨叫。荆条跟麻袋拼了命，咬破了麻袋的胳膊，伤口流了血。麻袋一巴掌抽晕了荆条，将傻娘儿们关进柴棚，锁死门板，丢给一碗饭，外加一壶水。

米糠的话传出来，麻袋又喝了一顿酒。借着酒劲，捆了豌豆，拿条绳牵着，去挨家挨户道歉。

人家见麻袋牵着豌豆来了，唯恐避之不及，关了门，又稀里哗啦落了锁。人家隔着门板，在门里嚷嚷不休，麻袋你赶紧牵走豌豆。

麻袋说，豌豆还小呀……麻袋在门外说起来没完没了，门里就带上了哭腔，求起了麻袋，你走啊，该死的麻袋，快走啊……这小瘟神走到哪儿，哪儿是灾，哪儿是祸呀……

麻袋握起小油锤一般的拳头，非要砸开人家的门。七尺高的汉子也带上了哭腔，豌豆不是白虎星，也不是哪路小瘟神，我麻袋鸡巴弄出来的儿子我还不晓得？浑身软乎乎的一团肉蛋蛋，没长角也没长刺，你出来摸摸，就是一团肉蛋蛋……

麻袋喋喋不休，不肯走人，人家就往外丢石头，孩崽子丢驴粪蛋。麻袋额头上挨了一砸，拱起个杏核大的青包，一揉，木胀胀的痛。气就撒在儿子身上，在豌豆屁股上狠踹了一脚。一脚又踢丢了鞋子，捡回来蹬在脚上。牵着豌豆，骂咧咧地去了下一家。

走了一圈，一户人家也没见到，都躲瘟神似的。麻袋领着豌豆回了家，进了门，又小孩子似的蹲在地上，委委屈屈地哭了一场。一哭，倒不那么怪儿子了，松了绳，又将小身子搂在怀里接着哭。豌豆也不说话，疼时会哭几嗓子，不疼就噗噗用唾沫吹泡泡，下巴颏那里老是湿着的。

麻袋不敢让豌豆出门了，锁在家，陪着荆条劈秫秸篾子，劈好后，秫秸篾子捆成匝，堆放在墙角，麻袋要用秫秸篾子编席子。逢集日，麻袋扛几领席子去卖，换了毛票，留着给豌豆大了说小媳妇。连续几个集日，一领席子也没卖出去。麻袋扛着席子走在大街上时，还会有人朝地上吐痰水。心凉了，知道再没人要他的席子了，就都塞进灶膛烧了。

八

接下来大旱，几个月未下一星儿雨。过了谷雨，又过了立夏。小满与芒种脚跟脚也过去了，天还是响晴着。没有雨，太阳还毒，地皮冒火，人和树木成了架子上的乳羊，烤出了焦煳味。远山上着了几起山火，林木烧枯了，裸露出黑黢黢的地皮来。

马奋一筹莫展，只好去问乡长，这雨啥时候下呀？

乡长说，不只磨盘村旱，全县都旱，气象部门说这旱几十年不遇。

马奋回了村，敲了钟，集合了村民，站在石头上说了乡长的话。

村人说，乡长胡说八道，磨盘村啥时候这么旱过？都是白虎给闹的，说不定全县都受了牵连呢？龙王爷要惩罚磨盘村，不给雨下，捎带着把全县雨水都禁了。

马奋说，哇呀呀，你个乌龟头，少扯老婆舌，不要满嘴喷粪……

散会后，磨盘村人不服气，去了乡里找乡长说理。也不为别的，就要乡长到县上去给县长传个话，不下雨的病根在磨盘村，确切说在麻袋家，豌豆那个小白虎星不除，瘟神不送走，雨没个落下来。乡长忙得很，哪里有闲工夫待见一帮乌合之众。说理的事没弄成，弄得村人愤愤不平，走出乡政府大院时，趁人不备，漏汗踢碎了廊檐下的一只水罐子。回到村上，又嚷嚷去县上直接找县长。马奋在村口拦住了，县长他老人家也是你们这帮鼻涕虫见的？连乡长要见县长都难，你们都他娘的歇菜吧啊。大伙愤愤地回了，找县长的事才算罢休。

农历进了六月，雨还是没下来，河枯井干，只好去山里淘地下暗河。麻袋不用去淘，院里那眼老井很神，年头多旱，也照样井泉兴旺。守着一眼旺泉，麻袋动了动脑筋，想给村人送水。道歉不接受，席子不买，救命水不会不喝吧。这样想了，舒了一口气。

于是打了两桶水，挑着，先去了鸡眼家。鸡眼老婆黄瓜在门口纳鞋底，麻袋老远就喊，黄瓜，给你家送水来了。

黄瓜看见麻袋担水近前来了，将大门关死了。

麻袋你走开，渴死也不喝你家的水，喝了你家的水，不定惹下啥灾祸？

黄瓜，平日里咱两家走得近，吃的用的没少串换，如今咋了呀？连水都不喝了？

麻袋你该死呀，为啥你不心知肚明吗？哪个还敢靠近你家？躲都躲不及。

黄瓜，听米糠那娘儿们几句胡呛，就渴死也不喝我家井里的水了？

麻袋你走吧，没人会要你家的水。

麻袋挑着水送了一圈，果真没送出去，挑着水桶走如游魂，心比水凉。热脸贴了一圈冷腚，不如脑袋插进水桶，他娘的淹死算了。麻袋看着清凌凌两桶水，梗着脖子真要淹死自己，有两次脸都贴到水面了，又收回了头，想想家里傻娘儿们和傻儿子，哎……他娘的算了。

麻袋挨家送水时，马奋正坐在屋里摇着扇子，忽然觉得这样待麻袋不够地道，水送到家门口了再不喝就不仁义了，喊了瓜蒂。

瓜蒂，你去喊来麻袋，别人家不喝咱家喝。

瓜蒂一瞪眼，渴死也不能喝那阴水。

瓜蒂你说话走走脑子，那是井里打上来的，又不是女人裤裆里淘出来的，咋还成了阴水？

马奋自己提了两只铁皮桶推开了院门，碰巧麻袋走过去，就喊了麻袋。

一听见马奋招呼，麻袋险些哭出来，含着泪花将水桶挑过去。马奋已提着两只大小相当的水桶等在那里了。提起水桶将水倒进去，麻袋说，村长，吃水到我家去挑啊，要不得闲，我给送家来啊。马奋说是啊是啊，提了水进了院，回身用脚将两扇门都踢严了。

一眨眼，瓜蒂提着一桶水，呼一下，从门里蹿出来，哗一声，将水泼在当街，紧接着另一桶水也提出来泼在当街。这还不算，瓜蒂呸呸呸吐了几口唾沫，才回身掩了门。

九

先是漏汗家的马生马驹子，折腾了一天一夜，血泼了满圈，还是大马小马都没保住。磨盘村人跟着吃了一回马肉，漏汗心疼得坐在院墙上抽烟，烟头堆了一笸箩，花菜则拍着大腿在屋地上打滚撒泼，好像死的不是一匹马，而是花菜的亲娘。鸡眼家的柴垛夜里不明不白地着起火来，幸好扑救及时，房子才没连带着烧成灰。另有俏西施走着路，摔了个趔趄，脚脖子骨折了，拉到乡里卫生院打了石膏，躺在炕上挂吊盐水瓶，不能去走街串巷卖豆腐了。最让人费解的还是马奋老娘的离奇死亡。

那天马奋和瓜蒂挑着水桶，去西山石洞里淘地下水回来，进院子看见老娘在地上躺着，跑过去一看，老娘后脑勺硌着一块三角石头，新茬口溜尖，凿子一样凿开了老娘的后脑勺。血在地上都凝了，一试鼻息，已登了仙界了。

马家举丧三日，整个磨盘村陷入哀伤之中，全村男女扶老携幼，前来马家吊孝。罗仙人作为丧事知客，请出了老礼俗，安排丧事各项事宜。

　　举丧要忌讳，罗筐说老太太是白虎克死的，于是要忌白虎。就派了小流氓阿二去了麻袋家，告知三日内小豌豆不得出门，麻袋唯唯诺诺地应了。

　　马家门前贴了白纸黑字的门状，写了老太的生卒年；大门右侧一根青竹挑了丧门纸。罗筐亲自给马老太太整了容，又给口里含了一枚"乾隆通宝"；左手塞一个白馒头，右手塞一条打狗鞭。死者走阴间路，过五关斩六将，对付恶狗这些都少不了的，相当于关老爷手里的青龙偃月刀。

　　当天夜里，马奋提着一篮子黄表纸，到村东碾子神庙里去"纳纸"，又称"告庙"。磨盘村人不敬土地神，只敬碾子神。也不知冥界有无碾子神，磨盘村人却尤其敬，故村上死了人，"告庙"都来碾子神庙。老碾子碎了，庙还在。庙不大，三块青石板搭的小石房子，摆了香炉碗，立了牌位，接受香火供奉。

　　三日后，丑时，死者入殓，盖棺封盖，孝子贤孙们披麻戴孝，哭声悲悲切切。八名壮年扁担上肩，抬着棺材往马家坟地走。送葬队一步三回头，刚出了磨盘村，上了木桥，就见一个白袍小鬼横在前面，大有此路是我开，留下买路财的架势。

　　罗筐定睛观瞧，影影绰绰，像麻袋家的豌豆。豌豆趁麻袋酒醉如泥，逃了出来，游来荡去的，正撞上马家出殡送葬。罗筐喊，豌豆你个小白虎星，还不快走开。豌豆穿着麻袋的大白布衫，嘴里噗噗吐着泡泡。罗筐吓唬豌豆，小瘟神，再不闪开，小心敲碎了你的脑壳。

　　豌豆全然不去理会罗筐，唾沫泡泡在嘴角一串连着一串地鼓起来。正僵持，麻袋从暗处拍马杀到，光着膀子，嚷嚷着，小祖宗啊……扑腾，麻袋跪在地上，给马老太灵柩磕了头。回身掐住豌豆脖子，提鸭子一般提起豌豆，急匆匆闪到晨雾的灰白色里去。

　　也怪了，送葬队刚下了桥，抬棺材的一只扁担硬生生断了，差点人仰马翻。等找来杠子抬起棺材走，进了坟茔地，还是误了下葬吉时。

马奋嘴上没说什么，脸色却不好看了。瓜蒂更是撒了泼，誓要掐死豌豆，给马家祭灵。闹了半晌，棺木下了葬。响器声歇了，众人回到马奋家，稀里哗啦喝了一碗热汤，悄悄作了鸟兽散。

<h1 style="text-align:center">十</h1>

瓜蒂提了菜刀，要去麻袋家杀了豌豆的头。到底是村长，马奋黑了脸。瓜蒂也没敢去，一菜刀切碎了泥墙上吊着的一只硬葫芦，算是杀了豌豆的头。

第二天，罗筐来找马村长，说马家遭了邪气污秽，要给马家破一破，绂除白虎，送送瘟神。瓜蒂很热心，马奋没说话，心灰意懒，随她折腾去的架势。

罗筐说，得找一只黑猪头提到太奶庙去上供。瓜蒂翻着眼皮想黑猪头的事，想来想去，只有麻袋家有一头不带杂毛的黑猪，就派花菜去找了麻袋。花菜没进麻袋家，站在门口远远地和麻袋商量。麻袋一听瓜蒂要用黑猪头上供，就开了圈门赶出了黑猪。花菜赶走了黑猪，交到了瓜蒂手上。瓜蒂赶着黑猪径直去了屠夫兀秃家。兀秃一刀杀下了黑猪的头。瓜蒂躲闪不及，血喷了一鞋壳。瓜蒂顾不得血腥之气，捧着一颗血淋淋的猪头先走了。

黑猪头送到了太奶庙的供桌上。

罗筐身穿黑色袍子，打扮成了巫仙，仗剑作法，屋里屋外喷洒符水。瓜蒂顶着孝布，全没了第一夫人的派头，像个小仆人，跑来跑去，听候差遣，低眉顺眼地看起了罗仙人脸色。

就在罗筐给马奋家驱逐白虎的当夜，麻袋家火光冲天，点了天灯。

村人们看见了火光，爬上自家房顶，见是麻袋家，都没吭气，也没挪窝，都站在暗处瞄着，悄没声地看火燃。大概都在心里猜想，看来麻袋一家自知罪孽深重，引火自焚了。待房子烧趴了架，轰然倒塌，铁也要烧熔了时，才听见谁喊了一声救火，村人才跟着呼喊起来。一声，两声，救火之声连成片了，大人孩子提着大小水桶往麻袋家拥。

大火燃尽后，村人敲打残砖断瓦，却没找到半片尸骨。愣了半天神，明白了，麻袋一家没在火里烧死，想是走出磨盘村了。瘟神送走了，都舒了一口气，忌讳也没有了。于是，搬砖的搬砖，抬瓦的抬瓦，弄回家去垒了猪圈，搭了鸡窝。

每个人提来的空桶回去时都没空着，塞了这个，掖了那个。麻袋家有井水，院里种了几架瓜，秧绿瓜嫩。喊了半天救火，口干舌燥，都去摘了瓜，哨了润喉。架上藤蔓叫花菜扯去，喂了圈里待产的老母猪。

那夜，麻袋放了一把火，领着妻儿往西走了，进了磨盘山，再也没有回来过。傻娘儿们荆条起初不肯走，吱哇乱叫，麻袋给荆条来了个五花大绑，嘴里塞了一团烂草。进了磨盘山，一直往西走，就是磨盘山原始森林，那里豺狼虎豹出没，是飞禽走兽的天堂。

盲

　　双羊镇贾家沟来了一个小铁匠。铁匠一般两人搭帮，一个师父，一个烧火抡锤的徒弟。小铁匠例外，孤身一人拉着板车，风尘仆仆，车上装着铁匠炉子跟打铁的家什。进村先找水喝，喝过水找吃住的人家。村人不爱收留陌生人，给小铁匠支招，你去问问老贾吧，那是个大善人。小铁匠找到老贾。老贾二话没说，留了小铁匠在院里支炉打铁，腾了偏厦给小铁匠住。

　　小铁匠看上去三十来岁，脸皮让炭火熏得如晒干的枣，膀阔腰圆车轴汉子，最惹眼的是双手都长了六根手指。小铁匠有个绝活，左手铁钳子夹着冒火的铁块子，右臂轻松抡起十几磅的铁锤，锤落之处火星喷溅，再用小锤敲敲打打，铁器就成型了。炉子烧起来，村人都来打铁。犁铧，镐头，镰刀，钉耙等地里用的农具，女人厨房里用的菜刀铁勺，都要拿来重新锻打淬火。小铁匠淬火淬出的钢口好，不锈豁子不卷刃。

　　贾家沟人都夸小铁匠好手艺。

　　小铁匠在贾家沟打铁打了二十天，村人家里的铁器打得差不多了，再有两天小铁匠就要去黄草沟了。谁知在第二十一天早上出现了意外。

　　那天晨雾浓得推不开搡不开，雾气里掺杂着腥臊的骡马粪尿味。村人还都赖在炕上烙腰背，忽听老贾哑脖子的哭声，在湿重的雾气里很响地飘荡开来。村人骂骂咧咧地爬起来，剥开雾水来到老贾家。老贾正坐在铁匠炉子上捶腿骂，该死的小铁匠呀，你人面兽心呀，我好心让你吃让你住，你却把我女人拐跑了，呀呀呀……呜呜呜……呀呀呀……呜呜呜。村人里外撒一圈眼睛，果真没了小铁匠，也没了老贾的女人花淑芬。

　　村人面面相觑，说，淑芬不会回娘家了吧？

　　老贾擤了鼻涕说，咋回？贾家沟到陕西几千里，要回早回了。

　　村人咬咬嘴唇说，也是，淑芬不像那种人呀？

　　花淑芬不是双羊镇人，陕西榆林一带的，具体户籍不详。老贾用了一头花牤子，从人贩子老徐手里换回来的。老贾四十一，花淑芬二十三。老夫少妻，人人羡慕，外加嫉妒。人们的嫉妒还没来得及升温，花淑芬跟小铁匠勾搭一块儿跑了。

　　村人鸡一嘴鸭一嘴，没咸没淡地扯了一阵子，痰水吐了满院子。看看雾气渐渐散去，还要去地里送粪烧茬头，纷纷嚷说散了散了。拔脚往院外走，说，老贾你想开点，没准说话的工夫，淑芬就跨进门槛了，两口子之间瞎猜忌可不好，伤感情呀。村人前脚刚跨出去，老贾一脚踢散了铁匠炉子，炉灰焦子撒得哪儿哪儿都是。村人想再劝老贾几句，见老贾眼睛瞪得像牛蛋，嘴巴子撅着能挂个秤砣，咂着嘴摇摇头走开了。

　　老徐是贾家沟起得最晚的人，他从不下地劳作，偷鸡摸狗拉皮条，双手不沾泥巴照样来钱。雾气都散尽了，老徐才起来。听见村里人群骚动，跟贩羊狗皮的老杨打听，得知花淑芬跟小铁匠跑了，老徐心里咯噔一下子。花淑芬是他拐给老贾的，日子过了才一年，被窝还没焐热，人就没影了，老贾岂能善罢甘休。

老徐愣头愣脑地回到屋，女人翠兰喊他把尿桶倒掉。老徐心突突着提起尿桶往院外走。刚到门外，恰与老贾遭遇。老贾一把薅住老徐脖领子，大喝一声，你还我花牤子。老徐没有老贾身材魁实，不是老贾对手，让老贾掐得大气出不来。老徐吭哧了半天，哑着脖子说，老贾你这是干啥？有话好好说嘛。老徐抖落手，尿桶翻在地上，黄尿淋漓，满街臊味，二人撕来扯去，脚都踏在尿水里，鞋底鞋帮均沾满尿泥。

翠兰提着火铲子杀出来。见翠兰来者不善，老贾丢开老徐，跳出圈外。翠兰跟老徐体型正好相反，五大三粗，像个黑塔爷们儿。老贾自知斗不过翠兰，便避开翠兰跟老徐说话，用手点指老徐，好男不跟女斗，你还我花牤子。有了女人助阵，老徐气焰有些嚣张，你养不住女人来找我，肚子疼不说肚子的事，你撒泼儿滚儿赖灶王爷呀你。

老贾说，你知道那个花淑芬不是好货色，是个养不住的主，还塞给我。你给黄草沟老蒋弄个黄花闺女也才一头驴，花淑芬烂糟货你却讹了我一头花牤子。

老徐呸呸吐了两口唾沫，你拍拍心口，你说话昧良心不昧？花淑芬那是烂糟货？粉嘟嘟嫩生生能掐出水来，头回见哈喇子快流到地上了，那是谁？还不是你老贾？老蒋娶的黄花不假，你咋不说满脸麻子？

贾徐二人唇枪舌剑，呛呛呛呛，唾沫星子飞舞缭绕，像雾像雨又像风。翠兰火铲子舞得呼呼生风，像天波府里耍烧火棍的杨排风，准备随时冲上来结果了老贾。

村人放下手里的粪车，肩上的钉耙镐头，赶集似的又聚拢过来，叽叽喳喳，似野林子里的一窝鸟。这事湿里干里没他们，就爱看个热闹。村人打圆场，老贾你没本事，养不住娘儿们也怪不着人。老徐你也别说没干系，这娘儿们也不值一头花牤子，你也得出点血补偿一下老贾。

花淑芬没影了，人是老徐拐来的，弄真了他也吃罪不起。老徐说，花牤子早卖给牛肉铺的老牛杀了卖肉了，驴我没有，羊倒是养着几只。村人也劝，老贾你别逮住蛤蟆挤出尿来，羊就羊吧。老贾咬咬后槽牙，羊就羊吧。

那头羊老贾转手卖给了放羊的老马。卖完羊，老贾坐在门前青石墩上磕起了烟袋，就像那把烟袋锅没个时候磕完一样，梆梆梆，梆梆梆，边磕烟袋边骂花淑芬跟小铁匠，捎带着也撩饬老徐几句。磕完，骂完，装上烟丝接着吸，噗噗喷烟，吸完接着磕烟袋锅，梆梆梆，梆梆梆，接着骂人，话越来越毒。

村人路过，停下来说，你骂人行，烟袋招你惹你了，还磕起来没完了？

老贾不理，照旧磕，磕得铜锅满身麻坑。

村人踢着老贾家院墙墙根儿说，你整天坐在这儿磕烟锅也不是办法，要么下地开犁撒种，就当没这么个事，要么你关上门去寻一寻，没准花淑芬不是自愿跟小铁匠跑的，是小铁匠把你家花淑芬拐卖了呢。你还真得往拐上想，不能往跑上想，淑芬要跑早跑了，犯得着跟个穷铁匠私奔？

老贾眼里闪过一丝光芒，要这么说，淑芬让小铁匠拐卖了？

村人说，都是猜闷儿，谁也说不个准儿呀。

老贾看着村人怪异的眼神，说，你们谁给我拿个主意，是这么在家干等，还是出门寻一寻？

真要拿个主意了，都大眼瞪小眼没了章程。老马赶着羊路过老贾家门前，插了句话。别看老马是个羊倌，遇事却是个拿得出主意的人。老马给老贾说，从哪个方面讲，你都该出门去寻一寻。跟铁匠跑了，你也去找，找到问句实话，为啥跟咱日子过好好的说走就走了，走也不怕你走，咋不打个招呼呀？让小铁匠拐跑了更得去找了，女人让人拐了，你做男人的在家抽大烟，也说不过去。老马贴到老贾耳边说，哪怕是出门做个样子，也该去寻一寻的。

老贾恰巧抽完了一袋烟，这次他没在石头上磕烟锅，在鞋底上扑扑磕起来，残火烫出一股胶皮味。磕完，老贾说，十里八村，还得说老马见识远呀。

老贾信了老马的话，寻找妻子花淑芬去了。出门前把所有窗子都用横杆子钉上了，屋门也从外面用木板封死了。三间房子成了个大包装箱子，麻雀也飞不进去。村人见了都说老贾心眼小，一口板柜两口锅，三只饭碗两只豁儿，穷得快当裤子了，谁偷？

一年后的一天傍晚，贩羊狗皮的老杨在村口老井台上打水，刚提上两桶水，扁担搭在肩上，还没去挂住水桶，抬眼见一个人从村外走来，骨瘦如柴，衣裤显得肥大无比，斜背着破口袋，带子很长，口袋拍打着屁股，看起来像漂移过来一只大蝙蝠。那人走到老杨跟前说，老杨，你把瓢借给我，我走了很远的路，我要喝口水。听那人喊老杨的名字，老杨仔细去打量来人。那人衣服过于破了，头发长及肩头，打着绺，腌臜，加上天色也暗了，老杨没看出来人是谁。老杨出门打水没带着水瓢，眼见这人又邋遢不堪，不大愿意让他趴在水桶边上喝水，犹豫在那儿了。那人抹一把脸上的尘土，撩起额前几绺头发说，老杨，你认不出我来了？

看着看着老杨看出来了，向前一步，一拳敲在那人肩头，说，你真是老贾？

老贾嘿嘿笑，露出黑牙根，这回该让我喝水了吧。

老杨摸摸下巴，缓缓神，什么一口两口的，这一桶都给你喝了，当饮驴了。

老贾撅起屁股，趴在水桶沿上，真像头驴把嘴贴在水面上，吱吱溜溜地喝起来。老杨从后背打量老贾，裤子不能叫裤子了，胯骨一半在外裸着，糙皮上挂着黑泥。喝完水，老贾捂着肚子揉了半天才直起腰。

老杨说，都以为你死在外面了呢。

老贾喉结一耸一耸，脖子不那么哑了，死在外面还好了，这不没死吗？

老杨说，你老了呀。

老贾说，能不老吗？这一年人不人鬼不鬼的。

老杨陪着老贾回了老宅院，老贾却不进屋。木板子横杆子还钉在门窗上。老贾嗓子眼里咕噜咕噜，嘴巴里含着痰水。咕噜一阵，跟身后的老杨说，看看这房架子还没塌，心也落地了。村人闻声来看老贾，围着老贾问，黑灯瞎火，猫着个影儿没呀？老贾屁股压在门前那块青石墩上，双臂抱着膝盖，说，猫着影儿了，又让人溜了。

人们唏嘘不已，让老贾讲讲细节。

老贾撅根荆条棍在地上画着圈说，我出了贾家沟四处打听，这俩人走到哪儿都得吃饭呀，花淑芬不会手艺，小铁匠会呀，还得打铁呀。这么找来找去，找到了山西省祁县。他们在山西祁县拉着板车走村过店打铁。

村人说，你见着小铁匠跟花淑芬没？

老贾说，真人是没见着，不过路人说的就是他俩，三十来岁，男的拉车，女的推车，支了炉子，一个打铁，一个拉风箱，男的双手六指，女的双眉之中一颗紫痣，这不是那小铁匠跟花淑芬？

村人回忆，可不，小铁匠双手六指，花淑芬双眉之中一颗紫痣，有黄豆粒大小。

啧啧啧啧，村人都惋惜。

老贾说，我追到祁县徐家庄，晚到了一步，那俩人丢了炉子家什，又撒丫子了。

村人说，看来花淑芬铁心跟小铁匠了。人家宁愿跟小铁匠喝西北风，也不愿跟你老贾住青堂瓦舍，顿顿揉面粘牙。

老贾打了个哀声，说，这个理儿我也懂，要是光花淑芬也就不找了，是花淑芬生了孩子了。

村人说，有孩子更不要找了，对你一点念想都没了。

老贾说，我算了算日子，那孩子不是小铁匠的，是我老贾的。

村人很响地"啊"了一下，接着发出很响的咝咝声。都没了主意，要光是个花淑芬，不找也就不找了，为个娘儿们犯不着，但妻子可以不找，骨肉是亲生的，不能说这么放下就放下了。

关键时候还是羊倌老马拿事儿。老马说，找，得找。这么撂下不找了，前面那几层鞋底子白磨了。

老贾看看村人，又看看老马，一年前我听老马的，这回我还听老马的。

说完老贾起来掸掸身上的尘土，衣裳像风吹破门帘子，呼呼嗒嗒飘起来。老马把老贾请去了家里吃晚饭，老马女人给老贾烙的葱花油饼。吃过葱花油饼，老贾回到老宅院，连屋子也没进，躺在老宅屋顶上，看了一夜星辰。

次日天明，老贾又走了。临行前，村人给找了几套换洗衣裳，又给打了个包裹，让老贾背在身上。村人都来村口相送，有点送君远征的意思。挨个儿走过来，意味深长地拍拍老贾的肩头，都说，找不着就回来。

老贾说，走一步说一步吧。

很快又十年过去，贾家沟人没有得到老贾的半点消息。村人认为老贾真的死在他乡了。然而意想不到的事发生了，跟十年前老贾回村一样，也是在傍晚，老贾竟歪歪斜斜地走进了村人的视线。

老徐那天刚动完刀子，正血渍呼啦地站在村口送客。老徐不拐人了，改做狗肉生意了。家里焊了几个大铁笼子，里面养着几十条狗，稍有风吹草动，便狗咬吵吵，整个贾家沟都不得安宁。有沟外来买狗条或是吃狗肉的，老徐赤膊上阵，当街杀狗。老徐做狗肉生意也有三年了，杀狗无数，双手沾满狗血，眼里早没了活狗，只剩喘气的狗肉。别看杀狗杀红了眼，老徐看人眼却不花，很快认出来人是老贾。

老贾干瘦，细脚伶仃，一张瘦脸更显长，驴脸呱嗒，身上破破烂烂，那件衣衫还是十年前从贾家沟走时，老马的女人给找的旧褂子。老贾真老了，老得不成样子了，头发全白了，五十三，看上去像七十三，走起路来两条腿不是前后跨，像只醉酒的螃蟹往两边摇摆。

老徐喊了一声，老贾。

老贾很夸张地晃荡了一下才站稳了，撅起嘴，很响地磨牙。

老徐眯缝着眼睛问，老贾，你还活着？你不认识我了呀？

老贾翻着大眼皮，眼神里掠过一片白雾。在外游荡了十年，老贾眼神不太好了，一只白内障，一只青光眼，看人云山雾罩。看了一阵，嘻嘻笑起来，你是老徐吧？

老贾口音也变了，没了贾家沟味，南腔北调，听起来很滑稽。

老徐哈哈笑起来，我就是老徐呀。

老贾嘴唇翕动，牙齿咬得比先前还响。老徐以为老贾远道而归，口干舌燥，要喝水。村头老井上的辘轳架子还叉在那里，井绳也还在辘轳上绕着，辘轳却糟了，绳也要烂了。三年前，沟北老焦女人跟儿媳因半斤黄豆怄气，半夜寻窄路跳井淹死了，这口井水再也没人吃了。老徐看着老葛家门楼，说，老贾你等着，我去老葛家给你找碗水喝。

　　没等老徐转身，老贾一把拉住了老徐。看上去清瘦的老贾，手爪子却像铁钳子，劲头那样大，往肉里钩。老贾哇一声很响地哭出来，鼻涕眼泪甩在了老徐前衣襟上。老徐衣襟沾满狗血狗油，挂不住水，鼻涕眼泪往下滑。老贾说，老徐呀老徐，你把我坑苦了呀。老贾哭如唱丧，把一个宁静的黄昏，搞得愁云惨淡鸡犬不宁。哭得老徐心惊肉跳，说，老贾你放手，多少年前的事了，当初可赔了羊了。老贾说，一头羊把我打发了？十一年的光阴谁赔我？老徐从腰间抽出刀子，刀子闪着寒光。老徐说，我不干人生意了，改杀狗了，每天白刀子进去红刀子出来，惹急眼了可捅了你。老贾说，杀狗好呀，你赔我几只狗。老徐说，狗没有，吃狗肉行，我请你吃狗肉。

　　吃过狗肉的老贾要张罗修老房子。村人替老贾长出一口气，看来老贾要塌心过日子了，纷纷来贾家帮忙修房。老贾谢绝了村人的好意。先清理了院子，拔除杂草，焚烧垃圾，打了畦埂，种了萝卜白菜。去镇上买回各种建材，修补了房屋外墙，刷了杏黄色涂料，屋顶做了防水，内墙壁粉刷了石灰，又用水泥抹了灶屋两个锅台，还贴了白瓷砖。

　　修房竣工这一天，老贾意外地开门纳客。村人结伴来参观，口中啧啧赞叹。都说老贾在外发了财。老贾说，发啥财呀，在外面边打工边找人，从牙齿缝勒，积了几千块，把房子拾掇拾掇，叶落了总要归根儿的。

　　村人都说，你能想开，说明这十余年没白走，这下房子也修了，别再东跑西颠了。

　　老贾说，修房是修房，找人是找人。

　　村人说，你没折腾够呀？

　　老贾说，找人不能说是折腾，不找人我心乱如麻。

　　说着说着，脸上现出伤感之色，叹了口气，实话说了吧，进这个屋子我就心乱，一闭眼全是花淑芬跟小铁匠，揪心呀。

村人说，都这么多年了，还没爬过那道槛儿？

老贾说，那俩人得折磨我一辈子呀。

村人说，老贾你心眼小得像针鼻儿，不像个爷儿们，像个娘儿们。

连当初力主老贾寻人的老马，也拨拉着脑袋不赞成老贾再走了。

老马说，找着又有个屁用了，人家孩崽子都生了一炕了。

老贾说，几个崽子跟我没关系，我找我自个儿那崽子。

老马说，那崽子是不是你的还两说着，就算是你老贾的种，连个面都没照过，谁养大的管谁叫爹，找着也不能认你。

老贾说，小子认不认老子是小子的事，老子找不找小子那是老子的事。

见老贾不进油盐，老马也不劝了，提了个实际问题，你这么走下去，哪天倒在外面咋整？谁给你收尸呀？

老贾叹了口气。村人发现这次归家，老贾添了爱叹气的毛病，动不动好打个唉声。

老贾说，哪疙瘩黄土都埋人，死哪埋哪儿。

老马说，身边连个人都没有，哪个埋你，还不狼拉狗啃？

老贾说，那就死哪儿烂哪儿。

村人都说老贾钻了死牛犄角，在一个想头上吊死了。想到这里村人伤感起来，都为老贾抱不平，眼窝子浅的，也汪了泪水了。伤感是容易传染和升级的，都愤愤然，脏话连篇，唱对口戏一般，骂起了花淑芬跟小铁匠，祈求老天爷睁眼，让这对狗男女流脓，长疮，火烧，车轧，坠崖，掉井，得癌。贾家沟人给花淑芬跟小铁匠罗列了十几种死法，反正活不得好活死不得好死。

老贾第三次出门寻妻，又十四年没有音信，人像从这个世间蒸发掉了。村人掐指一算，前后三次出门寻妻，加起来整二十五个年头。这回村人下了断言，老贾怕是真应了他自己说的那句话，死哪儿烂哪儿了。

这一年对贾家沟来说极不寻常，一条高速公路要横穿而过。有些人家要动迁了，要给一笔钱的。占了屋院的人家，年轻人激动得睡不好觉，做梦数票子数到手指抽筋，打算到县城去置楼产了，家里的老人不爱挪窝，牢骚满腹。

动迁户里就有老贾。第三次出门前老贾修过房子，不过经过十四年的糟烂，贾家老宅也要塌架了。但塌架也是房子，补偿还是少不了的。施工方来找村上。村长是老徐的儿子小徐。小徐体格健硕，头大如葫芦，像翠兰不像老徐，说话闷声闷气。小徐说，房主出门寻妻去了，人也没回来过，生死不知呀。施工方代表说，那也不能因为一个破房窠子，耽误了进出山海关的这条交通大动脉建设呀。双方商议决定，照其他户补偿标准，把补偿款先打给村上，老贾回来由村上转交。小徐点头，代领了国家补给老贾的十万块钱。

拆房子那天，村人在烟尘之外看着，期待能挖点宝贝出来。

建国前贾家是大地主，老贾的爹娘都是给批斗死的。工作队来抄家，老贾娘抱着钱罐子不撒手，工作队打算把钱罐子砸碎，一钉耙抢起来没砸着钱罐子，给老贾娘脑门儿上刨个窟窿。那时老贾还小，看着娘脑门儿上血流如注，吓傻了。一吓留下了后遗症，长到十几岁还经常大小便失禁。老贾爹不久也死了，老贾成了孤儿，宅院分给了懒汉徐三，徐三就是老徐他爹。后来给贾家平反，贾家宅院重归老贾。那时老贾二十几岁，人少言寡语，脾气古怪，连个媳妇也没娶到。

人们猜老贾家屋基下，好东西肯定私藏了不少，挖不出青铜器，也能挖出点坛坛罐罐，至少也能挖出几缸大洋。村人眼

珠不错地瞄着钩机的大铲子，真要挖出一缸大洋，村人打算一
哄而上，钉耙都备好了，挖出来就砸碎，不抢白不抢，抢几块
是几块。

　　谁也没想到，没挖出宝贝，却意外在两座灶台下各挖出了
一具尸骨，两具尸骨烂得一团糟了。施工方停止了挖掘，报告
了双羊镇派出所。很快所长老高开着警车来到贾家沟，查验了
现场，拍了照。老高干了近三十年警察，常跟尸体打交道，也
是半个法医了，凭经验初步判断，两具尸骨为一男一女，应为
中毒死亡，从腐烂的程度看至少在二十年以上，尸体掩埋前曾
遭腰斩，男尸特征明显，双手六指。

　　老高带着小民警走访调查。问村人，对那两具尸骨可知情？
村人头摇得像铃铛。

　　老高说，二十五年前贾家沟来过一个小铁匠是吗？

　　村人说，二十多年了，谁有那么好的记性呢。

　　老高说，听说花淑芬是老徐拐来的？

　　村人说，没有的事，那么大个活人谁能拐得来？

　　老高说，花淑芬在哪儿？

　　村人说，跟小铁匠跑了。

　　老高说，你们不说村里没来过小铁匠吗？

　　村人说，呜呜……哇哇……呀呀……

　　老高说，老贾又在哪儿？

　　村人说，不是去寻找花淑芬了吗？

　　老高说，他是怎样一个人？

　　村人说，他是谁？

　　老高说，当然是老贾。

　　村人说，老贾嘛……呵呵，老贾是个善人。

　　老高走了一圈，得到的答案差不多。他知道村人没讲真话，
集体在打马虎眼。本来老高打算理一理这个案子的，无奈县局

主管刑侦的柳副局长把他的手机要打爆了。不久前在双羊镇后水泉鱼塘发现一具无名女尸，这个案子在市里影响很坏，市局责令县局限期破案，县局孙局长跟市局打了包票，回来跟刑警队长拍了桌子。

老高向柳副局长报告了挖出尸体的事，柳副局长在电话里吼，火烧眉毛先顾眼前，鱼塘里漂个白白胖胖的娘儿们都弄不清楚咋个事，还有闲心去究那烂糟糟的骨头渣子？

老高了解柳副局长炮筒子脾气，惹不起，说，是是是。

挂了电话，老高兀自笑了笑，看来这两堆烂骨渣子又只能是一桩无名悬案了。不过老高还是让文书整理了卷宗，向县局打了份报告。但他知道县局不会有回信的，市局、省厅督办的案子都忙不过来，这份报告的命运只会是束之高阁。

村上来找老高问挖出的尸骨怎么处理，老高想了想说，找个风水好点的地方，挖个土坑掩埋，立个坟头算了。村人怎么会把好风水给两具烂骨头渣子占了？小徐把这事交给了喊丧的麻七去办，麻七把尸骨装进编制袋子，像背着捆朸柴背进了后山沟，挖个坑给埋了。

筑路工地上贾家老宅的位置，经常有村人来烧纸钱赶鬼。纸灰死蝶样儿打着旋儿飞起来，像走失的魂灵在火焰上起舞。赶哪路鬼又都说不清，只顾闷头烧纸钱，嘴里叽叽咕咕说些鬼话。

铁扳手

　　女人比男孩大不了多少，散着头发，烫的是那种当下流行的大波浪。脸上略施胭脂粉，粉里散着香。脖子细而白。胸那里满满的。韩版的白色睡袍，是那种上好的进口料子。睡袍裙摆稍短，在膝盖之上，白而细长的腿裸着。

　　男孩是来女人家维修暖气的，他背着工具箱径直走进了厨房。女人家地暖分水器上的堵头漏水。小毛病，卸下堵头铜帽儿缠些生麻，拧紧也就好了。这对于男孩来说算不得什么。可问题很快又来了。这户人家室内没装独立阀门，得到楼道天井里去关。不然铜帽儿卸下来要往外蹿水。

　　天井阀门开关需特制钥匙，男孩没有。那种专用钥匙只供热站的人有。男孩要女人给供热站打电话派人来关阀。女人查一一四，费了一番周折给供热站打过去。电话里传来循环泵和鼓风机的噪音，接电话的人说话如吵架，说着说着没了好气，说让等，随即挂了电话。

男孩站在暖气窝子那里等供热站的人来关阀，由于无聊他摆弄起了那把铁扳手。扳手手柄上的防锈漆磨光了，铸铁手柄闪着青光。工具箱里的工具大都是师父维修部的，唯独这把铁扳手除外。扳手是男孩爸爸用过的。男孩爸爸原也是个水暖工，从高处掉下来摔断了腰，瘫在炕上要男孩妈妈端屎端尿。男孩念书很好，本来该考高中的，突如其来的变故要男孩初中没毕业就辍学了，进城来跟师父学水暖维修手艺。

男孩有点想家了，双眼越过窗子向家的方向望。家在很偏僻的乡村，一个叫和尚房子的小镇子，从城里要坐四个小时的车才能颠簸到。男孩想，等这阵子忙过去，该回家取件过冬的衣裳了。

厨房是突出去的阳台，暖气窝子在阳台靠窗子的位置。女人走过来，对男孩说，阳台凉，到客厅里去坐着等吧，客厅里打着空调呢，供热站那些人磨蹭惯了，没个把小时不会来的。男孩翘翘嘴角，身子没动，说，鞋脏，衣裳也脏，挨哪儿哪儿是灰，还是在这里等。

女人去倒了杯热水送到厨房来。女人没有走开，倚着厨房白钢拉门陪男孩说起了话。男孩再打量女人，身上还是那件下摆很短的睡袍。男孩进屋有二十分钟了，女人有足够的时间换件严实点的衣裳。女人没有，这说明女人根本没打算换。男孩身上瞬间滑过麻麻的感觉，不知从何而起又因何而去。

女人抱着肩膀，右腿微曲脚尖踮地，很疏懒的样子，问男孩，你多大了。男孩笑笑，表情有些羞赧，说，二十。这是师兄告诉男孩的，在外耍手艺遇到生人问年龄，尽管往大了说，这样没人敢欺负你是个孩子。话一出口，男孩脸先红了。一个小嫩瓜愣装老瓜种，谎撒得不圆，年龄在脸上写着呢。

女人笑得咯咯的，二十？把姐的眼珠当玻璃球啊，有十六吗？女人眼梢向上一挑，盯着男孩的脸看。男孩脸红到了脖根儿，点破了，谎再撒下去没意思了，就说，还是姐眼睛好使，十七。女人说，这还差不多，干这行多长时间了？这回可别跟姐再打马虎眼了。男孩索性照直说，一年。

女人的问话戛然而止，又不说话了，只盯着男孩看。上上下下，似要剥下男孩的皮。男孩浑身不自在，前胸后背起了一层鸡皮疙瘩，一摸脖颈糙得像蛤蟆皮。女人不说话，男孩也不知从何说起，两个人就这么静默着。

女人打量男孩时，男孩也在心里猜女人。在一个陌生男子面前，孤男寡女，独处一室，穿一条睡袍，在家搽一脸的粉，说好了叫俏，说不好了呢，叫浪。这样想过，再一上眼，女人的眉眼里还真透着浪了。

男孩又想，或许人家没把你十七岁的小嫩瓜当个男人呢。

可男孩早把自己当个男人了，挣了钱寄给了家里不算，关键是男孩发育了。发育了，这话又是暧昧的，谁都听得懂的。女人凭什么不把发育了的男孩当个男人来看呢。

男孩的眼光在女人胸前轻轻一掠，便看出一个秘密，女人睡袍里没扣乳罩。男孩生在乡下，乡下的女人，包括男孩的妈妈，没有几个女人戴乳罩的，乳上的豆都是饱满而明显的。不过那是乡下的规矩，没有谁会嘲笑乡下女人。城里就不一样了，女人们都穿精致的内衣，乳罩的大小是分杯的。

男孩的眼神那么蜻蜓点水的一下，还是没逃过女人的眼睛，可女人没有躲避男孩的意思。女人摆出缺心眼的那种半吊子的架子。

男孩猛然想，女人不会是做那个的吧。

夜幕降临后的县城火车站前尽是那种女人。只有那种女人在男人面前才会摆出这种半吊子的放荡相。男孩打了个激灵。男孩又想，女人起初可能是做那个的，后来走运遇到了真主儿，叫人包养起来了。不然做那个的女人不会把房子装修得这样好。

男孩刚进屋就看出了这间屋子装修讲究，没个十几万下不来的那种。

女人看看表，喊了男孩一声，小师傅。男孩对女人说，去掉小字，就叫我师傅吧。女人说了声，好，小师傅。小字还是没有去掉，女人反应过来后，又笑了，依旧咯咯不止。男孩也跟着乐了。

女人笑够了，说，你长得特像一个人。男孩说，是吗，像一个人不出奇。女人说，年龄也相当，都是十七岁。女人像是在自说自话，话里又夹着丝丝缕缕的伤感。男孩没法答话了，他听不懂女人话里的意思。

男孩名义上跟师父李二学手艺，实际是大师兄带着他，大师兄才是男孩真正的手艺师父。大师兄家也不在柳城，跟男孩一样住在师父的铺子里。

师父的铺子是个二层门市，一楼做了维修车间和货架，货架上乱糟糟摆着五金水暖管件。二楼一半做了库房，另一半搭了板铺给学徒工住宿。其实在铺子里住的就大师兄跟男孩两个人。大师兄的铺子跟男孩的铺子之间，用石膏板打了隔断，靠窗子透光的那面当然是大师兄的。男孩不在乎光亮，出来学手艺有个三尺宽的板铺窝身不错了。

铺子里有台旧彩电，师父搬家淘汰下来的。大师兄弄来一台影碟机，买了一大堆盗版碟。电视机放在床铺斜对角，男孩趴在铺子上就能看。男孩没来时大师兄一个人看，男孩一来观众自然成了两个人。

刚住进铺子那个晚上，大师兄大大咧咧地招呼男孩看大片。初来乍到还得大师兄教手艺，大师兄要他一起看只好跟着看。可片子放出来吓了男孩一大跳，片子开演没多久，荧屏上男女赤身裸体地在床上肉搏。男孩用被子蒙了脸，顿时汗珠滚滚热气蒸腾喘息不止。大师兄隔着被子敲烟袋锅似的敲男孩的脑袋，梆梆梆，梆梆梆。

大师兄笑嘻嘻地说，忘了忘了，少儿不宜，少儿不宜。

碟片有从地摊上买来的，也有从音像店租来的。有港台拍的，还有日本跟韩国的。大师兄从不把这个东西叫黄片，他说叫黄片的都是些没品位的人，这种片子应该叫情色电影。每个晚上大师兄都要放这种情色电影，就像刷牙洗脸吃饭喝汤熄灯睡觉一样，成了习惯。

起初那些天男孩蒙头不看，后来也做贼似的将被子揭一条缝偷瞄。看来看去，男孩发觉了身体上的某种变化。片子一放，男孩下身的小水枪就斗志昂扬。片子里男人都射了，男孩的小水枪还那么雄赳赳气昂昂，不依不饶的。

男孩夜里睡不踏实了，老是做花里胡哨的梦，小水枪整晚迎风而立，早起被子上又总是黏糊糊的。又不知从何时起，男孩开始想女人了，想跟女人搞一次事。

每个周末大师兄都要出去寻鸡，回铺子里来通常都是后半夜。大半夜归来的大师兄睡不着觉，又总会弄醒男孩，给男孩讲跟鸡搞事的细节。男孩正睡得稀里糊涂，梦做得七七八八，这一搅和男孩再也睡不着了。

有时大师兄也给男孩讲如何跟鸡们搭讪，讲价，付账，又怎样躲治安警察等等。从此男孩没了命地想女人。可想归想，男孩又不敢去找鸡，只好夜里用手在被子里自己解决。

直到男孩鬼使神差地走出厨房，他才意识到他要干什么。

男孩背后有两只手，一只手在往后拉他，一只手在往前推他，同时伴随着两个声音。一个在喊，你回来，你回来；一个在喊，你过去，你过去。最后还是往前推的那只手占了上风，男孩径直来到卧室门口，隔着门说，姐，给维修站再打个电话，催一催。

卧室门一开，女人依然穿着那件睡袍。女人有足够的时间换身严实点的衣裳，可女人没换。见女人没有换衣裳，男孩的野心就更大了。

电话打过去后，又叫等。女人很不好意思的样子，男孩心头却掠过窃喜。女人看了墙上的钟，过了下午一点了，都还没有吃午饭。女人说，姐给你煮一碗面吧？男孩说，师父嘱咐过，不能随便吃人家饭。女人说，你这个小师傅有意思，我又不跟你师傅说，又不少你一分工钱，怕哪门子你师父呢？

男孩不好意思地笑笑。吃就吃吧，一顿饭的工夫呢，当然有点酒更好了，酒壮英雄胆。男孩需要壮一壮胆。

女人给男孩煮起了面。女人问起了男孩的家，男孩一一答了。女人问完了，男孩想自己该回问一下，想了半天找不到合适话题，只好问，大姐，家里咋你一个人呢？周末，又不上班的。男孩话里藏着玄机，要探一探底儿。女人说，我家那个死鬼不着家的，有跟没有一个样。

男孩心里乱了一下。有跟没有一个样，啥意思呢？真如女人所说那个死鬼常年不在家，女人等于守着活寡。三十来岁如狼似虎的，女人在那方面一定饥渴吧。

在师兄所谓的情色电影里，不少女人跟这个女人一样，男人常年不在家，有耐不住了的，就找了野男人，勾到家里来，做一场鸳鸯蝴蝶梦。有一部韩国片子，男主人是个驻外办官员，女主人便跟一个送快递的发生了关系。在那部戏里，是女人主动勾引的快递男。女人有四十岁，送快递的是个刚毕业的大学生。两个人的年龄差有点像男孩跟女人的年龄差。男孩对那部戏里的男女主角印象深刻，女人长得像金喜善，男人像裴勇俊。后来男孩看韩剧多了，才发现整容后的韩国男女演员其实是一张脸，像一娘所生的多胞胎。片子里的女人趁男人不在家，隔三岔五地约小情人来家幽会，两个人在客厅的地板上做爱做得死去活来。

女人给男孩盛好了面，又隔着桌子给男孩往碗里拨牛肉酱。男孩捧着碗接拨过来的牛肉酱，接完低下头吃，却光吃酱不吃面。看着男孩的样子，女人咯咯笑起来。笑着笑着，好像想起什么，女人说，你该穿件毛衫的，下午有雪。男孩搔搔头发，不好意思地笑，说，维修活忙，过段时间跟师父请假回家去拿。女人说，先买一件，也不能这样冻着。男孩说，学徒挣得本就少，那点钱还要给爸买药。女人放下筷子，神秘地一笑，说，你等着啊。

女人风拂杨柳般地往卧室去了，留给男孩一个风韵十足的背影。男孩的下身让那个背影弄得一挺一挺的，很不安分起来，摁都摁不倒。

门虚掩着。男孩听见女人在屋里翻箱倒柜的。

男孩开始喘息了，整个人不听话了，霍然站起就往卧室那边走。走到客厅中央，男孩瞥见了厨房门口工具箱里的那把铁扳手，吃面前男孩把扳手放回了工具箱。工具箱盖子没盖，扳手手柄一半探在外面。男孩想手里该有件应手家伙的。就折到门口轻轻地提起铁扳手，又将那只手背在身后，再次接近了卧室的门。

女人从门缝里看见了男孩的影子，拉开门喊男孩进来。

衣柜的门敞开着，床上散乱着刚从衣柜里掏出来的衣服。女人手里拿着一件银灰色毛衫，是件没上身的新货，领子上还挂着吊牌。女人提着毛衫的两肩，在男孩身上比。男孩背着手身子硬成一截木，任凭女人比来比去。女人还没有注意到男孩背在身后的那只手，还有攥在手里的那件硬邦邦的家伙。

比完了女人兴奋地说，这件衣裳咋就像给你买的呢。

男孩低着下巴颏，看吊牌上的价签，一千九百九十九元。

男孩让这个数字弄花了眼睛，再看，不是一百九十九元，真真的一千九百九十九元。女人说，送你了，纯羊毛的。女人要把毛衫送给男孩穿，这是男孩没料到的。

女人将毛衫铺在床上，背对着男孩叠了起来。床很低，是那种韩式的榻榻米。女人弯着腰，睡裙的下摆翘起来，露出丰腴的臀。

男孩几乎热血沸腾，铁扳手脱手了，当啷一声，在地板砖上敲击出刺耳的脆响。

女人在受到了惊吓回身的一刹那，从男孩眼里一下子看出了凶险的光。

窗子遮着纱帘，屋子里的人能看清室外，室外的人看不进屋子里来。

女人尖叫着向墙角退去。

男孩意识到女人的尖叫会带来麻烦，于是踢严了房门，像只大虾弓下腰，抓起地上那把铁扳手。他学着电视上入室抢劫的凶犯，龇牙咧嘴，面露凶光，故作狰狞，低吼，再叫我就砸死你。

只有男孩自己知道他在喊出这句狠话时，他的意志差一点就崩溃掉了，恐惧之感不亚于对面的女人。

女人不敢叫了，两片嘴唇一张一合，咯吱咯吱咬起了牙齿。

男孩眼里布满了骇人的血腥之光。过了有半分钟，他恶狠狠地向女人下达了命令，脱，都脱掉。

女人瑟缩在墙角，背靠水泥墙双臂抱胸，语无伦次地哀求起了男孩，不要啊，不要啊，不要啊……

哪能还“不要”呢。男孩扑过去，三下两下扒光了女人。接着又解恨似的扒光了自己。男孩低头看见了自己那把小水枪，用手一捅还硬邦邦的。

可没等男孩靠近女人，小水枪却不听话地滋水了。

男孩呆愣了片刻，突然小孩子似的，蹲在地上捂着脸呜呜地哭了。他哭得委委屈屈的，没了几分钟前那个小强奸犯的狠样子。看那副委屈相，一点都不像刚刚干了坏事，倒像是床上的女人强奸了他，夺去了他的处男之身。这么说来他哭得实在没有道理，没有一点来由，没弄成就没弄成嘛，提了裤子走人不就得了。可男孩还是要哭，哭出来他才好受一些。

一个男人神不知鬼不觉地走进卧室，塔神一般站到了男孩背后。男孩哭着哭着发现身后有人，满眼糊着泪水惊恐地把头转过去。然而他看到的不是男人的脸，而是裹着风向他抡过来的铁扳手。男孩下意识拼命地躲，右半边脸还是让扳手砸了个正着。立时脸皮爆裂，疼痛锥心刺骨般袭来，血汩汩地从嘴角往外冒。舌头在口腔里一抡，又舔下三颗牙齿来，其余至少还有三颗松动了，挂在牙龈上摇摇欲坠。

男人的出现让屋内的形势发生了逆转，这下轮到男孩求饶了，双膝顺势改成了跪姿，以头触地如鸡啄米。

男人没有再拿扳手打男孩的脸，而是抬起皮鞋踢向了男孩的裆部，像踢鸡毛毽子。一边踢，男人一边骂，小骚骡子，你倒哭得委屈……我让你哭，让你哭……你站起来呀，你的能耐呢……你个孬包，你个小烂货……

皮鞋在男孩的裆部炸开了花，把男孩彻底踢成了一个小烂货。

女人爬过来挡在了男孩与男人之间，双臂抱住了男人的腿，说，别踢了，你别踢了，再踢这孩子就废了。男人一脚又将女人踢开，说，还轮不到你给这个小骚骡子说好话。女人说，放他走吧。男人说，他把卵子都卖到我家了，弄了我的女人，我还这么白白放他走？

男人踢累了，拉把椅子坐下来，点了一支烟。男人吸了几口烟，转脸对女人说，你为啥给他求情，你不会背着我不在家，养这头小骚骡子吧？女人说，你嘴下留点德好不好？男人扳过女人的脸，另一只夹着烟头的手在女人头发上一扫而过，屋子里立时散发出了一股烧焦头发的气味。男人一口烟吐在女人脸上，说，你是不是喜欢上这个小骚骡子了？我几天不在你就夹不住了？我舍了老婆孩子，供你吃供你穿，你却背着我找野汉子，还找这么嫩的雏儿。女人说，你咋舍了老婆孩子了，你一个月来我这里两次，我算你什么人？你来我这儿干什么别以为我不知道，你家那口泔水缸生不出儿子，你要我给你生儿子。男人说，好好好，我先不跟你计较这个，先让警察来收拾了这头小骚骡子。

男人要拨一一〇，女人又去抢男人电话。男人似乎早有防备，单臂把手机举得老高，用免提向一一〇指挥中心报了案。女人抢不到电话，疯狂地撕扯男人的衣服。男人扬起巴掌狠狠地抽了女人一个耳光，骂，你他娘的行了。女人倒在地上，脑门儿在床沿上磕破了。

男孩腮帮肿成了一团烂棉花，嘴上跟下体的剧烈疼痛，让他眼睛夸张地睁大，瘦长的身子在地上扭成一条蛇。

男人不理男孩，死命地掐女人的脖子，嘶吼，你为啥护着这个小骚骡子？

女人挣开了男人的手，先是吭哧吭哧地咳，额角淌下来的血糊住了半张脸。女人也不去擦血，口气变得异常的平静。女人说，不为啥，他像我弟，他像极了我弟。男人说，胡说，我从来没听你说过你有弟。女人说，你当然不会知道，我弟十七岁那年出车祸死了。我弟从小跟我亲，那年我跟我弟一起走在街上，车撞过来了，我弟推了我一把。我弟替我死了，他才十七岁，跟他一样大。

女人扯过床单丢给男孩，要男孩裹住下身。又抓过一条枕巾去捂男孩血流不止的嘴巴。女人一面给男孩擦血，一面抹着泪水说，没事的，没事的……

男人在身后狠狠踢了一下床帮，骂女人贱骨头货。

很快有了敲门声。

男人去开了门，进来两个警察，一胖一瘦。男人说，快把里屋那个小强奸犯，小骚骠子抓起来。警察扑进了卧室，发现一个女人正跪在地上，给一个男孩擦脸上的血。胖警察问男人，人呢？在哪儿？男人指了指吐着血沫子的男孩。

两个警察看看女人，又看看男孩，而后两人面面相觑。瘦警察问，就是这个小男孩吗？男人点点头，说，就是他，他就是那个强奸犯。胖警察说，那受害者呢？男人又指了指跪着给男孩擦血的女人。

这两个警察有四十几岁了，干了近二十年警察，头一回见到受害人给强奸犯擦血的。两个警察满脸的疑惑，不知该不该相信这个男人的话。胖警察只好指着男孩问女人，是他要侮辱你吗？

没等女人说话，男孩呜呜哇哇地点着头，向警察伸出了双臂，那动作是在请求一副手铐。

瘦警察看了看胖警察，胖警察会意地点点头。瘦警察哗啦一下从武装带上解下明晃晃的铐子，要去铐男孩。女人丢下沾满了血的枕巾，像一头护犊子的小母牛用身体护住男孩，噼里啪啦地掉着眼泪，请求警察不要抓人。

警察正颜厉色地说，请你不要妨碍执行公务，若他涉嫌强奸，就是刑事案件，不是谁能给他求情的。

女人咬着牙说，谁说他要强奸我，是我勾引的他。

瘦警察拿铐子的手又缩回来了，倘若女人坚称她勾引了这个男孩子，那就算不得强奸。警察管天管地，哪里管得着女人在家偷汉子呢，顶天带到治安队做个笔录说服教育一下。

男人瞬间爆发，如发了疯的公牛，掐住女人的脖子把女人提了起来。男人气急败坏，唾沫横飞，骂，小臭婊子，你还能不能要点脸了。

男孩瘫在女人身后，看着男人拎着一只鸡一样拎起了女人。他很想帮帮女人，可是他浑身散了架了，根本无法站立起来。

男孩发现那把铁扳手丢在离他不到一米远的地方。

警察光顾着去撕扯疯狂的男人，都没有注意男孩已将扳手抓在了手里。男孩含混不清地说了一声什么，似乎在喊女人姐。男人跟女人停止了撕扯，连同警察都把目光投给了男孩。

在四个人的注视下，男孩微笑着抡起了那把铁扳手。男孩本想笑得好看一点，可嘴巴肿胀又实在太疼了，那个笑很难看。铁扳手结结实实地敲在了男孩的脑袋上，顿时血光四溅。

女人呆愣了片刻，扑到男孩身上没命地号啕起来。女人的泪水汹涌如潮。呆若木鸡的三个男人，听得出女人的悲伤是从骨缝里淌出来的。

烟灰缸

　　若不是卢教授一下一下往里弹烟灰，施吉祥说什么也不会把茶几上这块黑不溜丢的石头，与日常用的烟灰缸联系起来。石头颜色灰黑，形状也不规则，有巴掌大小，中心处有一个凹槽，烟灰便弹落在凹槽里。

　　用余光打量石头，看得出凹槽并非天成，经过了后天的打磨。凹槽先天没有这么深。施吉祥想，文化人就是不同凡俗，放在乡下这种石头遍地都是，哪个乡下人会搬回家摆在炕沿上当烟灰缸呢。而这块石头摆在卢教授家里，显出了返璞归真的韵味，不但不土气，反倒给屋子平添了自然之气，雅致得很了。

　　施吉祥是安洁净水器的售后服务师，安洁产品承诺三年内免费清洗两次滤芯。施吉祥是来给卢教授家的净水器做滤芯清洗的。也巧了，卢教授所在的水岸帝景小区停水了。这一来难办了。清洗滤芯得接通自来水，停水了清洗工作便无法进行。他跟卢教授商量，等自来水恢复供应后，再给他打电话过来。卢教授看了看墙上的钟，说那该有多麻烦呀，

眼见得也中午了，吃了午饭也该来水了。施吉祥笑笑说，没有
水拿什么做饭呢。卢教授说，叫外卖。施吉祥说，怎么好意思
让教授破费呀。卢教授边拿电话边说，你陪我说说话，权当付
了饭钱了。话说到这个份儿了，施吉祥也不好再说走的话了。

　　在等外卖的时间里，施吉祥与卢教授说起了话。

　　卢教授似乎很多天没说过话了。卢教授说他今年七十四岁
了，退休前在大学里教化学，是化学界很有名的人士，参加过
许多次国际会议，论文在国内外知名科学杂志发表。他教书的
大学并不在柳城，退休后来了柳城定居了。说起在化学方面的
成就，卢教授口气是轻描淡写的，似乎这些不是他引以为豪的。
卢教授说他成就在化学，但爱好却在书画上。他是省书画协会
的理事，还兼着柳城书画协会的名誉主席。

　　卢教授问施吉祥，你懂书画吗？施吉祥不好意思地笑笑，
我一个拙手笨脚的手艺师傅，哪里弄得那么高雅的艺术呢。卢
教授摆摆手说，民间多能工巧匠，那都是天生的艺术家，齐白
石二十七岁前还是个雕花木匠，日后不也成了国画大师。

　　施吉祥在语文课本上学过写白石老人的文章，美术课本里
见过白石老人的画像，一副圆框眼镜，发须皆白，连眉毛也是
白的，跟农家院里蹲墙根儿晒太阳的长寿星没什么区别，可笔
下的画作却值恁多的钱。看来人比人得死，这话说得还是有道
理的。施吉祥说，白石老人擅画大虾，跟清代的郑板桥画竹子
一样，占了一绝呀。

　　卢教授原本靠在沙发背上的，听了施吉祥的话，一只手撑
着沙发垫，腰背都立直了，双眼炯炯含光。卢教授说，知道白
石老人擅画虾，还晓得郑板桥画得好竹子，还说不懂画？施吉
祥脸皮有些发热，只得实话实说。施吉祥说，中学课文里学过
写白石老人的文章，至于郑板桥，家中老爹曾有一把纸扇子，
一年四季不分冬夏，扇来扇去的，附庸风雅，儿时常偷来胡摇

乱扇，把扇子骨架弄散了，挨了一顿好揍。那扇面一面是郑板桥的字"难得糊涂"，一面是郑板桥的竹画。

卢教授说，市面上郑板桥的仿品甚多，谁要真藏着一副郑板桥的真品可值大银子了。卢教授指了指沙发垫上的一个花格子，那格子不过是个二十公分左右的正方形。卢教授双手食指叠加成个十字说，郑板桥的真品，这么大的东西就卖这个数。

施吉祥心里颤了几下，十万是个天文数字，乡下人一辈子也没见过那么多钱。施吉祥的惊讶让卢教授看在了眼里，卢教授说，郑板桥的画还不算贵的，达·芬奇的《蒙娜丽莎》给卢浮宫几个亿美金也不会卖，就像我们的《清明上河图》，都是无价之宝。施吉祥插话说，听说《清明上河图》是故宫博物院的镇馆之宝，没见过真品。《蒙娜丽莎》的印刷品倒是见过，饭店里挂澡堂里也挂，也看不出好看来，画上那女子就是个邋遢的村妇，还没有我们乡广播站的播音员好看呢。

卢教授乐得前仰后合的，说，你个小伙子真是个有意思的人，怎么能拿世界名画跟村妇和乡政府广播员比呢，差十万八千里。施吉祥说，咱跟广播员谈着恋爱，就是觉着比蒙娜丽莎好看。卢教授不笑了，说，情人眼里出西施，小广播员当然比那蒙娜丽莎好看，月宫仙子也没得比。施吉祥说，好看不好看的也没什么用了。

卢教授说，这话怎么说？

施吉祥看了看窗外，讪讪地笑了笑说，差不多要黄了。黄了是柳城方言，用在情人之间便是分手的意思。卢教授说，差头在哪儿？施吉祥说，小广播员老子是个村长，嫌我家穷酸，说我要能在柳城买下楼房就把闺女嫁过来，买不起楼房婚事没门儿，他知道我买不起才这么说的。我原本打算在柳城干几年，攒个首付做个按揭呢，城里的楼价吹了风似的涨，攒下的钱还不够买半个卫生间的。前几天她发来了信息，说年底在柳城买不上楼房，她也不会再等下去了，随了她老子的心思，去嫁镇上酒厂厂长的独眼儿子了。

卢教授手上弹着烟灰，嘴上"哦哦哦"，很惋惜的样子。

外卖送来，两个人隔着茶几对坐。卢教授坐沙发上，施吉祥坐在马扎上。两个人从书画说到楼房，又说到了雾霾天气。一老一少，你来我往的，谈唠甚欢。说着说着又把话题转回到书画上来。施吉祥说，教授这么喜爱书画，该有自己的收藏才是。卢教授说，哪个爱书画的没有几件藏品呢，我还有一套房子专门用来藏书画的。不过如今一件也没有了。

施吉祥探问，好端端的哪儿去了呢？不会拿去拍卖了吧？卢教授说，我又不缺钱花，怎么会把心爱之物拿去卖掉呢。伸出四根手指说，我把四十张名画都捐给了博物馆。施吉祥惊得忘记了咀嚼，菠菜梗像根绿手指插在双唇间。直到卢教授笑起来，施吉祥才发现自己的窘态，胡乱把菠菜梗吞下，呼噜呼噜地说，咋捐了呀，那得值多少钱呀。卢教授说，都这把年纪了，钱于我还有什么意义。施吉祥说，子孙们还会用钱花的，传下去不好吗？卢教授笑了一下，淡淡地说，我什么亲人也没有了。

卢教授说，没人知道，这个烟灰缸才是无价之宝，那些书画跟它比起来简直不值一文。

施吉祥更惊讶了，没想到茶几上摆着的用来弹烟灰的石头，竟是个无价之宝。卢教授那些书画都要以千万计算，那这个烟灰缸简直是个天文数字了。施吉祥不由得再去打量那块石头，并没看出什么特别神奇的。施吉祥听人说过，有些石头是要比黄金还珍贵的。施吉祥不懂，正因不懂才越发不敢小看了这个东西。施吉祥眼有些晕，巴掌大的石头能值那么多的钱？卢教授托起烟灰缸，把边沿上的烟灰轻轻吹进凹槽里。烟灰缸的边缘磨得光滑了，看来卢教授没少拿在手里把玩。

卢教授幽幽地说，我要把它带到坟墓。

在央视"国宝档案"节目中，施吉祥看过一集讲《兰亭序》的。《兰亭序》可是王羲之的书法代表作，稀世珍宝，今人却找不到真迹，下落成了谜了，传说真迹让李世民带进了棺材。卢教授把那些价值不菲的书画都捐掉了，独独要把这个石头烟灰缸带进坟墓，看来这块石头太不普通了。

施吉祥拿眼睃烟灰缸，意外发现边沿上刻着字，不是简化的汉字，也不是繁体字，是弯来绕去的那种字。施吉祥认不得那些字。在施吉祥看来，越是他不认得的字，年代该越古老。古董这东西，值钱还不凭着一个"老"字。

卢教授去卫生间的空隙，施吉祥把烟灰缸捧起来。烟灰缸的底部还刻着密密麻麻的小字，跟正面刻的几个大字同属一种字体。施吉祥做贼似的把烟灰缸放回原位，装作没事人似的，双手抱膝，看着窗外的闲云，而心快要从嗓子眼跳出来了，手指像长时间抱着块寒冰受凉抽筋了。

卢教授是想继续给施吉祥说说这个烟灰缸的，水管里有了上水的动静。施吉祥站起来说，卢教授，水来了，我该干活了，用不着你什么帮忙，你好好休息一下，冲洗好了我再叫您。

净水器的冲洗并不费事，但施吉祥做得却拖沓得很，有点心不在焉，甚至有点魂不守舍。在厨房里忙来忙去，不时会走到客厅里来，在工具包里翻来翻去，也不找些什么有用处的东西，螺丝帽呀，小扳手呀，又都是些跟冲洗净水器不相关联的。只有施吉祥自己知道他反复去客厅的目的，无非是想多看几眼那件无价之宝。

卢教授没有陪施吉祥，在卧室里用足浴盆泡脚，用敲背器敲起了肩膀。施吉祥在客厅与厨房之间走来走去，能听见足浴盆加热装置啮啮的响声，敲背器时缓时急地敲着卢教授的身体。

在翻动工具包时施吉祥会故意把声音弄得很大，而眼睛却落在了茶几上的烟灰缸上。施吉祥想，这个老头真是大方，家里来了这样一个陌生人，把这样贵重的物件摆在这里，也不怕给顺手牵羊？又一想，价值千万的画眼皮不眨地就捐出去了，还在乎这么一件东西？

但老头分明说过这是个无价之宝，死后要放在棺材里当枕头用的。

施吉祥慨叹，人跟人真是不能比，他想在城里安个家比登天还难，而有钱人却又让你想不透，这么件贵重稀有的宝贝，要陪着躺进棺材瓢子里去沤肥，跟黄泥和蛆虫做伴，不是个败家子又是个什么。可人家败得起，穷人想败拿什么败。施吉祥心中涌上了对卢教授的不满。他懂的，这不满实在没有来由，却又实实在在地存在，抓一把能捏出酸水来。

出水口流出的水很清了，清洗该结束了，但施吉祥却没有关净水器的进水口阀门，出水口的水还流淌着。十几分钟的冲洗，施吉祥弄了一个小时还要多。重新连接好卢教授家的净水器，又把洒在地面上的水迹擦净了，让厨房恢复到了原来的洁净。看了看，把卢教授家餐厅的地板也擦净了。在卢教授眼里施吉祥的举动是勤快，而施吉祥明白这是目的很混沌的拖延。再也没有理由留在卢教授家了，把工具都收回工具包，要跟卢教授说再见了。

卢教授泡好了脚，敲好了肩膀，笑眯眯地来到门口送施吉祥。施吉祥客气地说，教授保重身体呀，有什么需要的给我打电话。从钱夹里拿出一张名片，放在了卢教授家的进门屏风柜上。

卢教授忽然想起了什么，对施吉祥说，小施，你等等。

卢教授回卧室去了，施吉祥能听见卢教授在衣柜里翻来翻去的声音。就是在这时发现了挂在进门衣钩上的那串钥匙。一股鬼使神差的力量，让施吉祥做出了一个举动。他在上衣口袋里取出一块口香糖。在城里上门做售后服务，随身口袋里装着口香糖，进门前都要嚼一片清新口气。施吉祥迅速摘下那串钥匙，把最大的那把钥匙在长条形的口香糖上压出了印痕。

卢教授捧出一条红色围脖，给施吉祥搭在脖子上。卢教授说，这条围脖是学生送给我的，放在衣柜里有几年了，红色的，年轻人围着正合适。你不要推辞，就当给我擦地板的报酬了。天快入冬了，在城里骑着电动车跑来跑去的，围条围脖能暖和不少呢。

这条围脖至少也值几百块的，不该平白无故地收人家这么贵的东西，擦地板不过举手之劳，又隐藏着不可告人的缘由。可施吉祥心里乱到了极点了，竟忘了推辞。施吉祥脖子上搭着红围脖，背着工具包出了水岸帝景小区，才想起收了人家这么贵的东西，却连个谢字也没说出口。

施吉祥用配好的钥匙旋开卢教授家门锁时，他没想过要伤害卢教授。虽只有一面之缘，但看得出卢教授是个好人。跟卢教授的聊天中，了解了卢教授的生活规律。每天晚上十点入睡，早晨四点起床。几十年从没请过保姆，只一个人生活。施吉祥推算了一下，十二点左右是卢教授进入深度睡眠的时候，下手最为合适。

夜半时分也是这个城市进入深度睡眠的时刻。开门，进屋，轻手轻脚，借着微弱的月光，施吉祥看见了茶几上烟灰缸黑乎乎的影子。施吉祥抢身过去，把烟灰缸抓在手里，塞进帆布挎包。

施吉祥不敢久留，蹑足潜踪往房门移动。他没想到会这么顺利得手。事先他想过各种会遭遇的麻烦，比如楼道里有过往的居民，卢教授把房门在里面反锁上等等。看来这一切都是多余的，得来全不费功夫。就在施吉祥要扳开房门把手时，背后有东西横扫过来，赶忙向前一抢，回身后背贴在门板上。是卢教授。卢教授手里握着一只木手杖，刚才打施吉祥的便是这只手杖。

施吉祥不知道卢教授为什么没有睡觉。从开门进屋到把烟灰缸拿到手，不到一分钟，卢教授站在哪里呢，他居然没有发现。施吉祥后悔不迭，怪自己大意了，忘了戴一个面罩，哪怕戴一顶帽子也好，把脸遮住，被发现还可以溜之大吉的。没有，一点伪装都没有。他贴着门板，直勾勾地面对卢教授。他期待着卢教授眼花了，没有认出他来才好。

背在身后的那只手胡乱地摸到了门把手，准备趁卢教授不备打开门逃之夭夭。只要出了这个门，卢教授无论如何也追不上。施吉祥轻轻地扳动门把手，再有一点门就会开了。忽然卢教授说，小施。这两个字像一股强大的电流，让开门的手猛烈地颤，压到一半的门把手又弹回原来的位置。

卢教授在黑暗中说，你把东西放下，你走吧，我不会计较。施吉祥贴在门板上的身子直立起来，他没有说话，而手牢牢地抓着斜挎的帆布包。卢教授说，那个东西不值什么钱，一块普通的石头而已，放下它你走吧，我不会报警的。施吉祥还是不说话。卢教授说，你不要以为我在骗你，我这屋子里比这块石头值钱的东西很多，你想要什么你都可以拿走，只是把这块石头给我留下。

施吉祥很重地喘息了几下，依旧静默不语。卢教授在黑暗处也像施吉祥一样，默立了好一阵子。还是卢教授打破了沉默。

卢教授在黑暗处说，那天我本想给你讲一讲这块石头的来由的，今天我给你讲完。一九七一年你还没有出生，那年我跟我的爱人被关进马圈。整天写永远也写不完的检查，还要去参加各种批斗会。她比我乐观得多，我的精神却要崩溃了，自杀的心思都有了。她在马圈墙角粪堆里发现了这块石头。只是马圈围墙上遗落的一块废石而已。她指着石头上很浅的凹槽对我说，你每天打磨它一点，等把这个凹槽打磨出来，我们就该自由了。她说你不是吸烟吗，能当个烟灰缸用呢。她要我磨石，是要我有事可做，不至于胡思乱想。我信了他的话，每天进行打磨游戏，渐渐就成了这个样子。

卢教授轻轻咳嗽了一下，接着说，有一天她被单独拉出去，从此再也没有回到马圈来。半年后我从马圈里放出来，问了镇上许多人，都说她死了。我问她怎么死的，没人说得清，反正是死了。也没人知道她的坟在哪里。我回到大学教书，一有空闲便回柳城找她的坟，几十年也没有找到。我怀疑这个世界上有没有她的坟。这块石头我当烟灰缸用了几十年，石头摆在家里，像她与我朝夕相伴。我带着这块石头入土，是要和她死而同穴。

卢教授讲这个故事的语调平静，好像在讲述别人的故事，而不是他刻骨铭心的经历。若卢教授情绪激动，涕泪横流，施吉祥会相信卢教授讲的是真的，会被感动得不成样子，偏偏卢教授语调是那么的平静；若卢教授承认这块石头是无价之宝，施吉祥或许也会给卢教授留下，结局也会是个另外的样子，偏偏卢教授坚持说只是块废石而已。

施吉祥想，看上去慈眉善目的卢教授，也是个不老实的老头，一肚子鬼心眼儿。

卢教授说，我不是柳城人，为了陪伴她我来柳城定居，我找不到她的坟墓，但她的魂灵还飘在柳城。有我在柳城，她才不孤独。

施吉祥始终未发一语，不过喘息却越来越重。屋子始终没有开灯，卢教授看不清施吉祥的表情。卢教授把手杖靠在墙上，伸出双手说，把它给我留下来，对我那是块无价之宝，于你那真的不过是块废石而已。

　　卢教授双手平托，无声地等待着。施吉祥把右手伸进了帆布口袋里，碰到了那块凉滑滑的石头。卢教授往前迈了小半步，说，小施，把石头给我，这间屋子里你随便拿走什么，哪件东西都比这块废石值钱。

　　施吉祥从帆布袋里取出石头，慢慢地走过去。卢教授没有动，等着施吉祥把石头放到他平托着的手上。在石头接近卢教授手掌时，乡政府广播站的广播员，还有广播员的村长老子从施吉祥脑子里冒出来。

　　施吉祥迅捷地做出了一个掷铁饼的动作。

杀人的口水

一

　　老范从十五年前当厂长起就偷铁卖钱，每一车铁偷运出厂都要过门卫眼睛，那时给铸铁厂看门的是独眼老于。老于心眼实，独眼儿整天瞪着像颗牛蛋，碍了老范手脚。老范恨开了独眼儿老于。有那么一天，老范开着那辆旧红旗进了柳城，在柳城大街上领回了流浪汉子牛富贵。老范当日就辞了老于，换了牛富贵看门打更。自来到柳镇，就没人知道牛富贵哪里人氏，连老范也模糊。老范私下里问过几回，牛富贵支支吾吾说不清，一会儿说东一会儿说西，似乎他本人也模糊。怕是有隐情不好开口，老范也不再追问。于是，牛富贵的身世在柳镇就一直是个谜。难得糊涂嘛，牛富贵又不是大人物，柳镇人也不再问。

　　一有空闲，牛富贵就在铸铁厂外树荫下跟柳镇人吹牛皮，说他嫖过的女人，比柳镇男人见过的女人还多。柳镇人都不理解，牛富贵为什么要给自己扣一顶不光彩的帽子。说的回数多了，柳镇人就都认为牛富贵不是嘴上说说而已，骨子里就骚性，好嫖。如今牛富贵七十岁了，依然在树荫下喷着口水说自己还嫖得动。骚性好嫖这顶破帽子牛富贵算是扣严实了。不过，七十岁的牛富贵说完也会补上一句——劲道还是不比从前喽。口气里要多有惋惜有多惋惜。这就够瞧的了。七十岁怎能和二三十岁的硬棒小伙比呢，能做起那事就不得了了。柳镇男人在一起闲磨牙，或是女人和男人拌嘴，都会拿牛富贵根子说事——啧啧啧，看看人家牛富贵，长了那么好一条根子。话里话外，柳镇人羡慕得不行，甚至都是嫉妒了。

　　为看牛富贵根子，柳镇男人似乎着了魔，都有点茶饭不思的意思了，好像不看一眼牛富贵裆里的家伙，枉做了一回男人。开豆腐坊的老窦有一阵子不去卖豆腐了，整天在厕所蹲坑等牛富贵。牛富贵发现老窦蹲坑，尿脬憋生疼也不上厕所。男人们就商量着要扒牛富贵的裤子。那年清明节，倒卖皮货的老张，拔牙镶牙的老王，修皮鞋跟儿的老李，加上卖农药的老柳，四个人在老窦的豆腐房后堵住了牛富贵，哈哈笑着扒起了牛富贵的裤子。牛富贵冷不防揳出一把刀子，扑哧，扎在了老柳手腕子上。见牛富贵亮了刀子，刺刀见红，都赶紧收了手，护着老柳去了镇卫生院。老柳忍着疼骂，他娘的。老张也跟一句，他娘的。老王脾气暴躁，遇事好说些狠话，赶明儿个找劁猪的老朱，劁了他。扒人家裤子不占理，老柳白挨了一刀子，腕子上落下个疤。老王说过狠话也没去找劁猪的老朱，老朱也没拿刀子劁了牛富贵。从此，柳镇再没人敢扒牛富贵裤子了。

　　柳镇几任一把手都和老范穿一条裤子，现任书记老刘在任三年，从铸铁厂捞的好处比老范多。老范偷一车铁出厂，自己只拿四成，大块肉都夹到了老刘碗里。上面有个巴掌罩着，老范偷铁才会胆子大。十几年一晃而过，老范捞得盆满钵满。书

记老刘已经答应老范找个合适机会，镇里开一个走程序的拍卖
会，将连年亏损的铸铁厂便宜卖给老范。而街面上风言风语说
老范手不干净。为消除流言，老范在厂院里安了六个摄像头。
有了探头，老范不能往外偷铁了。不是不想偷，老范不想在拍
卖会落槌前因小失大，让这块大肥肉夹到别人碗里去。

安完摄像头，老范站在铸铁厂门口叉着腰说，妈妈的，看
往后还有哪个龟孙儿往我身上泼脏水？当时牛富贵正蹲在门卫
小房前石阶上吸旱烟，碰巧犯了个咽喉炎，喉咙里一刺痒咳出来，
咔一声，像咬了一颗甜枣，声音很脆很大。老范话音刚落，背
后传来一声咳，回身见牛富贵鬼模鬼样地蹲着，两眼直勾勾冒
鬼火。老范心里一惊，多想了。那一车一车铁，可都在牛富贵
眼皮子底下出门的。老范动了让牛富贵滚蛋的念头。

镇上有个老寡妇吴翠珍，男人死了二十几年一直没再嫁，
一口馍一瓢汤地将独生儿子养大。吴翠珍儿子外号豺狗子，娶
了媳妇忘了娘，将亲娘撵出家门，不让吴翠珍住老房子。吴翠
珍搬到镇西头农田的井房子里，给柳镇看起了抗旱井。不知怎
么牛富贵和吴翠珍好上了，孤男寡女的日子过得很有点油盐味
儿了。

牛富贵在铸铁厂打更，晚上去不了井房子，吴翠珍就只好
来铸铁厂。吴翠珍在半夜来，铸铁厂又不在人家密集处，于是
牛富贵和吴翠珍好没人知道。老范安了摄像头坏了牛富贵的好
事，充满油盐味儿的日子又清汤寡水了。半月后，农电所检修
电线路，全镇停电两天，厂里又剩下牛富贵一人。牛富贵喜上
眉梢，飞鸽传书，约了吴翠珍幽会。

牛富贵哪里晓得摄像头连接着厂里的消防备用电源，机器
不能运转了，摄像头还在照常工作。六只电眼瞪得溜圆，冯吴
鹊桥会尽收眼底。上班后老范调监控录像，抓住了牛富贵的小
尾巴，让秘书喊来牛富贵，现场重播。

"嫩生生的菠菜不吃，专啃老萝卜，好这口儿啊。"

"范……范厂长……我和老吴……我们是相爱的。"

"两个老棺材瓢子了，还拿自个儿当十七八小青年呢！"

"一个人的日子恓惶，就想找个伴儿。"

"还啥伴儿啊？都嫖到厂院来了。"

"不是嫖，我们是相爱的。"

"出了铸铁厂，你找几个伴儿都没人拦着。"

二

牛富贵因"嫖吴事件"被开除，拾掇好行李铺盖，天已黄昏。出了厂院在柳镇无处容身，只好星夜赶进柳城，混进火车站候车厅熬过一夜。次日到城北棚户区租了两间门房，一间睡觉，一间当仓房，又到旧物市场买了一辆人力三轮车。牛富贵游街串巷捡起了破烂。

一个月后，牛富贵捡破烂收入可观，确信这条路子能活命，就故地重游返回柳镇，打算接吴翠珍进柳城。牛富贵一路盘算，接来吴翠珍后先去民政局领一张红红的结婚证。

牛富贵骑车穿过柳镇，路过铸铁厂门口时牛富贵骂老范，叫你狼心狗肺的老范生个孙子没屁眼儿。在柳镇，最恶毒的骂人话不是断子绝孙，是诅咒人家生孩子没屁眼儿。牛富贵对着铸铁厂大门淋淋沥沥喷了一回口水，胸口似乎舒坦了许多。一乐呵，牛富贵就有些走神儿，迎头差点撞上开拖拉机拉鸡粪的老吉。老吉停下拖拉机嘻嘻哈哈地笑说，相好的死了，回来吊孝了？

等明白了老吉话里的意思，牛富贵啊呀一声，骑上车飞驰而去。到了井房子，没有见到吴翠珍，地上摊着吴翠珍的破被褥。牛富贵一屁股坐在了破被褥上胡思乱想，不觉悲从中来流下一串泪。

正哭到伤心处，豺狗子头上缠着孝布，手里捏一条枣木棍，气势汹汹卷杀过来。豺狗子进了门抡棍就砸，牛富贵肩头重重地挨了一下，抻筋扯骨火烧火燎。豺狗子手中枣木棍顶住牛富贵骂，你个老牲口。

要说吴翠珍的死都怪老范那张破嘴。前几日在酒桌上，老范喝大了，硬着舌头讲了牛富贵的荤段子，将牛富贵和吴翠珍半夜在铸铁厂好的事，声情并茂地拍成了色情片。饭馆子是个市井之地，人多嘴杂，很快传遍了柳镇，好久没有牛富贵新料的柳镇热闹起来。当天下午这话就传到了豺狗子耳朵里，这小厮怒发冲冠，提着枣木棍子满大街找牛富贵。寻了半日，豺狗子寻不见牛富贵，就提着枣木棍去找吴翠珍。

自打牛富贵让铸铁厂开除，吴翠珍就没再见着牛富贵，连音讯也没有，吴翠珍就暗自垂泪骂牛富贵忘恩负义。老范酒后那些话传到了吴翠珍那里，吴翠珍才弄明白了牛富贵被开除的原因，心里又觉得很对不住牛富贵。正胡思乱想理不出个头绪，吴翠珍一看豺狗子满面凶色地走过来，知道这个王八蛋来兴师问罪了，枯瘦之身便抖如筛糠。来到吴翠珍近前，豺狗子一口唾沫啐在地上，呸得很响，枣木棍子狠狠地敲着井房子的砖。

"你让老牲口睡了？"

"儿子，嘴下留德呀。"

"我爹的脸都让你丢尽了。"

"儿子，我和老牛是真好。"

"呸，跟一个牲口睡，腌臜不腌臜呀？"

"豺狗子，你不是我儿子。"

"吴翠珍也不是我娘。"

豺狗子一脚踢碎了井房子的门，大摇大摆地走掉了，棍子梆梆地敲着地。

豺狗子和吴翠珍闹翻了，丢下了狠话，从此不再是儿子跟娘了，柳镇人便没有了顾忌，都想来问问吴翠珍有关牛富贵的事。在豺狗子和吴翠珍闹翻前就有人想来问，到底有点忌惮豺狗子这块狗皮膏药。柳镇人找吴翠珍就想问问牛富贵的根子，毕竟吴翠珍是柳镇唯一见过牛富贵根子的女人。

老柳几个就去问了，到井房子一看，吴翠珍吊死了。有人去报豺狗子。听说娘吊死了，豺狗子哭喊着来了，见吴翠珍还在房梁上吊着，豺狗子先不哭娘，骂起了人。

"你们他娘的都是畜生啊，先把我娘放下来呀。"

人已死了多时，身子硬邦邦了，都怕沾了晦气，没人出手。豺狗子只好亲自割断绳子，又借了一辆板车，拉回了吴翠珍。媳妇也喊晦气，不让吊死鬼进老院子。豺狗子怕媳妇，就依了，在大门外搭了简易灵棚。办丧事得花钱，豺狗子媳妇把着钱罐子不撒手，豺狗子就作难了。正在犯难，老吉喊过豺狗子说，牛富贵去井房子找你娘了。

豺狗子提着枣木棍向井房子奔来。仇人见面分外眼红，枣木棍顶着牛富贵，豺狗子问公了还是私了。公了将牛富贵扭送派出所，告牛富贵强奸，吃几年牢饭。私了牛富贵出钱发送吴翠珍，给豺狗子一笔抚恤金。

"我和你娘没做过那事。"

"你是不见棺材不落泪。"

"我和你娘是真好。"

"嘴硬，看我不阉割了你个老牲口。"

豺狗子拉牛富贵裤带，要扒牛富贵裤子。这下牛富贵急了，双手死死护住了裆前，同意私了，答应给豺狗子六千块钱。六千块钱几乎是牛富贵全部的积蓄。

在信用社门前捏着六千块钱，牛富贵泪眼汪汪地嘱咐豺狗子。

"给你娘买口好棺材，棺材铺老官家的棺材好，要五寸厚的板，松木的。"

三

牛富贵从柳城又搬回柳镇，住进了井房子。一大清早，牛富贵一手提菜板子，一手提菜刀，来到铸铁厂门口，咣一声撂下菜板子，腾出手来用拇指试刀锋，而后抡起菜刀，剁肉馅似的，咣当当，咣当当，剁起了菜板子。也不光剁，牛富贵还说，还唱，还骂，却句句不提老范，字字数落吴翠珍。

"翠珍哎，你咋恁想不开哎，一根绳就勒死了哎！……翠珍哎，临死了还有人往你脑门子上扣屎盆子哎！……翠珍哎，我给你打官司来了，打完官司就去找你哎！"

唱腔不是京腔京调，也不是东北二人转，是哭灵丧调。老范心中有鬼，怕牛富贵狗急跳墙，坏了好事，只好忍气吞声，坐在办公室里捶板凳。

柳镇人路过铸铁厂都停下来看牛富贵，不多时聚了一伙人。炸油条的老由凑上前来和牛富贵说话，一张嘴喷出一股香油果子味。

"老范怎么着你了？堵人家门口号丧？"

"他欠我一句话。"

"啥话？"

"他说我嫖。"

柳镇人哈哈大笑，有几个笑岔了气，捂着肚子直不起腰，老由都笑翻了。

"你个牛富贵不是和老范过不去吗？全镇人哪个没说过你嫖，你不也和人说你好嫖吗？怎么没见你和别人计较？你快走开吧，堵人家大门口号丧，人家还开不开门，做不做生意呀？

缺德吧你?"

"老范不该说我和吴翠珍嫖，我和老吴干净得像一瓢水，他给撒了一把灰。"

"我要是老范，也说你和吴翠珍嫖。半夜三更黑灯瞎火的，孤男寡女躲在屋子里，不嫖还能干啥?"

"你老由的嘴比老范还损，你生个孙子没屁眼儿。"

"你咒没用，我没儿子，也生不出孙子。"

"老由，我和你没完。"

老由嘻哈笑着钻出人群，担着油条挑子走开了。牛富贵喝口水润润喉咙，接着剁菜板，唱丧曲，句句不离吴翠珍。老范在办公室里敲桌子，捶板凳，独自后悔，悔不该多嘴，胡咧咧牛富贵和吴翠珍的事。

第二天，老由出油条摊子。一看，摊子夜里让人砸了，回想起和牛富贵拌嘴的事，断定这事牛富贵干的，就撂下面盆和油锅，去找牛富贵。牛富贵靠门垛子上晒日头，像是等老由。

"砸摊子就是砸我老由脸。"

"那你也打我一回脸。"

"我不打你脸，你赔我摊子钱。"

"我没钱赔你摊子。"

"没钱就拿物顶摊子钱。"

"那你看我这儿啥值钱，你拿了去顶摊子钱。"

"拿你的车顶。"

"车卖了，你去废品站找老费吧。车钱给吴翠珍买烧纸了。"

"买烧纸用不了那么多钱，你赔我摊子钱。"

"我在老严画匠铺给吴翠珍扎了几件纸活，一对童男女，一头牛，外加一台电视机。"

"闺女给娘扎牛，你牛富贵给吴翠珍扎哪辈子牛?"

"信不信由你，钱都给老严了，纸活还没去取，非要赔钱，你就把纸活扛家去，你哪天死了，闺女还省下一头牛钱了。"

"你砸了摊子不赔钱，还咒我死，牛富贵你不得好死。"

"你帮狗吃食，我和老吴干净得像一瓢水。别看砸了你的摊子，你得向我道歉，不道歉，我还砸你摊子。"

"再砸，给你送派出所去。"

"派出所不能关我一辈子吧，出来照样砸你摊子。"

"好好好，惹不起躲得起，现在就向你道歉，我老由满嘴喷粪，你和吴翠珍之间像一瓢水，清亮着呢。"

"这不行，你得当着柳镇人面说清楚。"

"看把你能的，你还知不知道你牛富贵在柳镇算哪根葱了？"

油条面再不炸就要臭掉了，老由只好自认倒霉，摊子钱不要了，一溜烟地回去支锅炸油条。有些人买了油条，就坐在摊子里吃。坐下来吃的，大都要买一碗豆腐脑，老由的摊子就不光卖油条，也卖豆腐脑，五毛钱一碗。摊子砸了，没地方坐着喝豆腐脑了，这个早晨人们就只买油条不买豆腐脑。一早下来，油条卖光了，豆腐脑却剩下了半桶，没到中午就馊了，气的老由老婆放屁和豆腐脑一样馊。

转过天明，老由摊子前让人泼了一桶大粪。老由老婆跳着脚骂牛富贵，老由没骂，一个人用铁锹铲黄土盖大粪。弄了一阵子，味道总算清淡了一些，两口子赶紧支锅炸油条。过去吃老由的油条香喷喷的，吃完还想吃，今儿个吃着吃着，吃出一股臭烘烘大粪味，食客们就都问老由。

"老由，这油条面你放茅房发的吧？"

"吃一口油条，等于上了一回茅房。"

老由说了牛富贵砸摊子泼大粪的事，食客们一听火冒三丈，咬着油条，嘴角流着油，纷纷吵着要去找牛富贵要刀子。

"真得让老朱劁他一刀子。"

"牛富贵也算得人，砸摊子泼大粪，癞皮狗一只。"

"扒了癞皮狗的皮……"

许多人来了，又都捏着鼻子走开了。快中午了，还剩下半盆油条面，大半桶豆腐脑。老由老婆先摔了笊篱，踢了炉子，要去找牛富贵拼命。老由劝了几回才劝住。晚上，老由提了一瓶酒，半只烧鸡，去找牛富贵。牛富贵正撅屁股吹火，老由将酒和鸡腿恭恭敬敬递到牛富贵手上。

"老牛，你给个话。"

牛富贵摸出一张纸，摊开摆在老由眼前，纸上代老由写好了：

> 我老由不该说老牛和吴翠珍的事是嫖，老牛和吴翠珍之间干净得像一瓢水，特向老牛致歉……

老由照葫芦画瓢连夜誊写了一张，贴在摊子里最惹眼的地方。老由怕了牛富贵，担心吃油条的在摊子里谈唠牛富贵，让牛富贵将屎帽子扣到老由头上，再砸摊子泼大粪，就又写了一张"闲谈莫论老牛"的帖子，也贴上了。

帖子贴出去后，没人在老由的摊子里谈唠牛富贵了，可油条生意跟着淡下去，过去能卖四十斤油条面，一桶豆腐脑，自贴了那帖子后，只能卖三十斤油条面半桶豆腐脑。原来柳镇人吃摊子习惯了谈牛富贵，老由冷不丁不让谈牛富贵了，原先吃老由油条的，都去了老包的包子铺吃包子。

四

剁了几天菜板，牛富贵发现老范没影了，越想越气就来了招狠的，不再剁菜板了。民工爬塔吊讨薪提醒了牛富贵，就干脆爬上了红砖厂的烟囱，扬言要跳烟囱。

烟囱下面人像蚂蚁虫越聚越多，派出所老魏开着旧捷达车改装的警车,闪着警灯鸣着警笛来了,镇里司法助理老祝,工业助理老宫,乡长老姜,书记老刘,先后大车小辆地赶到现场。

镇长老姜操喊话器隔空喊话,老牛你要冷静,有什么要求说出来,好说好办,千万不要轻生,一失足成千古恨啊……

片刻,又杀气腾腾赶来了县消防局的消防车。

牛富贵坐在烟囱上吹着风,看着蓝蓝的天上白云飘,也不好好回话,还不时在上面挪一下屁股。牛富贵挪一下屁股,下面人群就会跟着发出"啊"的一声。

老刘和老姜找消防员紧急商议处置方案,消防员说没什么好办法,偷摸上去没可能,四面没遮挡,爬到半路就会被上面的人发现,刺激了上面的人,几十米高的烟囱,掉下来不是闹着玩的,最好是谈判,哄下来。

"我只和老范说。"

牛富贵发了话只和老范对话,老姜就回身找老范,却不见老范影儿,就问老宫。老宫说有几天没见着老范了,这家伙最近见首不见尾。老姜说赶快打电话呀。老宫说打过了,接不通,也不知道这个鬼头搞什么名堂。老姜说这个老范不想当厂长了,也不知惹了什么祸,轮到擦屁股没影了。

老范不想惹毛了牛富贵,惹不起躲得起,几天前去了邻县的温泉浴场泡温泉。牛富贵爬烟囱时,老范在温泉浴场的包间里,正和一个按摩女在床上肉搏。事毕,老范打开手机,漏话提醒噼里啪啦钻进来几十个。回电话听说牛富贵爬了烟囱,口口声声非要见老范。

老范急忙打道回府,狠踩油门,帕萨特一路狂奔,回到柳镇直奔出事现场。老范来了,老姜和老刘都松了口气,也顾不上骂人了,赶紧叫消防云梯将老范送上去,和牛富贵对话。

"老牛,你画个道儿,别这么寒碜我。"

"你不该说我和吴翠珍嫖,我俩干净得像一瓢水,你非得给撒一把灰，今儿个你当着柳镇人的面，把灰渣子给撒干净了。"

"好好好，我这就拿笊篱给你撒灰渣子。"

"撒不干净，咱俩没完。"

"老牛和吴翠珍是真好，我非说老牛是嫖，人家之间干净得像一瓢水，我给撒了一把灰，今儿个我就把这水里的灰渣子撒干净了，是我的嘴没把门的，狗带嚼子——胡勒呀，大家都别把老牛和吴翠珍的事往歪想，人家那是夕阳无限好，人生老来俏……"

老范站在吊篮里口若悬河，像个演讲家，俏皮话像连珠炮，听得牛富贵心里一个劲儿地舒坦，仿佛吞下了三两蜜。没等老范喊完，牛富贵攀着烟囱上的铁梯子自己先爬下来了。

五

"烟囱风波"平息后，牛富贵去老费那里赎回了三轮车，在柳镇收起了破烂，成了买卖人。到了这年深秋，天要凉了，牛富贵便拾掇了井房子，该堵的堵，该砌的砌，搭了炉子，准备过冬了。

柳镇人对牛富贵也似乎敬畏了许多，不再说他和吴翠珍嫖了，甚至连吴翠珍的名字，在牛富贵面前都不提了。牛富贵想，和老范这口水官司打得值，洗清了自己和吴翠珍，也封住了柳镇人的嘴。又过了些日子，牛富贵发现柳镇人玩笑也不和他开了，就有些寂寞，很想主动找柳镇人说些什么。于是，牛富贵也到老由的油条铺去吃早饭了。

老由老婆撅着嘴不说话，还记着摊子钱和一桶大粪的仇，脸上不好看。牛富贵不管这些，吃着吃着，就和柳镇人谈唠起来了。

"老由，没说不让谈论老牛。"

"老范都告饶了,我一个小臭虫,更招惹不起你这尊大神。"

"油条有刺啊,扎嘴。"

"刺给哪儿呢?"

"油条里没刺,话里有刺。"

"油条里没刺,话里更没刺。"

"我想听听你说吴翠珍。"

"老范不是东西,腌臜人,你和老吴干净得像一瓢水啊。只可惜白瞎了老吴那么一个善良的人了。"

"古人说得好,好人没长寿,赖人活不够啊。"

"不还有那么句话吗,修桥补路双瞎眼,横行霸道有马骑。吴翠珍是个好女人,可惜养了个白眼狼的儿子,活着时拿娘不当娘,死也没给睡一口好棺材。"

"豺狗子没去老官家给他娘买棺材?"

"听说在老才家买的,三指厚的薄板,还是杨木的,才八百块。"

"老才的棺材也叫棺材?挺不到过年雨季就得散板。"

"上坟烧报纸——糊弄鬼呗!"

"豺狗子真他娘是豺狗子,连给他娘的寿材钱都要占。"

从老由油条铺出来,牛富贵去老费的废品站送废品,过完秤,老费老婆给牛富贵算钱,这间隙,老费要牛富贵喝茶。牛富贵和老费整天和破烂打交道,可人家老费坐家收废品当老板,牛富贵一个游街串巷捡破烂的老头,哪里能伸一双黑手爪子,去端人家老费的碗喝茶呢。

"不了不了,还等着买米下锅呢。"

"老牛,不喝水,看看报嘛。"

"大字不识一笸箩,看看图画还行。"

"图画也有啊,还有你老牛的相片呢,喏,看,这不是你老牛?"

　　接过老费递过来的半张《柳城趣闻报》，牛富贵瞄了几眼，一看真有自己照片，便捧着报纸看文字。牛富贵识字，读报没问题。这一读，气炸了肺，再读气炸了肝。《柳城趣闻报》用整整一个版面，把牛富贵和吴翠珍的事当趣事说了。照片上的人脸作了模糊化处理，人物名字换成了冯富贵和吴素珍，柳镇改成了柳家镇。

　　"老费你是明白人，你说说，这不是腌臜人吗？"

　　"老牛你不要当真嘛，小报没事找事胡咧咧。"

　　"一瓢水清凌凌的，谁他娘的又给搅浑了呀？"

　　"全柳镇谁不知道你和吴翠珍干净得如一瓢水。"

　　"丧尽天良呀！"

　　牛富贵气鼓鼓地出了老费的废品站，要去柳城找报社打官司。经过老柳的农药商店时，一堆人围着商店的墙壁看。有人见牛富贵骑着车经过，便都哑了嘴，有几个人还捂了嘴暗笑。牛富贵发觉这伙人不怀好意，就下了车也去那墙壁前看。墙上也贴着一张《柳城趣闻报》，破衣烂衫的牛富贵在墙上很惹眼。

　　老费给牛富贵的报纸是半张，撕去那半面还登载着性保健品广告。那广告不只有文字说明，还配了两张图片，一张男女在床上半裸照，另一张是一根特大号的男性生殖器。那张报纸不只老柳商店墙壁上贴着，电线杆上，厕所里，足有百十张，整个柳镇贴满了。牛富贵骑着车，孤独地游走在柳镇每一天街巷，不放过任何一个可能贴了报纸的角落，见一张撕一张。

　　疲惫不堪的牛富贵找到报社，见了社长，问报社歪曲事实，登下流广告腌臜人的事。社长说，老牛同志，故事我们没胡编，报社登广告也有工商许可，是合理合法的。说来那广告就是你们柳镇卖保健品的老乔花钱登的，他给了报社广告费，并特地要求和这个故事登载在一期。说完社长又给采编部打电话，喊来了采编部的主任。

那主任是个小女人，火红的樱桃小嘴一张一合，说，这个趣事我们是根据在柳镇的采访录音改写的。说着采编部主任取来磁带，在社长室播放了采访录音。录音里有几十个柳镇男女在说，牛富贵听出来的有老柳、老张、老李、老吉、老王、老由，还有吴翠珍王八蛋儿子豺狗子。

"他娘的这老小子嫖了一辈子……七十岁了还满肚子花花肠子……嫖了老寡妇吴翠珍，事情露了老寡妇羞死了……他娘的，牛富贵还不让人说他和吴翠珍是嫖，又泼大粪又爬烟囱的……泼大粪这事可以问油条铺的老由……大粪是泼了，打掉牙往肚子里咽呗，我惹不起那赖皮货……我娘临死前给我说了，她去牛富贵那里一次，牛富贵给我娘一次钱，为了钱我娘就跟了牛富贵了……"

柳镇男女鸡一嘴鸭一嘴的声音，似一街口水从音响里劈头盖脸地喷溅出来。牛富贵的心很快冻成了一坨冰，敲不碎，化不开。从社长办公室沙发上站起来时，牛富贵头重脚轻，像被一个噩梦魇住了身子，四肢僵直，两眼冒着鬼火，一脸惊恐地问社长，你说我是不是要死了？

六

柳镇飘起了雪花，街面上很久没见到牛富贵了。老柳和老张几个人喝了酒后，就结伴去了井房子，也没见到牛富贵，看盆子里发了霉的菜饼子，估计牛富贵很久没回来过了。

牛富贵本不是柳镇人，没人会关心一个外乡人，柳镇人眼里的嫖客，从哪里来又到哪里去了。当然，柳镇也没大变化，只老由的油条铺撕去了"闲谈莫论老牛"的帖子，油条铺里又热闹地说起了牛富贵，原先吃油条的又都从老包的包子铺，回到了老由油条铺吃油条。为招徕顾客，老由夜里编了一些牛富贵的荤段子，贴在油条铺里与食客奇文共欣赏，油条生意由此火爆，老包等小摊主皆效仿之。

转年春上，邻县公安局一个民警来到柳镇派出所，拿着一张照片要柳镇人辨认是不是牛富贵。民警说邻县苇塘里发现一具死尸，是个老年男子，七十岁上下，身上没有身份证，查不出身份，有人说像柳城县柳镇的牛富贵，局里就派他来柳镇走访调查。

派出所请来了柳镇人帮着辨认。照片上的人脸浮肿惨白，有那么点牛富贵的面目。倒卖皮货的老张，拔牙镶牙的老王，修皮鞋跟儿的老李，加上卖农药的老柳，传着看过了照片后，都说有点像，可拿不准。拉鸡粪的老吉忽然问那民警，死尸可还有其他什么显著特征没有？民警说，有是有，就是那老男人根子天生很小，还只剩下了半截，也不知什么原因什么时候什么人给割掉了一半。

在场的男人都松了口气，将照片丢还给民警，嘻哈着说，那不是牛富贵，牛富贵嫖了一辈子，七十岁还嫖了吴翠珍，根子一定大如棒槌，牛富贵这会儿指不定在哪个娘儿们被窝里抡大棒槌呢。

哈哈哈……

一片得了胜似的笑声，差点将柳镇派出所的门窗涨破了。

晒狗皮

一

民选那天上午，秦如海站在村小国旗杆下作了告别演说。此时秦如海食管癌已到晚期，癌细胞已扩散至全身了。由于身体极度虚弱，秦如海大汗淋漓，演说也断断续续。演讲完身子摇晃了几下，仰面摔倒在国旗台上。台下一片骚动。秦八冲上国旗台把爹抬回了家。秦如海干了三十几年村支书，在乱石窖说一不二。他用最后的气力往前推了儿子秦八一把。秦如海的悲情演说起了效用，秦八高票当选村委会主任。之前，秦八已接过了支书的担子，这样秦八支书村长一肩挑了。

抬回家的秦如海处在半昏迷状态，一场演说透支了他本就所剩无几的精力。在得知秦八当选的消息后，眼神忽忽闪烁，出现了回光返照之相。这位呼风唤雨了几十年的老支书，一只脚踏进了死亡地府的门槛。秦八拉着爹的手，问："爹呀，还有啥话给儿留下没?"食管癌晚期的疼痛是难熬的,注射大剂量杜冷丁也无济于事。不过,秦如海还是强忍疼痛,梗着脖子,在儿子耳边咬了六个字:"爹怕你镇不住。"秦如海又陷入了重度昏迷,夜里便咽气了。秦八给爹穿着装殓衣裳,跟爹说着话。秦八说:"若不为了儿,你撑不到今天。"

二

秦家在乱石窨不是大户檐,秦姓不多,且关系较为疏远。秦八也并不行八,无兄无弟,连个叔伯兄弟也没有,仅有两个姐姐远嫁他乡。没有家族势力在后边撑着,想要镇得住就得费点心思。打理完秦如海的丧事,秦八从朋友那里买回一辆捷达轿车。没有驾照,先开着,派出所的人都是哥儿们。他又买了一条狗,在柳城狗市。决定买狗时就打定了主意,要买就买条公狗,母的,白给也不要,雄性生物骨子里先天有股统领气质。秦八欣赏这种统领气质。这条狗不是名贵品种,名种狗秦八买不起不说,伺候起来也太娇贵,买狗不是买个小丫鬟使唤的,是要买来当贴身侍卫的。这是条杂交公狗,有藏獒血统,明显具有杂交生物改良后的优良特征,善奔跑,能撕咬,像秦八开的捷达车,皮实好养。

买车买狗都是冲着开酿酒坊的吴半斤来的。秦八把乱石窨有点头脸的拨拉一圈,能跟自己掰手腕争个高下的只有吴半斤。要想在乱石窨镇得住,先得镇住吴半斤。吴半斤与秦八年龄相仿,吴老爹早年几口烧锅干起来的。酒坊到了吴半斤手里,做勾兑酒买卖弄大了。挣了钱买了辆小汽车,方向盘扭来扭去羡煞村人。吴半斤家里有钱,养着一条大公狗。这条狗散养着,吴半斤给取名"程咬金"。咬金在乱石窨出道不久,几场狠架掐下来,把全村的狗都降服了,狗们从此都看咬金狗眼行事。村里的母狗自然让咬金霸占了。

买狗是秦八这盘棋布局上很关键的杀招，他要让自家的狗取代程咬金的位置。要说秦八使出这一招棋可够奇的，别小看了养狗这个事，打狗看主人，养狗也要看主人，狗事说到底还是人事，狗事弄妥帖了，人事也就妥帖了一半了。

在给狗取名这个事上，秦八花费了大心思，他想给狗叫个"秦叔宝"。秦叔宝对程咬金，名字上先胜了一筹，可那样用意又太暴露，明显冲着吴半斤去的。秦八还不想跟吴半斤撕破脸，窗纸没捅破，见了面还能嘻嘻哈哈。绞尽脑汁想了几天，秦支书给狗送了个颇具争议的名字——二村长。他的理论功利化太强，主人是大村长，狗是二村长，人畜两界秦家就都遮住了。在院子里秦八试着喊来喊去，二村长，二村长，越喊秦八越得意，觉得这名字取得甚是带劲，绵里藏针。

名字有了，接下来要训练二村长了。狗这东西威猛是其次，重要的是听话，主人说什么，它做什么，这样才能人畜合一。驯狗并非一日之功，秦八也没期待着速成，他有耐心训练出一只好狗来。为此在旧书市场淘换来一本《军警犬训练指南》，扎下心来仔细研读。秦八是支书，学过辩证法，也懂得理论联系实际的重要性。训练科目中，有一项是《军警犬训练指南》上没有的。他花气力训练二村长不能吃屎。乡下狗多散养，四处疯跑，整个村屯狗咬吵吵。养狗的人家很少给狗喂食，狗们都是走到哪儿吃到哪儿，这样一来人屎成了主食。咬金也吃屎。半斤家不缺狗食，可咬金在狗群里行走惯了，近墨者黑了，也学着吃屎。这点吴半斤倒不在意，吃啥不是个吃，混饱肚子不闹人就成。秦八可不这么想，二村长是他秦八的狗，走到哪儿都得讲究个层次。邋里邋遢满街寻屎吃，一张嘴满口大粪味，掉的可不是狗的价，掉的是秦支书的价。

秦支书很讲究外在形象，出门必要穿西服，皮鞋擦得油光锃亮，梳头能当镜子照，又买了条金利来领带束在脖子上。除了给自己买好领带，秦八还买了条好狗链，链子镀着黄铜，看上去金光灿灿，像金链子。把领带跟狗链放在一起说，并非有意编排瞎话作践秦支书，灰色带蓝色碎花的金利来领带，确是跟镀铜狗链子一起买回来的。这是秦支书亲口说的。

秦支书扯着金灿灿的狗链子，走哪儿把二村长带哪儿。为了这事，镇党委郭书记批评过秦八。郭书记说："你个堂堂支书兼村长，走到哪儿屁股后都跟条狗，这像什么话？"郭书记说得很严肃，秦八却有点不在乎。这话郭书记是在办公室说的，屋子里就秦八跟郭书记两个人。郭书记跟秦如海有交情，郭秦两家还沾点拐弯亲戚，秦八在郭书记面前说话就有点不见外。秦八说："郭书记就体谅体谅我们这些小村官吧，哪像您郭书记，走到哪屁股后面都有秘书跟着。"郭书记踢了秦八一脚，说："好你个秦八呀，你把狗当秘书带呀。"

后来这段话郭书记在酒桌上当个笑话，说给了镇里的几个副镇长，镇党委小胡秘书也在场。小胡秘书是个二十几岁的小丫头，一杆铁笔，一张刀子嘴。郭书记讲完这笑话，在场有几位把目光看向了她，小胡秘书脸色就难看了。小胡秘书正跟派出所的干警小姜处对象，小胡秘书让小姜悄悄备下了绳索。有一天秦八又把二村长带去了镇上，二村长刚从捷达车里蹦下来，小姜上来给二村长套上了绳套，拉着往镇上狗肉馆去。二村长往后挣，绳套越挣勒得越紧。秦八拉住小姜说："小姜你这是做的哪篇文章？我没惹你，狗更没惹你，你凭什么套我狗？"小姜说秦支书的狗肉吃着香，说着继续往狗肉馆拉狗。小姜特种兵出身，身子骨像头牛，七八个秦八也近不得小姜的身。小胡秘书站出来了，小胡秘书说："我让小姜套的，还要勒死这个狗东西，吃狗肉蘸盐花。"转脸对小姜："往狗肉馆拉，早杀早吃肉。"秦八见小胡秘书绷着脸，知道这里面必有蹊跷。他也听说小胡秘书跟小姜的恋爱关系，忽然明白小姜套狗病根在小胡秘书这儿，就赔上好脸子来求小胡秘书。一问才知原委，忙给小胡秘书解释，好说歹说，小胡秘书才让小姜把狗给放了。

秦八去镇上再也不敢带二村长了。不过在乱石窨，还是走哪儿带到哪儿。

村上来客招待饭菜，吃剩下的那些汤水肉块丸子都是二村长的。当然这些残羹剩饭，秦八是不会打包提回家的，那样太丢份儿。秦八很在乎"份儿"，当领导的要有份儿，份儿就是架子，架子就是威严，领导有了威严就好了，就镇住了。治保委员姜大牙跟秦八好，姜大牙还是秦如海当支书时提拔上来的，当然要死心塌地跟着秦八干。每回招待客人，秦八都要喊上姜大牙。餐毕，秦八送客，姜大牙殿后，必会用塑料袋给剩下的饭菜打包，提着送去秦书记家喂狗。

二村长经常吃招待乡领导的饭菜，腰粗腿壮虎虎生威，一看就有别于村上那些吃屎活命的野狗。村上当然不能天天招待客人，这样逢集秦八会到肉铺给二村长拎杂碎，那些杂碎秦八也不会给二村长生吃，要拌上佐料咸淡，上锅或蒸或炒，弄得有滋有味，吃起来喷喷香狗鼻子直耸。

打秦八买了捷达车，又买了条狗在家驯，吴半斤便猜到了秦八的心思。吴半斤不怕秦八，真要较上劲了，秦八还未必是吴半斤的对手。但吴半斤是个买卖人，买卖人有买卖人的精明，知道光棍不斗势力的道理，他吴半斤腰包鼓些，毕竟不掌权势。可不要小看了这村官，成不了你的事，可要坏你事的能量还是无限的。就是这样的，权钱较量，还是权占上风的时候多。吴半斤有个鬼心思，他计划要扩大酒坊了。盖房子要批块宅基地，要村上出手续盖戳子的。把秦八惹恼了，村委会的大红戳攥在掌心就是不给你扣，吴半斤到镇上土地所也没辙。吴半斤为避免与秦八正面冲突，也买了条铁链子，把程咬金锁起来了。吴半斤锁上了程咬金，秦八脸上没露出笑容来，心里还是很得意的。看来这一招棋是走对了。没有了程咬金，二村长成了乱石窖狗群新首领，后宫三千佳丽也都归二村长把持了。春秋两季是狗的发情季节，母狗们翘尾流涎，满街寻觅公狗，觅得如意郎君便当街低腰下腔，等待公狗爬背。但秦八没打算让二村长淫乱后宫，他牵着二村长走在街上，路遇母狗低腰下腔示好，二村长又挣又扯，狗链子绷成了一条硬弦。

　　秦八把二村长锁在树上耐心教导："你是我秦八的狗，不能见条母狗调腔就爬背，也不看看什么货色？在两性关系上务必保持高级审美趣味。"秦支书拿腔拿调，像在村委政治学习课上念条条款款。饱暖思淫欲。人况且不能根除性欲，何况正在青春期的公狗呢。秦八生物学没学好，可将人心比狗心还是会比的。他给二村长物色下了几只好母狗，这几只狗都拴养，个个眉是眉眼是眼，毛管鲜亮，看上去清清爽爽，都是狗中美女——西施貂蝉杨玉环。秦八对二村长说，不爬则已，要爬咱就爬西施。这话是在自家院里悄悄说的，大庭广众之下是说不出口的，堂堂大支书怎能大张旗鼓地说这样的混账话。秦八牵着二村长去哪家，哪家主人都要热情接待。不是看狗，看的是狗主人。二村长也受到了不同凡响的礼遇，俨然上宾。母狗主人夸了二村长是条好狗，这样的狗只有生在秦支书家，放在平常人家怕是养都养不活。表面夸狗，内里把马屁结结实实地拍在了秦八身上。秦八嘴上话说得很轻巧，说不就是条狗嘛。心里却是很受用。二狗院中缠绵悱恻，秦支书被请到屋里坐着慢慢喝茶聊天。

　　这样苦了咬金，母狗们在院外叫春，低一声，高一声，扯着细嗓门儿，给旧情人发求爱信号，吴侬软语隔墙送进了咬金耳朵，咬金把狗链子绷得咯嘣咯嘣响，还是不能脱身与旧爱交欢，只能在院内以呜呜低咽呼应失散许久的狗娃的娘们。这世上的事就是这样的，几家欢喜几家愁。二村长占着茅坑不拉屎，咬金又没有茅坑可占，闲置的茅坑让那些赖皮公狗们占去了。咬金被锁起来的那个春天，赖皮公狗们意外地找回了久违的性福时光。

三

九凤是秦八正印夫人，葫芦沟老书记马一波的小闺女。马一波生前跟秦如海是至交，两家结了亲家。这门亲事秦八不大乐意。九凤人长得丑，满脸麻子。女人脸要是生了麻子，杨柳细腰也不值钱了。秦如海不只在村人面前说一不二，在家里更是说了算。秦如海说娶，秦八乖乖就娶过来了。九凤给秦家生下一儿一女，秦八再也不沾九凤的身了，在外打起了野食，明处暗处的有那么几个相好的女人。秦如海知道秦八在外拈花惹草，暗里说过秦八几回。秦八色性不改，依旧如故，也就不再说了。秦如海年轻时跟村上文艺宣传队的报幕员也好过，这个底儿子秦八一清二楚。上梁不正下梁歪，自个儿身子不正，秦如海也不能把秦八怎么样了。

跟翠枝儿好上那还是秦如海刚死那阵子。翠枝儿是四川那边过来的，在镇办工厂缝袜筒。小丫头让秦八给挂上了。翠枝儿那女子人样子并不突出，五官结构不算周正，可脸皮细嫩白皙。秦八正是看上了翠枝儿这张嫩脸，要知九凤那张脸，恶心了秦八好多年了。也怪秦八大意，一来二去的翠枝儿有了身子了。偷情是小，弄出个崽子事可就大了。秦八张罗着要翠枝儿去县医院打掉。翠枝儿死活不去，捂着肚子干呕，吐得汤汤水水的。那样子不像是多重的妊娠反应，虚张声势的成分大些。翠枝儿非要给乱石窖生个小村长。可吓坏了秦八，弄真了这事，郭书记不给他剥层皮卵蛋子捏碎才怪。秦八鬼心眼儿有的是，想来个移花接木，把想法跟翠枝儿说了。翠枝儿听了骂秦八王八蛋，快活够了要把人一脚蹬开了是吧，你秦八还是个人不？秦八祖宗奶奶地求，掰开了揉碎了，给翠枝儿分析利弊，嘴皮子磨下去三层。小女子到底好唬，耳根子软，哭哭啼啼说她什么都不懂，随秦八安排去，反正这个小村长是要生下来的。

这头安抚下翠枝儿，秦八来不及系鞋带，趿拉着鞋，小跑着去找屠夫皮五。屠夫皮五个儿矮，还瘦，胆子小，干得却是攮刀子的生计。为了给自己壮胆，每次下刀子前皮五要喝口酒。二两烧酒下肚，皮五换了个人。喝酒前是武大，酒后便是武二。皮屠夫满嘴酒气，鼻尖通红，刀子舞得呼呼挂风。这个皮五三十好几了，还单身，没有娶着媳妇。这个黑铁王老五，整天背着个皮兜子走生计。兜子里插着各式各样的刀子，白刃撞击，叮当山响。走到哪儿，吃到哪儿，睡到哪儿，日子倒也过得逍遥自在。除杀猪宰羊屠狗外，皮五捎带着也劁猪骟马。反正刀刀见血，挣的都是要命钱。刀子上的生意淡下来，他也顺手贩卖羊狗皮，做点小杂碎生意。养了二村长秦八给皮五下了话，劁猪骟马尻里挤出的蛋丸捎回来，要给二村长补身子。皮五孤儿出身，胆小如鼠，对秦八言听计从。在外劁猪骟牲口挤出的蛋丸，悉数血淋淋地提回来，来不及回家先送到秦八家去。那几两肉通常用一根黄草棍穿着，打了个草结，形成个草圈提在手里。秦八接过来也在一只手里提着，另一只手拍着皮五的小脑壳说："有好事哥也会想着你。"

好事说来就来了。对于一个中年光棍来说，还有什么能比娶媳妇更好的事呢。秦八急着要给翠枝儿找下家，先想到了皮五。想到皮五不是秦八真惦记着皮五，是皮五性格弱一些，除了耍刀子杀猪纯是个窝囊废。窝囊废才好，才不会事情露了来跟他玩刀子。要说翠枝儿嫁给皮五，着实委屈了翠枝儿，可翠枝肚子里揣着个崽子，谁娶过去都是累赘。带犊儿的母牛好卖，带孩儿的女人愁嫁，好男人哪个愿意娶个揣着崽子的烂糟货。

秦八说要给皮五介绍个女人，还是个川妹子，家里没什么人了，就图找个踏实过日子的男人，丑俊不计，穷富不嫌，过日子是把好手就行。皮五眼睛摁了开关了，刷一下就亮瓦瓦的了，两只沾着猪油的手搓来搓去，搓出新鲜的油花来，不知怎么感激秦八好了。秦支书大手一挥说，感激倒是不用，只是人家嫁得急些，要娶得抓紧。皮五挠挠后脑说，要说娶女人我比哪个都急，我四处敲猪骟马，自个裆里那个东西没劁没骟，却闲了几十年没沾过荤腥，可家里面除了一张嘴，连件像样的家具也没有，房子好歹也得修修瓦，墙上抹抹泥，刷一刷，亮瓦瓦的才像个过日子的气氛嘛。秦八说这个你就不用操心了，房子我找些工匠来帮你修，人家女方在镇上缝袜筒，攒下了几个钱，屋里的箱子柜碗盏家什方先置办，日后你对得起人家就成了。

秦八把翠枝儿夸得无可挑剔，独独瞒下了肚子里揣崽子这个事。

皮五跟翠枝儿相看完，乐得嘴巴咧到后腮帮上去了。各自回家后，翠枝儿找来秦八，骂秦八不是人，给找了这么个下烂货。秦八准备了满肚子说辞，又是连哄带骗地劝了大半天，翠枝儿才同意下嫁屠夫皮五。秦八是这样说的："你嫁过去皮五也不敢睡你，还是咱俩好，他不过给咱当个幌子，你还是我的人。名分上委屈了点，可名分又是个什么呢，那不过是个心理安慰，连狗屎都不如，一个大活人跟狗屎都不如的东西较劲，那不是缺心眼是什么？"

翠枝儿同意嫁了，事就好办了。秦八请了瓦匠，修瓦，抹墙，刷涂料。屋里的摆设都是秦八掏腰包置办的，跟皮五说翠枝儿花的钱。看着新鲜家具抬进皮五家黑屋子，秦八心疼。秦八说皮五啊皮五，我要不是有老婆，不会让你这个狗头白捡了个大便宜。皮五嘿嘿笑，傻蛋样儿，眼里乐开了花，有泪，混沌，像热锅里煮了一碗稀溜溜鸡蛋汤。翠枝儿原以为秦八跟皮五说好了，皮五不会碰自己的身子。哪知这个皮五平日里胆小如鼠，在炕上睡女人了，胆子却大得像南瓜，拾掇猪似的把翠枝儿给剥个精光。翠枝儿好像案板上待杀的母猪，夹不紧也捂不严，喊叫又不敢大声，只好让这个猪油味的瘦矬子给睡了。

半年后，翠枝儿生下个带把儿的驴蛋子，乐坏了皮五。翠枝儿抱着儿子，倚靠在堆起的一摞被子上，把儿子小嘴儿摁到乳头上去，头也不抬跟皮五说："取个名儿吧？"皮五脑子里没存几个汉字，笑嘻嘻地说："早想好了，叫皮小五怎样？"翠枝儿头依旧没抬，手指沾了唾液给儿子梳头发，说："还能怎样？你说怎样就怎样。"皮小五这名叫开了，村人笑话起了皮五，说："汉字有几千几万个，取个什么不好，偏取个皮小五，弄得不像父子，倒像是一家老大老二亲哥儿俩。"皮五嘿嘿直乐，说："管他听起来像啥呢，给我皮五喊爹就行。"提着刀子出村杀猪去了，脚下生风，地踩得咕咚咕咚响。

没有不透风的墙，皮五还是知道了秦八跟翠枝儿的事。再去看皮小五的脸，皮五心渐渐死了。小五脸上没有一处器官长得像自己，都说男孩脸像娘多一点，那骨架还是像爹的。骨血里传下来的，错不了。那皮小五咋看都是一个小秦八。去镇医院妇产科咨询了一回生儿育女的科学，回来照那个女医生说的，皮五掐手指算日子。这一算不打紧，科学才是硬道理。皮小五不是自己的种，孕期有三个月的差头呢。喝过酒皮屠夫拿小攮子逼问翠枝儿，翠枝儿害怕了那柳叶刀，不得已如实相告。皮五丢下刀子，蹲地上哭得像个娘儿们。翠枝儿往起拉皮五，说："皮五你起来，哭也算个爷们儿？小五是秦八的种，可小五大了会喊话了，还不是一声一声给你叫爹？小五喊爹，秦八敢答应，看我不撕了他嘴巴子。我跟秦八的事过去了，我也让秦八给糊弄了，从今往后塌心跟你过日子，你挣碗饭跟着你吃饭，你挣回副猪下水咱当猪肉吃，有酱油不愁没有瓶子装，我再给你生

不就完了？"皮五是个蒸不熟煮不烂的货，还哭，翠枝儿踹在皮
五腱眼子上，皮五闹了个马趴。翠枝儿说："要么你就把眼泪抹
干净，咱该过日子过日子，要不你就拿刀子挑了秦八去，也给
我出口恶气，跟我比画刀子算哪门子事。"皮五哭了一阵子不哭
了，跺跺脚说："那就塌心过日子好了。"翠枝儿拉起皮五，给
皮五拍打衣衫上的尘土，说："日子过可是过，可不许你对小五
另眼相待。"皮五擦抹着眼泪疙瘩说："我皮五是那样的人吗？"

　　这段风波算是过去了。但皮五在心里跟秦八结下了疙瘩，
骨子里跟皮小五还是隔层皮，总亲不起来。从外杀猪回来，漫
漫长夜，一把子力气都用在了翠枝儿身上。期待着翠枝儿能怀
上皮家的种。耕作了几个春秋下来，翠枝儿依旧肚腹平平。皮
五泄气了，人家翠枝儿是生过儿子的，看来问题出在了自个儿
身上。没跟翠枝儿打招呼，去杨大先生的药铺买回几包子中药，
提到前山五仙洞里偷偷煎熬着喝，还是不见成效。其实皮五是
个傻蛋，翠枝儿为了不让皮五慢待了皮小五，决定不再生孩子
了，瞒下皮五去县医院上了节育环，不在安全期上，事毕还要
服避孕药，双重阻隔，还哪里能怀上皮五的崽子。但翠枝儿跟
皮五过日子倒是死心塌地了。

　　自从翠枝嫁给了皮五，秦八再也没来找过翠枝儿。翠枝儿
好像一张卫生纸，秦八擦过随手就丢开了。知道上了秦八的当
了，可生米做成了熟饭，一个小女子身处异乡，怎跟秦八较劲
呢，想开了也就好了。翠枝儿说她认命了。不认命又能怎样呢。

四

　　到了这年的春天，秦八养二村长快三年了。咬金拴在院里
也快三年了。这三年间，吴半斤找秦八办批宅基地的手续，秦
八倒也没有为难吴半斤，给签了字也盖了章。当然吴半斤不会

让秦八白白签字盖章，好处是不会少的。吴半斤拿回签了字盖了章的申请表，意味深长地给女人文珍说："幸亏当初没惹秦八，这就叫小不忍则乱大谋呀。"文珍见识哪有吴半斤那么长，她看不惯秦八牵着狗走在大街上的样子。如今二村长走路也把狗脸扬着，步伐迈起来越来越像主子秦八了。哪是一条狗，整个一个狗村长了。秦八牵着狗经过吴家酒坊，文珍在门缝里吐唾沫，说："真他娘的苦了我家咬金了。"这一天吴半斤跟工人开着货车去镇上卖酒糟，家里只剩文珍，还有几个烧酒的小工。正是狗发情的季节，母狗在墙外吱吱乱叫，闹腾得咬金在院里也不踏实。文珍看着咬金春心难挨的样子实在难受，都有点心疼。吴家找秦八批宅基地的事办完了，也没亏着秦支书，吴家也没啥事能求到秦八头上了。要论钱财吴家不知是秦家多少倍，要论官家势力，吴半斤也认识了几个县上的有权人，还怕什么？

　　文珍头脑发热，竟解开了咬金的狗绳。咬金憋了几个年头的雄性突然得到释放，四爪挠地蹿出大门找母狗放浪搅缠。也该着出事。秦八刚好从村部回家，路过吴家酒坊外，二村长在后相跟。二村长醋劲大得很，见有生脸狗跟狗妃调情，野性大发。秦八走路有个毛病，爱唱个酸曲哼个小调。秦八正哼着《枉凝眉》，心思都在哼着的调调上，没留意二村长。秦八以为二村长让自己训练出来了，很久出门都不拴狗绳了。没想这畜生兽性不改，见咬金当街调戏母狗，从背后蹿出去，下死口跟咬金撕咬在了一起。二狗咬得势均力敌，结果只能是两败俱伤。母狗们跟着胡乱汪汪起哄，以狗语相激。红颜在场，二狗更是要分出你死我活。那场狗斗真是骇人，大有中世纪西欧骑士为情决斗的架势。见过大场面的秦八也傻了。两只雄性大狗掐架，人是没办法分开的。狗眼血红，犬牙相交，咬到二狗狗毛染满鲜血。二狗忽然散开，各自跳出圈外，拖着伤残之身各回各家。母狗们见新老狗王血战收兵，也不起性了，纷纷溜墙根儿夹着尾巴跑了。

　　吴半斤从镇上回到家，见咬金浑身血淋淋的，问女人，文珍牙齿捣蒜说出实情。吴半斤一巴掌抡过去，文珍顺势躲开了，巴掌扇在了柱子上。柱子上镶着一颗铁钉，吴半斤的巴掌让铁钉穿出了一个血眼子。吴半斤疼痛加上气恨，把火气都撒在了文珍头上，把文珍一顿好揍。过去秦、吴二人较劲是在暗里，面子上还是客客气气的，两家也从未在明处交过手。这样一来不成了，狗咬狗不是狗的事了，想不交手都不成了。吴半斤坐在酒粮袋子上，咬咬牙，招呼小工阿青把屠夫皮五喊了来。皮五背着皮兜子进了吴家酒坊，不知吴大财神有何贵干。吴半斤先给皮五点了支烟，说："老五，把狗帮哥杀了。"二村长跟程咬金掐架的事传开了，村人瞪眼盯着两家大门，看这两家人怎么出手。皮五听吴半斤要杀狗，很吃了一惊，咬金可是吴半斤的心头肉，平日里谁能动咬金一根毫毛的。皮五犹疑着说："真杀？"吴半斤说："不就是个畜生吗？真杀真杀。"皮五说："犯得着吗？"这话吴半斤当然听得懂。吴半斤说："你只管杀狗，杀完狗哥请你吃狗肉。"吴半斤给了咬金一块好肉。咬金到底是畜生，不通人语，浑身伤竟也能很香地吃下去。咬金吃着那块肉，吴半斤摩挲着狗头，说："人事不大，狗事不小，不杀你，这事完不了。"吴半斤示意皮五动手，然后背着手进了屋，穿过堂屋，到后院酒坊门口吸烟去了。皮五杀狗他看都没看。

　　皮五杀狗如烹小鲜，三下五除二，狗成狗肉。

　　吴半斤切块上好狗肉，装在塑料袋子里，又提了狗皮去了秦八家。进门见秦八仰躺在藤椅里眯着眼睛打盹，二村长卧在草席上养伤。秦八见吴半斤进门来，手里有狗肉还有狗皮，慢慢从藤椅上坐起来。九凤扬着麻坑脸迎过来，喊吴半斤哥。秦八坐在藤椅里没站起来，嘴上却是递过话来了。秦八说："老吴你这是干啥？诶呀呀。"吴半斤将狗肉递到九凤手上，又把狗皮搭在秦八家晾衣绳上，狗皮上还有血渍往下滴。吴半斤把手上的狗血在地上用沙土搓净了，说："这畜生我早想勒了吃狗肉。"秦八点指着吴半斤说："老吴啊老吴，你说我说你啥好呢，俩畜生掐架犯不着动这么大气嘛。"吴半斤笑容满面，说："哥你啥也别说了，你跟嫂子吃狗肉。你家婶子有老风湿病，把这张狗皮找王皮匠好好熟熟，缝个狗皮褥子。"秦八说："你这样对哥好，让哥真是没法做人了呀！"吴半斤说："哥你这说的哪里话，俩红萝卜埋地窖里，一个窝里的弟兄谁跟谁呀？"秦八说："哥明儿个也把皮五喊来，把我这院里的畜生也宰了，哥也请你吃狗肉蘸盐花。"吴半斤连连摆手说："哥呀，你这可不行，你要真让皮五来，还不如让皮五捅我刀子呢，你这不是要打兄弟脸吗？"

秦八笑起来，吴半斤跟着笑。九凤看这两个男人笑，也莫名其妙地乐起来。

文珍烀好了狗肉，热气腾腾盛在盆子里，锅里还翻滚着狗汤，飘着狗油花。炕桌上摆着四碟八碗，孜然，椒盐，蒜蓉，吃狗肉该用的佐料都备下了，酒壶里烫着自家作坊里烧出来的酒。吴半斤进门啐了文珍一口："心都让狗掏出来吃了吧，我这张老脸都要塞裤裆里去当卵子了，你还有闲心四平八稳地坐炕上吃狗肉？"用那只伤手掀翻了桌子，杯盘碎裂，满地狼藉，一地狗肉狗汤。让工人阿青把狗肉狗骨头在院子里挖个坑埋了，连院里那摊狗血也让阿青用井拔凉水冲洗多遍，又掩盖了一层沙土，看不出血迹才作罢。

这场乡间狗斗以秦八全胜吴半斤完败而告终。事情并不没有就此结束，那张狗皮秦八没有拿到王皮匠家去熟了给老娘做褥子，摊开在上房用的木梯子上晒起来。秦八家新盖的水泥房地基很高，全村人都能看见梯子上那张狗皮。

吴半斤憋气窝火，满嘴燎泡，人撂倒了，一病半月，打发
文珍去杨大先生的药铺抓了三服药，都是清肺去火的方子，煎
了，喝下去才慢慢好了。头天文珍抓药回来，把药包放在箱子
柜上说："秦八真是个败家子，没熟狗皮也没做褥子，挂在木梯
子上晒，眼见着下雨了也不往回收，啥好皮子也淋坏了。"吴半
斤苦笑说："你个娘儿们傻透腔了，看事只会用眼睛不会用脑
子，你懂什么，他哪是晒狗皮呀，他在晒威风呢。"

五

秦八把车开进水塘淹死那年，狗皮还在木梯子上晒着。风
刀霜剑，日晒雨淋，整张狗皮稀稀疏疏剩不下几根狗毛了。

酒色之徒，好色必好酒。这话在秦八身上说对了。那天他
去镇上酒馆喝酒，喝得昏天黑地。酒场散了，秦八开着捷达车
往乱石窖家里返，踩油门的脚没了准头，捷达车跑风般飞进了
路边水塘，秦八活活呛死在了捷达车里。第二天水塘来钓鱼的
人，发现了坠在塘底的车子，才算把秦八的身子从水下打捞出来。

天降祸端，村人拿着香纸元宝前来吊唁。男人们帮着搭灵
棚挖墓地，姊妹们陪着九凤垂泪。鼓乐低吟，悲曲切切，在一
片哀号之中，村人给秦八举行了隆重的"村葬"。

埋了秦八，村人还像往常一样见了九凤打招呼，说些破衣
烂衫的杂碎话。话里也透着客气，细咂摸就品出异味儿了。秦
家从"官宦之家" 一夜沦为了平民之家，客气之中就带上了酸，
酸里夹着股子奶腥味，说白了是村人对秦家打了折贱卖的怜悯。
九凤预备了足够的坚忍，以对抗随之而来的村人对秦家态度的
变化。九凤不怕话里带刺，刺是硬的，直来直去能扎出血来，
能看得见伤口，疼痛感反倒让人好受一些。怕的正是这股子酸
气跟怜悯。这是仙人掌的刺，软的，成堆儿，扎进去拔不出来，

往你肉里戳，不见血还不许喊疼，脸上还要带着笑。九凤当惯了官太太，别看一脸碎麻子，过去只有她怜悯别人的份儿。秦八坐过的那张藤椅，九凤从屋前搬到了屋子里。她坐在那张藤椅里，经常一坐就是大半天，两眼直勾勾看着挂在墙上的秦八。看着看着，九凤叹了口气。看着看着，又叹了口气。叹够了气，九凤摇着头说："看来过去对秦家的恭敬都是装出来的。"

二村长到底是条狗，不晓得人事上的法则，狗仗人势这句话得在主人得势的时候成立，主人的势散了，也还不知收敛些气焰，那就是自讨无趣不知好歹，甚至是自寻死路。看着二村长走路的姿势，还像主子在世那样一摇一摆，摆出支部书记式的架子来，村人越来越不满，常在一处谈唠："这个畜生，凭什么走路也要走得那样目中无狗。"世上的事就是这样，嘴上有了怨气，手上就要攮刀子了。没了秦八仗势，二村长就是一只行走的狗肉，是狗肉早晚要成下酒菜的。吴半斤夹着烟卷坐在石磨上，吐着淡蓝色烟圈，琢磨着怎样出这口气。拴咬金的那根铁链子散乱在地上，一头系着铁橛子，链子环让雨水浸泡得锈迹斑斑了。吴半斤看着锈铁链，咬金的形貌又浮现眼前，悲恨从心头起。

秦八死后九凤没给过二村长饭吃，二村长沦为了野狗，渐渐肉也薄了，毛也卷了。寻不到吃食，饥肠辘辘地游走在街巷里，四肢无力，两眼散光，没了先前狗王的八面威风。为了能填饱肚子，二村长开始向村人乞怜了，谁给口饭吃会向谁摇尾讨好。一点都不像秦支书的狗了。秦支书要看见二村长这副卑贱相，也会伤心死的。

吴半斤用半块烂肉诱惑了二村长。二村长哪记得它与吴半斤有仇。二村长吃着肉块，吴半斤往二村长身上撒硫磺硝粉。事先吴半斤准备了一根干树枝，树枝前端缠了布条，布条蘸了几滴柴油。吴半斤撒完硝粉，点燃树枝上的布条，挑着接近了二村长。二村长意识到危险逼近已经晚了，身上嘭一声着起火焰，瞬间成了一只火狗，惨叫着从巷子里狂奔出去，喉咙里还噎着半块没嚼碎的烂肉，叫声比叫春的母狗发出的声音还难听。一条污水沟意外地救了二村长的命。等二村长从水沟里湿淋淋爬出来，它身上黑黢黢的蒸着水汽，像刚从路边炸弹袭击中侥幸逃生的伊拉克平民。文珍跟吴半斤说："秦八都死了，就不要跟他的狗一般见识了吧？"吴半斤瞪眼："你个娘儿们说话不走脑子，秦八是闭了眼看不见了，那么多人的眼可都睁着呢。"吴半斤话说得云山雾罩，文珍听不懂，摇着头去了菜地泼粪。稀粪本该泼在菜根儿，心里装着事，都泼在了菜叶上，又不敢跟吴半斤说，提着清水又去泼菜叶。

　　吴半斤的手段让卖豆腐的老周看在眼里，老周倚着豆腐架子嘻嘻笑。老周是十里八村有名的周豆腐，得这个绰号不只因老周做豆腐卖豆腐，还因老周脾性跟他卖的豆腐一样，软，稀溏，用力一捏就碎了。老周的女人秀芹是个胖子，整天提着猪潲水邋里邋遢，秦八是看不上的。这点老周心知肚明。过去秦八对老周客客气气，也经常买老周豆腐吃，见了面还要喊老周一声哥。老周对秦八总是敬而远之。按理说这俩人无仇可结，可仇偏偏就结下了。

　　不为别的，为一块豆腐。说来三年前了，那天老周挑着豆腐挑子，很晚才从外村卖豆腐回来，架子上还剩一块豆腐。做好豆腐，老周先在乱石窖吆喝，本村卖过了再去外村卖。那天豆腐卖得不顺，架子上这块豆腐实在卖不出去了。看看天色将晚，挑着挑子，老周回了乱石窖。一路上老周都在盘算这块豆腐，可挑回家撒上盐腌咸豆腐，或切成片晒豆干，也可热锅烧油葱花炸锅炖一锅豆腐汤。但编炕席的篾匠睡土炕，一块豆腐里有着老周的辛苦，也就不舍得吃了。进了村天有些黑了，家家都吃过饭了，豆腐也卖不动了。可老周还想碰碰运气，沿街挑着挑子走着吆喝。影影绰绰，对面走来一人一狗，从走路的姿势上老周断定是秦八跟二村长。老远秦八就说："哥，别吆喝了，豆腐我买了。"老周见是秦八就说："一块豆腐，哪能让村长掏钱呢，送了送了。"秦八一边摸钱一边走，摸出个一元硬币捏着。走到豆腐挑子前，老周正用铲子铲豆腐往塑料袋子里装。秦八说："不麻烦了，不麻烦了，就吃就吃。"老周说："村长还没吃饭呀？可惜卤酱没了，豆腐没个咸淡吃不出味来。"秦八把硬币丢在了老周皮裰子里，铲起豆腐撂在了一块石头上，回身吆喝二村长吃豆腐。二村长闻了闻豆腐，哼唧着走开了。秦八喊二村长，二村长又乖乖地回来了。秦八要二村长接着吃，二村长伸出舌头舔了舔，一屁股坐在地上，仰脸看着秦八不肯吃。秦八捋着狗毛对老周说："妈个巴子的，还择食，肚子里吃出油水了。"领着二村长走开了。石头上那块豆腐烧老周的眼。老周抬脚踢碎了，用铲刀敲着豆腐架了说："一块豆腐看出人心呀，这块豆腐我老周舍不得吃，秦八给狗了，狗却不吃，看来我老周还不如狗。"又敲几下豆腐架子说："哪是买豆腐，这是拿豆腐羞臊人。"按理说秦八买豆腐付钱不赊不欠，豆腐是人吃还是狗吃与老周无干了，偏老周是个爱在肚子里转小心眼的人，豆腐就不是豆腐了，成了臊人的狗屎。就为一块豆腐，老周跟秦八的仇结下了。

　　烧焦的毛皮还没长出新毛茬，老周把冒着红火的木炭，硬是塞进了二村长嘴巴。这其中费了多少心思拐了多少个弯，只有老周自己知道，旁人无从知晓。炭火烧焦了二村长的上下颚，还有舌头，连续几天龇牙咧嘴不吃不喝，摆出一副狰狞相。其实并不是真正凶相，是疼痛让它的嘴巴无法合拢，上嘴唇掀着像翘棱的锅盖，盖不严，跑气漏风。

六

田地里的庄稼还没完全收回家，九凤就要把家搬去柳城了。在乱石窖的房子和家具，能卖的九凤都卖了，也不打算再回到乱石窖来了。秦八生前在柳城置下了楼房，还三室一厅的。九凤用一个夏天做了装修。搬家那天，九凤从柳城雇来了搬家公司。其实没什么可搬走的了，变卖得差不多了。请搬家公司是给乱石窖人看的，秦八死了，可他的女人和儿女还要洋洋洒洒地走。九凤牵着二村长来找皮五。吴半斤跟老周先后出手，乱石窖人竞相效仿。二村长开始了受虐的日子。刚长出新鲜的毛茬，前腿让谁打断了一条；没过几天尾巴又被剁掉了，先是淋淋漓漓淌着血，不几天感染化脓又淌起了黄水；左眼红肿充血，老用前爪子抓挠，走路跑偏老往墙上撞，估计那只眼也完蛋了……几个月下来，二村长让村人祸害成了一只带死不活的癞皮狗。

病得气息奄奄的二村长是让狗绳拖来的。九凤说："老五，这狗你杀了吧，我不能带它去城里，它要是活下去，还不知要受多少罪。"皮五接过狗绳拴在门前榆树上，要翠枝儿给九凤拿钱。九凤说："钱就不要了，看在你跟你八哥交情的份儿上，你杀它时刀子利索点，让它少受点罪就是了。"

搬家车打皮五家门前过，二村长忽然来了精气神，拼命地绷紧了绳索。车了扬长而去，转过路口不见了。尘烟散去，二村长脖子让绳子勒着，嗓子眼儿咝咝响，前腿勾着，后腿撑着，身子直立，好像一根枯杇的树桩。这根树桩没立多久便倒下了，皮五抢起镰刀头，在二村长后脑勺上猛击，二村长嗷嗷叫着倒在地上抽搐。狗命是极其顽强的，抽了几分钟，二村长又摇头晃脑地活过来了。

　　皮五喝了四两小烧，喷着酒气找皮小五。皮小五已是个六岁的男孩了。皮五喊过皮小五说："你去胡鼓乐班家找胡大喇叭借面锣，满街筒子敲锣，嚷嚷，就说你爹要杀二村长了。"皮小五人小鬼精，知道惹不起酒后的皮五，去胡大喇叭家借了锣，提着，四处乱敲一气。皮小五敲着锣走到哪家，哪家伸头探脑地问："小五，真要杀二村长？"皮小五清清嗓子，说："哪能不杀呀？九凤姨把二村长送给我爹了，我爹是个屠夫，总不能把二村长当爹养着呀。我爹要我喊你们去看他耍刀子，他要把二村长大卸八块。"村人说："你这小屁孩跟谁学的，说话一套一套的，还这么噎人，话里藏刀。"皮小五说："当爹养的话可不是我说的，我娘也问我爹是不是真要杀二村长，我爹就这样对我娘说的。"村人神秘地凑到小五耳边，悄悄地说："小五你傻蛋呀你，你不是皮五的种，秦八才是你亲爹，你亲爹死了你不哭，反倒幸灾乐祸，帮着皮五杀你亲爹家的狗。你真不是个东西，是个十足的小傻蛋。"皮小五说："我要是小傻蛋，你们就是大傻蛋，我是在皮五家炕头落生的，皮五养了我六年了，皮五还能不是我亲爹？"村人嘻嘻哈哈："小屁孩是个吃屎的货，你回家问你娘翠枝儿，你是皮五的种还是秦八的种？"皮小五说："我是谁的种都得给皮五喊爹，有爹喊还管是谁的种？给谁喊爹我就是谁的种。"村人不耐烦地说："小五你四六不分，你走开，我们不去，杀条狗有啥好看的，还要打麻将呀。"皮小五沮丧地往前走，走了几步，想起什么，回头补一句："我爹说了去的都有狗肉吃啊。"人们的嗓子里很轻地"咦"了一声，很轻，还是让皮小五听到了。

　　皮小五嘿嘿笑，小肩膀一耸一耸。又前街后巷地敲了一圈，提着锣就回了。

　　门前已聚集了二十几个人，嚷着打麻将的都来了，不知来看杀狗还是为吃口狗肉。翠枝儿沏了一桶茉莉花茶，围观者每人手里端着瓷碗喝茶水，七嘴八舌，呛呛呛呛。村人李狗说："皮五你杀狗不去请姜大牙呀，他代理着村长呢。"皮五酒劲正浓，说："让我去请姜大牙？亏你想得出，他那两颗大门牙比二村长的都长。"听皮五这样说，村人都去看二村长的牙。二村长身子瘦了，牙却没瘦，上嘴唇翻着，两颗犬齿让人敲了一颗，剩下那颗龇着，依旧锋利如锥。李狗笑起来，村人们也扑哧笑了。村人李狗说："你小子说话嘴损，小心姜大牙听了把你牙也敲了去。"

吊起二村长前皮五用细绳勒了狗嘴，让二村长挨刀子割还不能叫。屠刀都是锋利无比的，皮五偏选了一把钝刀子，刀口有些卷，刀子越钝，畜生就越遭罪。二村长挂在树上，咬着舌。皮五俨然成了这场乡间审判的主角，一人身兼监斩官与刽子手，龇着牙说："趁二村长还没死，谁有仇都诉一诉。"村人咳了咳，噗噗吐几口痰水，七嘴八舌地数落了起来。这数落起来不打紧，原来不只皮五跟秦八有仇，似乎全村人都跟秦八有仇。细听这仇也不全是跟秦八的，打秦如海那儿这仇就结下了。赶集卖杂货的陈白眼说："一刀子下去这畜生就蹬腿了，那多没意思，皮五你杀了半生狗，今儿个得杀出点新花样来。"皮五问陈白眼："白刀子进去红刀子出来，心口戳个窟窿，血水咕嘟嘟冒，还能有啥花样？"陈白眼喝口茶水接着说："你不觉得一刀子捅死了，太便宜这狗东西了？多捅几刀子才出气解恨。秦八是支书，它又不是，它凭什么搞得跟个支部书记似的，吃香的喝辣的，花的还不都是村人的血汗钱。"村人集体附和："多捅几刀多捅几刀。"收鸭毛的秃三在人群里发话："二村长平时狗仗人势，步子迈得跟秦八一个样儿，全村子的狗都围着它转，找母狗还挑挑拣拣，一双狗眼全不把村人放在眼里，依我说，五哥你先剜狗眼，再剁狗腿。"村人有些激愤了，又都附和："剜狗眼，剁狗腿。"皮五红涨着脸说："剜狗眼就剜狗眼，谁让它狗眼看人低。"晃晃刀子又说："剁狗腿就剁狗腿，谁让它走路迈方步。"做粉条的八斤是个小流氓，他说："五叔你先把狗鞭狗蛋切下来，那东西活狗时切，炒着吃口感就鲜，狗鞭狗蛋大补。"皮五挥着刀子哈哈笑："就切就切，二村长把一村的好母狗都霸占了，切它的鞭，取它的蛋，让它转世投胎去做狗太监。"

皮五四下里看看人们，都不再说什么了，紧了紧皮围裙。手起刀落，一刀剜下狗左眼，又一刀剜下狗右眼……刀光闪闪，血光四溅，人们纷纷叫好，夸皮五好刀法。这是皮五屠夫生涯里最不照路子杀，也是杀得最解气的一只狗，他把二村长给活剐了。

吴半斤要阿青抬来两桶酒，放在皮家门前给村人喝。阿青把狗血喷头的皮五拉到一旁，阿青说我们吴总不要别的，就要二村长的一张皮。皮五挠了头，不明白从不做赔本买卖的吴半斤，为何要拿两桶酒换一张癞皮狗的皮。皮五算了账，两桶酒能买五张好狗皮。

皮五屠狗，姜大牙始终没有露面，也没有一个姜姓人到场。送走了村人，皮五酒也醒了，想起借着酒劲骂姜大牙牙长似二村长的话，心虚得很。秦八在世姜大牙不过是个小角色，在村里给秦八跑跑龙套而已。如今不一样了，代理着村主任，来年民选十有八九要扶正的，那时姜主任的威风就要抖起来了。打发翠枝儿跟皮小五收拾残局，皮五拎着狗鞭狗蛋进了屋。在盆子里清水洗净，放到案板上细细切片，又切葱丝蒜片姜末，捅开灶火，用心烧了一道爆炒狗宝。出门看看天色，把热菜装进铝皮饭盒，提起来出了门。不走街巷中间，只贴着墙根儿黑暗处溜边。像个贼人。走到姜大牙家院外，推门进了院子。

姜大牙正一个人喝酒。大牙女人雪梅找来一副碗筷，招呼皮五坐下吃喝。皮五连连摆手说："不了不了，吃过了吃过了。"捧着饭盒奉上，又说："村长，尝尝这道菜，这叫爆炒狗宝，用的二村长的鞭跟蛋，以前老秦老让我弄这玩意，驴的，马的，牛的，凡是畜生的阳物他都要，名义上给二村长吃，到头来都进了他嘴里。"皮五知姜大牙跟秦八关系不错，话里没直呼秦八，改口叫老秦，透着恭敬。姜大牙只顾喝酒，连理也没理皮五。皮五咽了口唾沫，嘴巴贴到姜大牙耳际，裹着狗肉腥味的热气哈进姜大牙的耳窝："村长，你趁热吃吧，医书上说吃啥补啥，别看这东西不起眼，夜里你跟嫂子亲热，就知道有多带劲了。"姜大牙还是不说话。皮五心里没了算盘，站在那里捧着饭盒子直嗑牙花子。不多时脑门儿见了汗了，搓着手说："村长你倒是说句话呀。"姜大牙剥颗盐水煮花生丢进嘴里，头也没抬，慢悠悠地嚼着说："皮五呀，今后你别叫皮五了，改叫皮小丑好了，叫起来跟皮小五还合拍。"皮五龇牙说："那听起来是兄弟，不像父子。"姜大牙抠着塞进牙缝里菜叶，说："好像你们是真父子似的。"这话说完姜大牙没当个事，皮五脸上挂不住了，一刀子捅到了皮五的软肋。又不能发作，只好忍着。姜大牙接着说："看这一下午把你折腾的，又是拿刀子又是见血的，乱石窨不够你耍的了，眼里还有没有我这个代理村长了？"皮五想笑一下，脸皮却越发绷得紧，连忙说："哪能呢。"姜大牙鼻孔里哼了一声："没啥事赶紧回去歇着吧，这东西你拿回去自己吃，我姜大牙这两颗门牙比二村长的还长，可没口福吃你这口好菜呀。"皮五心凉下去半截，不是姜大牙没把他的好儿当个好儿，是没想到这么快就有人把他的话放出卖了。一顿狗肉算是白请了，都他娘的进了狗肚子了。雪梅看场面有些僵，在姜大牙肩头上打了一下说："二两酒喝下去你就找不着北了，好歹五兄弟上门来给你送菜了，说明五兄弟心里装着你呢。"姜大牙不哼不哈，依旧喝酒吃菜剥豆。雪梅转而又对皮五说："五兄弟你先回吧，别把你姜哥的话放心上。他就这么个人，刀子嘴豆腐心，痛快痛快嘴就舒坦了。"

皮五就回了。他提着饭盒有些犯晕，走着走着发现不是回家的方向，辨了辨，拐弯去了秦八的坟地。深秋的夜冷飕飕，皮五出门前没穿厚衣裳，这会儿酒劲完全过了，感觉出冷了。皮五把一盒子菜倒在了坟窝子里，点指着秦八的墓碑说："到头来这口东西还是落你死鬼嘴里了。"皮五在秦八坟前笑了几声，深更半夜，阴风习习，笑声掺着鬼气，像夜猫子进宅。

一顿狗肉加上一句话，皮五把人心看透了，从此瘟头瘟脑的，村人说，皮五那天晚上在秦八坟前招来了没脸的了。没脸的在乡下指的是屈死鬼一类的冤魂，专找夜行人附体，折磨得人魂不守舍。翠枝儿听了隔壁罗婶子建议，去瓦罐庙看香火。看了几回，捐了几次功德，皮五的精神也不见好，照例瘟头瘟脑，还落下个爱叹气的毛病，有事没事好打个唉声。皮五该杀猪时也去杀猪，该劁猪骟马就去劁猪骟马，捎带着贩卖羊狗皮。只是杀猪手上失了准头，捅不到猪心上，一刀子下去猪还在案板上扑扑棱棱，惨叫不止，刀口不小却不见多少血。连着再捅几刀子，猪好歹躺在案板上不吭气了，脖子下肉却杀烂了，血都汪在膛子里。猪主人疼猪，也疼那半膛子猪血，脸色煞白，喘匀气骂皮五："二村长跟你有仇，我家猪可跟你没仇啊，它就一条命，用不着捅那么多刀子。"找皮五杀猪的少了。劁猪骟马也干不好了，牲口尻子里的东西老是弄不干净，到了发情时节，挤过蛋丸的公货该老老实实的才对，不行，照例该爬背的爬背，骑身的骑身。主人提着锤子刀子剪子来乱石窖，非要把皮五给骟了不可。贩卖皮货眼力倒还可以，翠枝儿便要皮五放下屠刀去贩卖羊狗皮。就这样皮五从屠夫改行成了个皮贩，走街串巷吆喝："羊狗皮换钱嘞……"

皮小五成了全村孩子的出气筒，每天鼻青脸肿地从外面回来，皮五也不问。翠枝儿质问皮五："你整天瘟头瘟脑的，这不管那不问的也就算了，儿子整天在外面遭人欺负，你却连屁都不放一个?"皮五喉结一耸,很夸张地咽了口唾沫,血红着眼。翠枝儿等着皮五的下文。等了半天,才咕噜出一句:"打死他才好,反正又不是我皮家的种。"翠枝儿愣了半晌,拍着大腿说:"皮五你个挨千刀的呀……"皮五又咕噜一句:"该挨千刀的是秦八,不是我。"

七

村党支部书记由镇党委宣委老高代理。老高是从乱石窨走出去的,对乱石窨的情况比较熟悉,镇党委研究决定让老高临危受命。村委会工作暂由治保委员姜大牙主持,实际是代村长,等来年改选产生新主任再交接。乡村有乡村的规则,村人不懂村委组织的产生办法和程序,镇上让谁出来主持工作理所当然就是合法的。

这年冬天,吴半斤给全村人每家发了粮油。吴半斤说:"过年了呀,老亲少故的都跟着沾沾光,我富裕了哪能忘了乡亲们。"白得粮油村人自然是高兴,对吴半斤都恭敬着,领着粮油说着拜年话。来年春天村委会改选,吴半斤跳出来要竞选,这时村人才恍然大悟。吃进去的粮油不是白吃的,选举前吴半斤的弟弟吴三两挨家挨户串门儿。串门儿就是串门儿,坐在炕上唠嗑,却不说选举的事,也不提他哥吴半斤,可三两进了门用意不言自明,哪个会不晓得这背后的文章。竞选大会上,吴半斤跟姜大牙纷纷发表演说。结果选了一轮,吴、姜二人均未过半数。休会三天,重选,吴半斤的票数多了三成,成功当选乱石窨村委会主任。选到最后姜大牙还是个治保委员。落选的姜大牙嚷着要去找县委书记县长,告发吴半斤有贿选行为。贿选事件要查实了,郭书记得挨县委书记县长的批,弄不好还得受处分。老高把电话打给了姜大牙,说郭书记请你来镇里喝茶,有从原产地福建安溪弄回来的上好铁观音。姜大牙吓得缩了脖子，郭书记外号郭黑脸，他哪敢去喝郭黑脸的茶。

丢了村长的姜大牙瞄上了支书。乱石窖党支部书记选举却迟迟不进行。老高跟郭书记提过好几次了，要交班，郭书记说镇党委有特别考虑，秦八刚死不久，乱石窖情况比较复杂，你是乱石窖出来的，那里的情况你最熟悉不过，换个新手当书记镇党委还真不放心，等村委顺利改选再考虑。村委改选结束，吴半斤当选村主任，姜大牙不服选举结果，撒欢炸蹶子要告，闹了个小插曲，可也是个掉进火堆里的小虱子，烧不出多大个响动，最后也缩了脖子不了了之。老高又去找郭书记，郭书记说再等等，也不知道郭黑脸要等什么。就又等了两个月，郭书记把老高叫来，说："那就选一选，不过选举工作由你跟老于共同组织。"老于是镇党委的组织委员，还兼着农经助理。选举那天乱石窖二十三名党员，都聚集在村小学的会议室里。郭书记亲自到会，老高主持，老于做了发言。意外又发生了，当选支部书记的竟也是吴半斤。姜大牙没想到吴半斤也是党员。吴半斤的身份没有弄虚作假，他原是镇粮库正式职工，粮库散伙后组织关系放在了镇轻工业办。这次选举村支部书记，吴半斤把组织关系悄悄转回了乱石窖。直到吴半斤坐在村小会议室里投票，姜大牙才知吴半斤是那只张嘴等着吃螳螂的黄鸟。选票统计完，姜大牙要疯掉了。郭书记亲自坐镇，姜大牙也不敢造次。一年前还是普通村民的吴半斤，一年后成了支书村长一肩挑的村老大。乱石窖三十几年来从秦姓掌权变成了吴氏当家。吴半斤发表了热情洋溢的就职表态发言，弄得满面春光跟上门姑爷似的。

姜大牙原是秦八的人，两次选举都败在了吴半斤手下，这俩人该老掐架才对。姜大牙脑子灵便，见木已成舟，很快做了根墙头草，主动跟吴半斤修好关系，没多久俩人就穿一条裤子了。最不该和好的两个人尿到一个夜壶里去了。

吴半斤用酒换回二村长的皮，围在了门前电线杆子上晒，远看像二村长正搂着电线杆子往上爬。等到吴半斤担任支书，狗皮晒得也脱毛了，左一疙瘩右一疙瘩，腌臜不堪如生癞疮。不久吴支书家院子里多了一条狼。村人大惊，说："支书你养啥不好，咋养条狼啊你？"吴支书哈哈笑说："真是土老帽儿，那是什么狼呀，那叫哈士奇，西伯利亚雪橇犬，是原始的古老犬种。这种狗是北极狼的后裔，跟狼的 DNA 相似率达到百分之九十九，不过再相似也还是狗不是狼。"吴支书的解释太弯弯绕，村人听不懂，什么 DNA 啥的，拿来唬人的，分明是一只野狼嘛。村人们不怕狗却怕狼，路过吴半斤家酒坊门前都绕开走，嘱咐小孩子玩耍时也离吴家酒坊远点。

吴支书把酒坊扩大了两倍，还在工商局注册了商标，酒名就叫"吴半斤"。吴半斤酒业的电视广告在县电视台黄金时间段播出，正在争创全省白酒行业知名品牌。到了年根儿了，村人等着吴支书送来粮油。除夕接神的炮仗都满天响了，吴支书也没动静儿。不送粮油，在台上竞选时的承诺，光天化日乾坤朗朗，红口白牙说的该算个数吧。村人期待着吴支书兑现那些承诺。村人又等啊等。等到的是吴半斤酒业聘请了总经理，吴支书不怎么过问酒厂的具体事务了。吴支书的兴趣转移了，他在西山坳里围了个院子，建了个獒园，养了十几只凶猛的藏獒。吴支书也不大去村委大院办公，他经营起了狗生意。

村人再路过吴支书家门前，会不自觉地站下来，看看围在电线杆子上的二村长的皮。狗毛快脱净了。看着看着，脖子仰得有些酸了。二村长遭剐的场景悠悠浮现。这时村人竟觉得曾让他们恨过的秦八，似乎也没有想象中的那么可恶了。

矿山背尸工

一、面馆开张

宋乔生堪称老君岭矿区最悠闲的人，连三矿区大矿长吴友山也比不了他。矿上杂七杂八的事理都理不清，吴矿长也没个闲下来的时候。宋乔生就不一样了，他既不像那些煤黑子要倒班下井背煤，也没有矿口管理者们整天操不完的心。井下有了死人了，宋乔生的生意也来了，他背上工具箱下到井下，把死尸拾掇到井上来，钱也就进了腰包。本来二矿区属敛尸工七麻子的地盘，七麻子的老爹前几日死了，七麻子回家奔丧料理老爹后事，赶巧井下又出了事，七麻子把电话打给了宋乔生。宋乔生从三矿区去了二矿区，帮了一把七麻子。宋乔生刚从二矿区敛尸回来，到伙房里来洗脸，伙夫老周拍拍宋乔生说：山下开了家面馆，你不去尝尝？宋乔生抹去脸上的水说：扯淡，谁会把面馆开到荒山野岭来？谁吃去？老周说：也是怪呢，好端端来这山洼子里开啥面馆？宋乔生说：八

成脑子真进水了。老周挤着眼，神秘兮兮地：听说老板还是个
女人嘞。

宋乔生骑着嘉陵摩托真去了面馆。在山外正是火爆的饭口，
而老君岭矿区却是地面萧条的时候。矿工都在井下作业，要等
到晚上八点以后升井，山上才会热闹起来。进门前特意看了看
门楣上的横匾：春叶面馆。一整块柞木锯开的板子，原木色，
手书刻字，刻痕涂着绿漆。迎出来的女人不到三十岁，脸蛋，
身段，皮肤，天生美人胚子。

菜单上没有太多菜品，几样面食、小菜，皆家常饭食。在
这山间吃饭的都是矿上的，也很少有那么多讲究，能吃上几样
面食菜品，也算有口福了。宋乔生点了肉丝面，外加红油海带
丝，酒照例是二锅头，二两。吃着面，喝着酒，宋乔生没话找
话。女人说她叫春叶，不是柳城人，河北过来的。聊几分钟，
春叶说大哥你慢吃呀，回灶间拾掇碗盏家什去了。宋乔生心思
走了，本来到面馆来也不是为了吃面，他猜起了这个女人。怎
么没见女人的男人呢。女人刚刚说了，她一个人在老君岭开面
馆。宋乔生斜眼看灶间里的女人想，女人不会是来矿山做那个
的吧？开面馆不过是个幌子。那个是哪个，不用细说也都意会
得到。老君岭里窝着几千号男人，大都离家在外几个月，甚至
一年半载不回家。男人们也有歇工的时候，长时间没有女人的
生活谁熬得住。山外的女人们便抹着香腻腻的胭脂进山了，在
矿工们集中居住的工棚前很高声地说话，说些浮词浪语，也扯
些家长里短，说些山外发生的新鲜事，有时也高声谈论中东局
势，半岛核危机。有哪个矿工有意思了，发短信跟野鸡们约了
地点。草窠里，脱光了，两条白蛇样绞缠。也有在工棚里的大
通铺上，拉个帘子也能把事弄圆乎了。

透过隔间玻璃，宋乔生看着女人挽着袖子洗碗，咋看都不
像那种浮花浪蕊。转念想，哪个做那事的女人走在街上，会让

你看出是做那个行当的。宋乔生又轻声骂：妈了巴子的，这世上啥鸟都有，好好的俊模样干点啥不好，咋偏要干那个呢。片刻又埋怨起了自己，满嘴胡乱喷粪什么？你又没有见过，怎么就说人家干那个的，好好一朵花硬要给人家浇一泡尿，这不糟践人吗。

女人从灶间收拾好了，来问要不要加点小菜。宋乔生好喝酒又没有酒量，二两小烧下肚便头晕舌硬。宋乔生说：你这面馆除了卖面卖菜卖酒还卖别的不？宋乔生在半真半假地试探女人，女人要是做那个的，卖面不过是捎带而已的收入。若真如此，女人会顺坡下驴，把话题引到她所希望的道儿上去。女人一脸茫然，看样子并非装傻，她真不晓得宋乔生话外的意思。宋乔生借着酒劲拍拍裤腰：哥不差钱，有什么还没拿出来卖的可别瞒着哥。女人说：大哥你说的哪里话，小馆子有的都摆在桌案上了，想吃啥自己下手就是了，哪里有藏着掖着的呢。女人是碗白开水，再试探着说下去也没味了。宋乔生算了账起身走出面馆。

二、井下敛尸

前脚刚迈出面馆门槛，腰里的电话就响了，铃音是流行歌曲《等哥有钱了》，宋乔生晕乎的脑子立时清醒，这铃音独属于矿长吴友山。三矿区井下又死了人，吴友山要宋乔生到山后小窑口。宋乔生像接到了报警的救火队员，跨上嘉陵摩托一溜烟走了。宋乔生喝了点酒，摩托车骑得像只受惊的兔子。山路有些地方很窄，贴着十几米深的沟谷。宋乔生在这条道上骑了无数回，哪怕没有月亮的晚上，仅靠一盏车灯也能轻松来去。沟谷对面是条宽路，翻斗卡车并行自如，宋乔生却不能走，他要去山间隐蔽点，用他自己的话说，"尽干些见不得人的勾当"。

为此他只能冒险走山路，把自家小命儿拴裤腰带上。

宋乔生对老君岭每座山每条谷都了如指掌。到了三矿区山后，藏起摩托车，背着工具箱找到了小窑口。从小窑口进去，沿着这条巷道进到井下，宋乔生前后背出二十几个死人。吴友山手下带班头头儿何旺子靠过来，递过来两张照片。照片上的两个人宋乔生都认识，一个是齐山子，湖北人，一个王孔明，四川人。三天前还跟王孔明喝酒，王孔明操着一口川话说他跟老婆离了婚，儿子要上大学，老爹老娘肺子烂了，看病要花钱，做了几千里的火车，来了老君岭下井当煤黑子。王孔明有点拱嘴，上门牙翘棱着，把嘴唇支起来，天生相凶，人却老实得像只面瓜。人死了也就死了，干他这行要心狠，肚子里要能吞得下刀子。何旺子把一沓钱塞进宋乔生裤腰。他也从来不数，四千块一分不会少，吴友山不会少他的钱。宋乔生说：谢谢旺子兄弟了，改天请你吃烤肉。何旺子说：拉倒吧你，我怕你把人肉穿成串烤了。二人一来一往，说相声似的扯了几句闲话。

顶上矿灯，猫着腰，往巷道深处走。宋乔生也有些发毛，不是怕死人，整天拾掇死人，跟杀猪匠在案板上给死猪煺毛差不多。恐惧来自随时会发生的二次爆炸或是塌方。他下意识地摸摸腰间那沓钱，心渐渐踏实了，宋乔生有个歪理，他认为钱有灵气，能辟邪。出事地在大掌子面底下，十几具尸体横陈。找到齐山子、王孔明，两具尸体都有些烧焦，还可辨认得出眉眼。一分一秒也不敢耽搁，把两具尸首分装进黑色塑料袋，用尼龙绳捆成一捆，再塞进一条大尼龙袋子。出窑前要喝酒，酒度数低了不行，六十度北京二锅头。这酒劲大味正，驱寒暖胃。两个大块头压在后背上，巷道狭窄曲折，没有这口酒走不出去。宋乔生有这手绝活，最多同时背过三具。别的矿区有些敛尸工，比如七麻子，名义背尸，其实是拖死狗，扯着尸袋子往外拖，到窑口外全尸也拖零碎了。宋乔生不那么干，一个窑口里讨生

活的兄弟，拖尸对不起死者。不过背尸出窑前，宋乔生要在尸
袋子上踢两脚，有的敛尸工腰里缠着鞭子，背尸前会念着咒符
鞭尸，据说这样尸首的鬼魂就不会为难背尸的，这法子是敛尸
工的手艺师父们传下来的。

　　背尸出窑，衣如水洗。头上寒星点点，喘口气又背尸上路，
往埋尸点摸爬。抵达埋尸点已然后半夜，挖坑填土，又一阵好
忙，人已几近虚脱。宋乔生从内裤兜里摸出一个塑料包。里面
是张纸片，折得皱皱巴巴。宋乔生蹲在松树底下，借着手机的
微光，详细记下埋尸点及周围标记。这张纸属于绝对秘密，落
在吴友山手里，宋乔生就完蛋了。按这一行当的规矩，敛尸工
是不能记下来的。收好纸片，摸摸腰间那沓钱，取出两张，念
着齐山子跟王孔明的名字，让他们用这钱在通往阴曹地府的路
上打发拦路小鬼，念完了用火机点了。这不是宋乔生头一回烧
钱，看着钱在火光中成灰，宋乔生的罪恶感也轻了些。

三、黑心谈判

　　吴友山能给陈大飞当矿长，他手下的"摆事队"功不可没。
吴友山初来老君岭也是煤黑子一个，后来他发现窑口出事后，
死者家属常把老板缠得头皮疼。他在这上动了心思，能给老板
"摆事"不愁没钱赚。纠集了一伙男男女女，成立了矿山职业
"摆事"队。这支"摆事"队里有打手，有谈判高手，还有能说
会道的女人，专门用来对付死者那些女家属。吴友山的"摆事
队"初次登场，就给陈大飞解了围，以后三矿区窑口出事都交
给吴友山去摆平，再后来陈大飞雇了吴友山当矿长，全权处理
三矿区井上井下事务。

　　宋乔生这头处理完尸体，一场黑心谈判随之会在矿方与死
者家属间展开。矿上会跟死者家属说尸体压在了大山底下，挖

不出来了，矿上会多补些钱给死者家属。死者家属会被安排在
外县，根本不会到达老君岭。谈判组采取车轮战术，轮流消耗
死者家属精力。死者家属外地赶来，亲人出此祸事伤心欲绝，
又吃不得吃，睡不得睡，几天下来折腾得人困马乏，不得已便
会妥协。说是多给补偿，拿到手的钱不会多出一分。这种黑心
谈判在矿区不是秘密，出了事故，矿上要报给县上。没有上级
部门严查，县上会把这些数据封存起来，只发个文，形式上警
告一下。毕竟县上的财政来源主要指着矿山，矿山封了，县财
政负担的近万人工资就发不出。当然事出大了，县上也瞒不住，
要给事故定性，县里往市里报告，市里往省安监部门报告。死
亡超过限定人数，定为重大事故，安监部门要封窑口整顿。人
死多了，矿山要瞒天过海，兵分两路，一路人马向上级部门瞒
报，一路人马派敛尸工抢先下井，赶在安监部门到来前背出
"多余死者"，而后"摆事队"粉墨登场。对于谁会成为"多余
死者"，矿山大多选择外地矿工。外地人家属来此，人生地不
熟，矿上连蒙带骗事也容易做得成。

　　吴友山心狠手黑又耐得住性子。出多大事都能做到处变不
惊，该吃饭吃饭，该喝酒喝酒，该去蝴蝶巷找女人还去找女人。
他信得过手下的"摆事"队，天塌下来，也尽可以四平八稳地
花天酒地。找宋乔生背尸是个例外，他信不过别人，必要亲自
办。这事关乎谈判成败，甚至矿山前途，走漏不得半点风声。
知情者还有何旺子，何旺子对吴友山忠心耿耿。吴友山待宋乔
生不薄，他在工棚有个单间，这在矿区算得上高干待遇。

　　宋乔生也寻鸡作乐，但不像那些背煤的，要在山间野地滚
草窠。他有私密空间，尽可能把那事弄得像那么回事。每摆平
一个事，吴友山会让何旺子给宋乔生送来欢乐消费卡，这卡是
在劳务费之外对有功之人的犒赏。所谓欢乐消费卡，是柳城蝴
蝶巷一家洗脚城的。说是洗脚城，做的还是染"色"生意。宋

乔生来自农村，深谙物尽其用的道理，才不会用欢乐消费卡让妹子们捏脚，实实惠惠地找个妹子睡，舒坦死了。

四、学艺敛尸

宋乔生家在兴绥县一个叫苦土瓦的村子。十八岁来老君岭矿山，初来乍到，下井背煤当煤黑子，黑咕隆咚背了八年，后来遇见了师父柳河川，学得敛尸手艺。师父柳河川握有秘方，能配置防腐剂。矿上死了人，一时半会儿解决不完后事，山里又没有太平间，只好请敛尸工给尸体打防腐剂，集中在秘密阴凉处停放。能学来敛尸手艺，是宋乔生救过柳河川的命。那次柳河川下井敛尸，出事地是条新打通的巷道，吴友山要宋乔生给柳师父带路。那是他头一回目睹矿难现场，尸骨横陈，人体器官七零八落，胃里翻腾要吐出来，忽然听见头顶有异常响动，借着矿灯光芒扫视。他下井快八年了，鬼精着呢，怕要发生塌方。柳河川正跪在地上把炸烂的器官归拢到一处，细微响动并没惊动他。宋乔生本可以自己跑，他没有，冲到柳河川身后，来不及搭话，抓住柳河川祆领子往外扯。没扯出几步远，头上土石轰然塌下，柳河川一条腿压在了土方下。宋乔生顾不上柳河川疼痛，硬把那条腿拽出来，把柳河川夹在腋下往外跑，背后坍塌声不绝。来到安全区域，二人惊魂未定，但总算捡回了两条命。柳河川残了腿，成了柳瘸子。老柳感激小宋救命之恩，问宋乔生想不想学敛尸手艺。想了一个晚上，宋乔生拜了柳河川，在柳城一家馆子请了席。柳河川花半年光景带出了宋乔生，自己卷了铺盖离开老君岭，回了锦西县老家三义庙喊丧去了。

宋乔生娶雪娥那年二十四。婚后没在家住几天，几年下来雪娥肚腹平平。这期间宋老爹突发心梗过世，从小又没娘，老爹死了，家里没了老人，跟雪娥商量把家搬来老君岭。雪娥说死说活也不来，宋乔生只好苦土瓦跟老君岭两地跑。日子没多久真跑出了好结果，雪娥怀孕了。而欢喜了没几天，宋乔生回矿上背煤，雪娥在井台上打水跌了跤，小产了。小产后的雪娥跟宋乔生结了个疙瘩。宋乔生伺候了几天小月子，无奈矿上催逼得紧，便回了老君岭。

回到矿上不久，宋乔生救了柳河川，学会了敛尸手艺。自打拾掇起死人，回苦土瓦，雪娥再不让宋乔生沾边，说宋乔生摆弄死人，晦气。要搂雪娥，雪娥嗷嗷乱叫，弄得宋乔生像个强奸犯。宋乔生走在苦土瓦，村人也绕开走，遮遮掩掩，好似大白天撞见了活鬼。渐渐他不怎么回苦土瓦了，偶尔给雪娥打个电话，寄钱回去。那年冬天，宋乔生回家取过冬衣裳，进门把雪娥跟收鸭毛的柳豁嘴儿光赤溜地堵到炕上。宋乔生提着菜刀，要割下柳豁嘴儿屌蛋，再把雪娥劈为两半。刀举起来了，想了想，又放下了，为一对狗男女行凶犯不着，扬手放走了柳豁嘴儿。喝了点酒，跟没事人似的，骑着嘉陵摩托，把雪娥驮到镇上民政所，办了离婚手续。房子跟几万存款给了雪娥，宋乔生等于净身出户。衣物打了个包，斜背着出了门，到爹娘坟上烧了点纸钱，离开了苦土瓦。熟人都说宋乔生傻，娘儿们跟人家劈腿搞破鞋，离婚还自家净身出户，该净身出户的是雪娥。宋乔生说：这事不能全怪雪娥，雪娥在家守个空房子也不易，不就几个钱吗，再去挣就是了。

五、坡林守望

抽空进了趟城，宋乔生把欢乐消费卡纯粹地捏了一回脚。捏完脚，去逛西街，在军品店买了一只望远镜。宋乔生怕是冒牌货，店主打包票，说是正牌军用，五里外人脸上瘊子麻点也看得清。回到老君岭，在面馆对面山坡松林里挂了吊床。无尸可敛便躺在吊床上，举着望远镜看面馆。军品店老板没撒谎，这架望远镜是个好东西，面客还有春叶都在眼前。这宋乔生几乎不看面客，单看卖面的春叶。望了几日，宋乔生陷了单相思越发不得自拔，心里像块野地丛生了杂草，草芒刮喇得心尖酥酥痒痒。夜里又常想，这是癞蛤蟆想吃天鹅肉。春叶是株野葡萄，能掐出水来。再想想，又觉得没啥，老君岭大名鼎鼎的宋乔生，连只癞蛤蟆还不如？癞蛤蟆尚有想法吃口天鹅肉，堂堂宋乔生还不能喜欢个卖面的女人？

看来看去宋乔生有了新发现。

山外人家吃晚饭的时候，春叶也给自己做了吃食，当然也是面。春叶吃面在灶间，两碗面，一大一小，自己吃小碗，大碗摆在桌上，碗上横着筷。吃着面，春叶口中兀自说话。吃完面，拾掇了家什，又把大碗面端进东屋。东屋是春叶睡觉的地方。接连看了几天，都是同样的情景，看来并非偶然，东屋里一定藏着秘密。

这天下午面馆冷清时，一辆车牌号四个八的路虎越野车，在面馆前停下来。宋乔生顿时紧张，车是大矿长吴友山的。面馆里没有面客，春叶在灶间揉面。见有来客，春叶挓挲着沾满面泥的手迎出来。见是吴友山，明显愣了一下，叫了声什么。吴友山后背对着宋乔生，看不见他的面部表情，从头部姿态来看，他在跟春叶说着话，时不时还笑。看得出来两个人认识。俩人什么关系？朋友？亲戚？看样子都不像。宋乔生忽然想到，要租这几间房开面馆，必要经过吴友山，这几间房子是三矿区老板陈大飞的。过了有七八分钟，吴友山离开面馆走了。而春叶没有送出来，立在原地抿着嘴唇。来客不送非常理，看来春叶跟吴友山有隔膜。春叶该不会是吴友山在外养的小吧，这种事在矿上司空见惯。哪个煤老板在外没有几个女人。老婆三四个，孩子七八窝，这是煤老板家庭的基本构成。吴友山不是大

老板，却也是四个矿口的矿长，相当于半个老板，矿上有他的
股份，养小的钱是不缺的。

从那以后，吴友山经过面馆，都会停车吃一碗面。他也选
择面馆冷清的时间来，一碗面要吃很长时间，跟春叶说很多话。
两个人话说得越来越多，气氛也好起来了，那层隔膜在慢慢破
除。过了一个月，面馆要关门的时候，吴友山来了。春叶迎进
吴友山，从门里上了栓，又把三间房的帘子扯上。吴友山住在
了面馆。后来吴友山越来越频繁地来面馆过夜。春叶是吴友山
的女人了，照理说宋乔生该死心了，借给他十个胆子也不敢碰
吴友山的女人。可宋乔生似乎并不死心，吴友山来面馆过夜，
宋乔生连工棚也不回，夜猫子似的在坡林里守整个晚上。

六、倾诉遭遇

宋乔生这一望就望到了夏末，快入秋了，坡林里再也无法
过夜，又搬回工棚小单间。暗自发了毒誓再也不去坡林望面馆，
等闲下来还是管不住腿，三颠两颠人又在坡林里做贼般向面馆
巴望了。就是在这个节骨眼上，春叶给宋乔生打来了电话。打
这个电话前，宋乔生该去面馆吃面还去吃面，吃完面也不啰唆，
结了账抬屁股走人，跟春叶话也说得少，事先没有半点预兆。
春叶在电话里说：老宋，听说你烟道修得好，面馆烟道像是堵
了，老往回呛烟呀。宋乔生修烟道的手艺从他爹那儿学来的，
矿山伙房的烟道堵了呛烟都是宋乔生修。春叶要宋乔生去面馆
帮忙修烟道，宋乔生也没多想拿上瓦刀铲子就去了。到了面馆
宋乔生才发现，春叶说修烟道不过是个幌子，她把宋乔生骗来
面馆有话要问。

在问宋乔生前，春叶先把与自己有关的都跟宋乔生说了。
原来春叶丈夫半年前死在了井下，成为了吴友山确定的多余死

者。春叶被拖得疲惫不堪，不得已在私了协议上签了字。落笔前春叶提出了要求，要矿上给她在老君岭矿山上找几间房，她要开家面馆来陪着丈夫，等给丈夫守孝三年她再回老家。直接跟春叶谈判的是吴友山，这在过去是不多见的，吴友山基本不出面，都是何旺子他们在前面张罗。吴友山之所以出面，是他看上了春叶。吴友山是个好色之徒，打起了小算盘，赔偿的事还没完，已惦上了新寡的小女人。春叶的要求正中了吴友山下怀，便把山口那三间闲屋租给了春叶开馆子。春叶打定主意来矿山开面馆，起初真是为了陪陪永世不能翻身的丈夫，后来面馆开久了，从面客那里风言风语听到了些闲话，在心里对丈夫的尸首去向起了疑问，再后来得知替吴友山背尸的是宋乔生，春叶便摆下饭菜招待宋乔生，打算从他口中得知实情。

宋乔生说：你怎么把什么都跟我说了。春叶说：我信得过你老宋。宋乔生说：我们可没什么交情，凭什么信得过我？春叶说：你老宋人实，心不黑。宋乔生说：你又没把我心掏出来，咋就知道不黑？春叶说：心黑不黑不用掏出来。宋乔生说：你不怕我把话传给吴友山？吴友山可是我的财神爷。春叶看着宋乔生的眼睛：你在对面坡林里用望远镜望大半年了，别以为我不知道，你心里有我，只不过你怕吴友山。宋乔生有股被剥光了的尴尬。宋乔生说：你什么都知道了，我再藏着掖着也没意思了，我不明白你怎么会跟了吴友山？春叶说：他说我跟了他，他让矿工把我丈夫挖出来。宋乔生摇摇头，很重地叹气。春叶说：我知道吴友山把我骗了。宋乔生说：你什么时候发现他在骗你？春叶说：最近两个月，我催他，他老是遮遮掩掩搪塞我。之后我听到了一些风声。宋乔生说：风声？春叶说：他们要我来问你老宋。宋乔生说：你不要听他们瞎说，我能知道什么？我不过帮人家背尸，给尸体打打防腐剂，在死人身上混口饭吃罢了。春叶死死地盯住宋乔生：你不要也来骗我，我丈夫早挖出来，让你们给处理掉了，是不是？宋乔生说：你不要听风听雨，死人也是人，抛尸是犯法的，再说天理也不容。春叶说：我在矿山也大半年了，我看出来了，很多法则在老君岭行不通，老君岭有自己的法则。宋乔生说：你连这个都懂，还在这里刨根儿？春叶说：这样说你知道真相？宋乔生说：你不要抓我话柄，我说什么了，我可什么都没说。春叶盯着宋乔生：老宋，你不是想我吗？你只消说句实话，今晚上你想怎么样都行。宋乔生绕开春叶，走到门口，又回身看着春叶：你看清了，我宋乔生可不是吴友山。出了门，扯开大步走了。

七、酒后车祸

宋乔生前脚刚走，吴友山就来了，喝了不少酒，车开得有点离谱，进门喊春叶闭店，快些烧炕铺被子。进了东屋仰躺在炕上，拿腔拿调地唱着小情歌，歌词里间杂着吴氏淫词秽语。春叶在剥蒜皮，没搭理吴友山。吴友山躺在炕上，半天没等来人，又来外间屋看究竟，见春叶依然剥着蒜皮，从身后把春叶给搂紧了。春叶去打吴友山的手，打不开，一口咬下去，疼得吴友山一跳多高，用嘴巴吸手背上的血水，吐在地上：你真下死口咬呀？春叶质问：吴友山，你是不是在耍弄我，什么时候能把人挖出来？吴友山坐在椅子上，掏出烟来吸，春叶上前把烟给打掉了，春叶说：你回答我。吴友山有些躁，在矿山，除了老板陈大飞，没人敢这样跟他说话。他盯着春叶说：你疯了？春叶说：我疯了又能怎样？你坏得满肚子流脓水，从里到外坏透腔了。吴友山说：怎么突然说起这样歹毒的话，我吴友山不管对别人怎样，对你春叶可是实打实的好。春叶说：留着你大矿长的好心眼儿吧，哪天我要发现你把我骗了，我让你不得好死。吴友山说：你威胁我？春叶说：随你怎么想，狗急了还会跳墙呢。吴友山说：你咬也咬了，咒也咒了，气该出了吧？又来搂抱春叶，春叶推开说：在你把人挖出来前，我不会再让你碰，等你把人挖出来，随便你，就是把我吃了，嚼了，都行。春叶把吴友山推出面馆，把门从里面锁死。吴友山把门拍得山响，等了一阵不见开门，嘴上不干净骂骂咧咧：你以为老子缺女人？气急败坏地踹了几脚门，发动汽车绝尘而去。

第二天，矿上爆出新闻，吴友山酒后驾车，路虎开到了山谷里，亏了路虎车卓越的安全性能才保住了他的小命。这个消息传到面馆，春叶心让小刀子给攘了一下。说实话春叶有点喜欢上吴友山了，若不是缠着丈夫的事在里面，春叶情愿跟他一辈子，哪怕做个地下情人也认了。吴友山这个男人有女人缘，容易讨女人喜欢。春叶想，昨晚要不跟吴友山闹气，他也不会开车离开面馆，车祸也不会发生。春叶跟吴友山的关系在矿山不是秘密，这样反倒没人在她面前说吴友山的事。看米只能去找宋乔生问问关于吴友山的情况了。春叶打了电话，起初宋乔生不接，接连不断地拨，还是接了。春叶把心思讲了，宋乔生说：人转到市医院了，死是死不了，不过近几个月没法来矿山了，矿上暂由何旺子代管，剩下的我也不知道。听说没有性命之忧，好歹把心放下点，春叶接着追问宋乔生：你想得怎样了？宋乔生说：什么想得怎样了？春叶说：你别打马虎眼，你知道我在说什么，你不说实话我就缠住你。宋乔生说：你缠吧，缠到老君岭挖空了，你也休想缠出个子丑寅卯来。

八、大闹面馆

春叶冷静下来细想，吴友山出车祸住进了医院，正好给她创造了弄清真相的好时机。想到这些，她从自责与不安中走出来，把心思用到了探求真相上。她打听清楚了，吴友山管理的

矿口死了人，都找宋乔生处理尸体，丈夫的事宋乔生肯定知道
内情。春叶刚打定主意要从宋乔生这里突破，宋乔生突然接到
了何旺子的电话。吴友山清醒后，把电话打给了何旺子，要何
旺子嘱咐宋乔生把嘴捂严实，还要盯紧了开面馆的春叶。吴友
山从春叶反常的表现判断，她很可能捕捉到了背后埋尸的秘密。
必须让宋乔生守口如瓶，一旦事情曝光，整个矿山面临的风险
是不堪设想的。

先有春叶缠着追问真相，后有何旺子话里藏刀，宋乔生腹
背受敌。他真想逃之夭夭，离开老君岭这个是非之地，哪怕躲
出去一阵子也好。可他还没来得及走，春叶找上门了，众目睽
睽之下，拉着宋乔生就往面馆走。宋乔生五大三粗个男人，让
春叶扯着像扯只小鸡子，乖乖地跟着小女人走了。春叶没把宋
乔生拉去面馆，去了面馆对面的坡林。宋乔生脸烧得差点解开
裤带把头插进裤子，两腿拌蒜，步子也拉不开。宋乔生常坐的
地儿，蒿草踏平了，地面踩得溜溜光，还有一块山石摆在那儿，
当了座椅。吊床在两棵树间没羞没臊地随风悠悠荡荡。春叶让
宋乔生坐在石头上，宋乔生乖乖坐下去。刚挨在石头上，屁股
扎刺似的痒疼，又站起来，春叶又给摁下去，宋乔生只好木木
地坐着，不安地看春叶。春叶盯着宋乔生脸皮：老宋，你是不
是喜欢我？宋乔生嘴皮子打了麻药，两片嘴唇有千斤重，大气
哈不出来，脸憋成了猪肝。春叶说：老宋你也是个男人，喜欢
我你就说，不喜欢也给我个话。宋乔生胸脯起起伏伏，能看得
见汗珠在脸额上往外鼓。春叶说：老宋你喜欢我，可你不敢说，
你怕吴友山，眼下好了，吴友山躺在医院里成了半死人，你不
用怕他了。宋乔生说：吴友山没死，早晚还要回矿山来。春叶
说：还是说了实话了，到底还是怕吴友山，他吴友山不也是一
个脑袋一张嘴，能啃人还是能嚼人？宋乔生说：脑袋跟脑袋不
一样，矿山有矿山的规矩。春叶说：老宋，你痛快说句话，你

喜欢不喜欢我，喜欢我，我不跟吴友山了，我就是你的人了，不喜欢我，你走你的路，我过我的河，我再追问个啥话，也问不到你宋乔生头上。但你别把我看成一个不要脸的贱女人，我跟了你宋乔生，是想踏实跟你过小日子。宋乔生说：春叶，你误会了，我从来没喜欢过你，我宋乔生是个啥我清楚，满手沾着骨头渣子，洗都洗不净，血管里淌的不是血，是鬼气，你春叶是老君岭的野葡萄，我宋乔生哪有那个口福尝个鲜儿呢。春叶说：你说的是实话？宋乔生说，话不由心出，让我下次敛尸死在巷道里。春叶不再追问什么了，眼里汪上泪，这是常下井的人能发的最毒的誓。

宋乔生不怎么爱喝酒，下井背死尸喝酒，为了驱寒气壮胆。这一天，宋乔生在山外喝高了，骑着嘉陵摩托进山。迷迷糊糊想，干脆像吴友山，掉进山沟算了，省得夹在中间难受得要死。嘉陵摩托真摔山沟里，宋乔生定死无疑，嘉陵摩托跟路虎越野车的安全性能，差着十万八千里。嘉陵摩托一路喷烟冒火，竟安然地进山来了。不多时，嘉陵摩托在春叶面馆前停下。面馆里没有人吃面，春叶正忙着给自己下面，她还没吃晚饭。不喝酒宋乔生人模狗样老实得像个大面瓜，喝大了就不是宋乔生了，凭空长了气魄，有点阳谷县武二哥的架势。进了面馆，拉把椅子坐下，打了个很响的酒嗝，拍着桌子嚷饿，要春叶上酒上菜上面。借着酒劲，宋乔生把桌子拍得要散了架。又嚷：酒要好酒菜要好菜面要好面，哥不差钱，不赊不欠，人品酒品皆为上品。春叶一听宋乔生口里闲话多了，估计这人酒没少喝。宋乔生在外间屋大喊大叫，春叶没搭理，有意晾一晾他。喊了几次见春叶没理他，宋乔生脸上挂不住了，摇晃着来到厨间。

春叶关了灶火，把宋乔生堵在了厨间门口。宋乔生等于一脚门里一脚门外：哥要吃面，你咋不搭理，啥时欠过你酒钱？你去打听打听，宋乔生啥时候吃饭不给钱？春叶拍拍手上的面：

你想多了，面都卖光了，去别处吃吧。宋乔生眼睛越过春叶肩膀，落在了厨间里小圆桌上，桌上摆着大碗面，灶上铁勺里还有新煮的面条。他说：桌上灶上都有面，凭啥说卖光了？春叶说：面馆是我开的，卖不卖面别人管不着。宋乔生真喝大了，要放在平时，以宋乔生的面瓜性子万不会胡来。他说：那要这样说，我今儿个还非要吃碗面不可。春叶让宋乔生只轻巧地拨拉一下，人就闪到了一边，还趔趄了一下。宋乔生直奔桌上大碗面而去。那只碗大得有些离谱，顶一只小号盆子。大碗里的面冒着尖，上面盖着翠绿的香菜叶，香菜叶上压着卤牛肉块，汤里飘着红油油的辣椒。这碗面有个名字，叫酸辣牛肉卤面。宋乔生还未端起大碗，猛听背后有东西抢过来。要是宋乔生没喝酒，他能躲得开，酒后手脚发软，背后挨了个正着。原来春叶见拉不住宋乔生，又差点摔倒受了委屈，情急之下端起灶上大勺，拍向了宋乔生后背。一把大勺并不能把宋乔生打怎样，要命的是锅里盛着热面，刚关火，一锅热气腾腾的面汤浇在了宋乔生后背上。

宋乔生在医院里趴了二十天，后背落下了碎鸡蛋壳状的疤痕。当外人没法说是春叶给烫的，这话不好说出口，只说酒后滋事跌热汤锅里了。人们听了这话就笑，哪有跌锅里不烫前心烫后背的。春叶心里过意不去，看得出宋乔生是个好人，跟吴友山不是一路。这事虽是宋乔生酒后引起，毕竟有春叶缠着问埋尸的事在前。于是关了面馆去医院照看宋乔生。宋乔生在床上趴着撵春叶：春叶你别来了，让人看见多不好呀，我倒是没什么，对你影响可是不好。春叶不走，刷拖鞋洗背心，打水打饭，像个小媳妇伺候。宋乔生说：春叶你别心里过意不去，这事赖我，你让我自作自受去。春叶说：你别捡着便宜卖着乖，我都不怕谁说啥，你怕啥？怕吴友山？宋乔生说：我怕他？俩肩膀扛一个葫芦瓢，能啃人还是能嚼人？谁怕谁呀？这话一出口，春叶扑哧笑了，说，这句话说得还像个男人。

宋乔生嘎巴嘎巴咬牙，有话说不出的样子。春叶说：有话你就说，别牲口似的嚼口。宋乔生老想问春叶一个事，又不知怎么开口。见宋乔生嘴里含了热茄子，想说又难启齿，春叶猜到了八九分，就说：你想问那大碗面的事吧？宋乔生点点头。春叶停下手里的活，坐在宋乔生病床前，给他掖掖被角：他是去年端午节前天那场塌方砸死的。说来不怕你笑话，一场医疗事故，他的睾丸被摘除了，再不能生育。我们跟医院打了四五年官司，使了所有的钱，最后官司还是败了。我说算了，他却咽不下这口气还要上诉，打官司需要钱，吃饭穿衣也要钱，为挣钱快些，他经人介绍出关来了老君岭，不想刚来三天就死在了井下。这是他的命，生来注定该死在老君岭。他在家时最爱吃我做的面，尤其爱吃酸辣牛肉卤面。每天吃饭我都做两碗面，他一碗我一碗，摆在桌上，我想让他的魂儿闻着面香，回到面馆来跟我说说话。春叶说不下去，把脸仰起来看着天花板，泪珠转呀转呀，一低头，还是滚下了，春叶伏在床边无声地哭。宋乔生动了情，眼里热热的：他能娶你这么个有情有义的女人，死了又何求？春叶哭了半晌，擦了泪，起身把洗好的毛巾搭在晾衣架上：算命的说我命硬，克夫呢，想想还真是。宋乔生说：那都是骗人的，别听算命先生胡说八道。

出院那天，春叶问宋乔生：你去哪儿？宋乔生说：还能去哪儿，回工棚我那小单间。春叶说：你跟我回面馆吧，顺便从城里买张单人床，我睡东屋，你睡西屋，你去还能给我壮壮胆。宋乔生笑笑：你不怕我睡不着觉，半夜敲东屋门？春叶说：你老宋不是那样的人。宋乔生说：看得清瓜皮看不清瓜瓢，没准我真是那么个主儿。春叶看着宋乔生的脸，有些动情地说：你宋乔生要真是那样的人，这辈子我也认了。

九、夜半祭夫

宋乔生没去面馆住，回了工棚他自己的小单间。安监部门查得越来越紧，出了事矿主大都将死者转移到外县处理。化妆、穿衣、打防腐剂也都由外县的人来做。宋乔生的生意越来越淡。他倒不怎么在乎生意，挣够一碗面能填饱肚子就行。宋乔生每天都来面馆吃面，春叶不要他的钱，宋乔生说你不要钱我就把面给你吐出来。春叶见宋乔生铁了心给钱就收了，不过总要给宋乔生多盛些小菜，一碗面也是一碗半的面量。春叶看宋乔生无所事事，给宋乔生说：你别去干那生意了，和我开面馆吧。看看面馆里没有外人，宋乔生半真半假地说：我算你啥人？再说，在矿山一天就卖那几碗面，能够两个人活？她捶了宋乔生一下：瞅你个死样子，算我男人行吧？挣多多吃，挣少少吃，咱要塌下心来弄面馆，我想了，咱加上电话订餐送餐服务，估计生意也淡不了。第二天宋乔生当真就来面馆帮忙了，和面揉面倒潲水桶，俨然成了春叶面馆大当家的。春叶呢，切面，煮面，配面汤，再把一碗碗面端给面客。往山上送餐的活也是宋乔生的，路也熟，嘉陵摩托又发挥了余热，宋乔生成了城市里的快餐男。不过到了面馆关门闭户，宋乔生还回工棚住。

这天节气是小雪，面馆冷清，宋乔生吃菜灌酒，喝得七八分醉，外面星斗初上。宋乔生说：我带你进山。春叶换了御寒衣裳，锁了面馆门，跟着宋乔生走进了矿山深处。七拐八绕，走了有两个小时。在一处崖壁下，拱起一个不太起眼的土包。宋乔生说：想哭就哭几声，不能弄火，火光扎眼。宋乔生躲到崖壁下一块避风石后面，靠着石头闭眼养神。女人的哭泣伴着夜风送过来，把宋乔生的心哭得乱糟糟的。哭得久了，宋乔生绕到春叶背后拉起春叶：我不敢把坟包堆太显眼，山上到处都有吴友山的眼睛，这崖壁上长着手掌状的矮松，是个记号。

回到面馆后半夜了，他们不敢点灯，摸黑对坐。宋乔生对春叶说：经我手埋的坟包有三十五座，死者的名字，还有尸体的特征，死者家属等信息都记录在纸。春叶问：记这些做啥？宋乔生说：我也不知道要做啥，谁都有个家，这些游魂不能老在外逛荡。春叶说：老宋，我没看错人，你是个好人。黑暗中春叶看不清宋乔生的苦笑：在这个地下藏着黑金子的山岭里，最不值钱的就是人的小命儿，甚至一条狗都比人的命值钱。春叶没说什么。宋乔生说：你先打掉牙往肚子里咽，要把这事守死了，漏了口风别说我活不成，你也活不了。春叶说：老宋，我不会把你拐带进来。宋乔生说：现在不是你拐带不拐带的事，我不能让山里那三十五个兄弟，半夜老来抓挠我让我睡不安生。春叶说：老宋你想怎么办？宋乔生说：怎么办？我也没想好怎么办，是疖子总要出头儿，不过眼下还没到鱼死网破的时候，这事得慢慢来从长计议，心急吃不了热豆腐，弄不好，事办不成不说，小命儿还得搭里边去。春叶说：我能帮你什么？宋乔生说，你不要瞎掺和，你好好卖你的面。

有了送餐服务，面馆生意比从前好。春叶跟宋乔生两人整天歇不下手来，但有闲下来，春叶就动了心思。打那天晚上去了后山心就长了草，老想再去看看丈夫的坟，她知道宋乔生不会同意，看坟容易把事情暴露了。纠结了很长时间，还是大着胆子，决定自己偷摸去后山。她跟宋乔生说去城里买点化妆品，晚上住在城里不回来了，要他晚上睡在面馆。宋乔生说：我用摩托把你送上大路，你再赶车进城。春叶说：走几步就出山了，你还要看面馆。她背上包，包里装着麻钱，出了面馆，顺路往外走，走着走着，转向岔到山谷里。挨到夜色四合，吃了几口干粮，拔脚往后山走。上次去在夜晚，又是七拐八绕。刚往后山去，春叶胆子还挺大，后来夜越深，山风越响，心就越发毛。

时令已是深冬，寒气刀刃子般凛冽地割着脸皮。前后都是山，
不但找不到去路，连回路也迷失了。后悔没喊上宋乔生，仗着
胆子撞来撞去，内衣裖湿淋淋的。猛听山石响，以为遇到了野
物，差点喊出来。这时一个声音传来：别怕，我是宋乔生。

　　宋乔生走到近前来，春叶扑过去抱住他，惊魂未定：老宋，
我们回。宋乔生没说话，背起春叶肩上的包，抬脚往前走，春
叶只得在后面跟。等脚步停下来，抬头看还是那面崖壁，崖壁
上长棵矮松，影影绰绰，一树黑影，手掌状，崖下土包包灰突
突，枯草在风里嘶哑地摩擦。宋乔生照例躲到崖壁下避风石处，
躺在冰冷的山坡上，望着天想事。躺了半天，听到的只有山风，
却没有女人哭。坐起来，见春叶在黑暗中给坟拔草锄荒。宋乔
生过来拉住春叶：拔干净了草，土包就成秃子头上的虱子——
明摆着了，谁看都是个坟，这兔子不拉屎的地方，离人家有上
百里，谁来这里埋坟，傻子都能猜出这土包是咋回事。春叶说：
就这样荒着？宋乔生说：不荒着还能咋？还想立个碑？春叶不
说话，宋乔生说：回吧。宋乔生背包在前，春叶在后。

　　宋乔生没把春叶领回面馆，去了春叶男人出事的山头，找
处背风地，三片石搭个小石头窝窝儿，把麻钱塞到石窝里。春
叶问：这里不怕火光。宋乔生说：烧吧，在这山头儿烧，反倒
能迷惑人，何旺子他们会认为我啥都没跟你说，你还蒙在鼓里。
那团火在石头窝窝儿里烧着，春叶像个犯错的孩子，立在宋乔
生面前。宋乔生说：这干吗呀。春叶说：我不该瞒着你去。宋
乔生用手捧着脸说：放在谁头上都是个想。春叶说：可我连累
了你。宋乔生说：还说啥连累不连累的话，我是真羡慕坟里那
个人，都是男人，他可比我强多了，他这辈子遇见了可心的女
人，真是有福了。

十、尸骨还乡

　　刚过完大年，宋乔生说要出一趟门，没有一两个月回不来。宋乔生没说去干啥，春叶也就没问，但她能猜得到宋乔生出门与山里那三十五座坟有关。宋乔生出了老君岭，走了很多个城市，把纸片上记下的死者家庭详址弄清了。等宋乔生回到老君岭，再过半个月节气就要交清明了。宋乔生胡子拉碴走进面馆，吓了春叶一跳。春叶赶忙去后厨给宋乔生煮面，炒菜，烫酒。宋乔生坐在面馆窗前，看着厨间忙活的女人，五味杂陈。吃饱喝足了，春叶给宋乔生打来清水，宋乔生洗了脸，刮了胡子，再照镜子年轻了许多。

　　北方的节气比南方来得晚，老话却说，冻人不冻水了。清明节前三天的晚上，宋乔生突然跟春叶说：你把他的尸骨挖出来，带走吧。春叶没说什么，这是她内心的盼望呢，只是掖在肚子里没敢说出来。宋乔生说：明天晚上你就走，我都安排好了，赶在清明前到家，正好能给他立个坟。春叶哭了：老宋你等着我，立完坟就回矿山来。宋乔生说：走了就别回来了，这不是活人的地方。春叶泣不成声：老宋，你别想跑，这辈子跟定你了。宋乔生把春叶抱紧了，真舍不得这个女人走，可他又最清楚，春叶不属于老君岭。宋乔生说：吴友山出院了，过阵子就要回矿山来，他要回来了，谁也休想把尸骨运出老君岭。春叶说：要是他知道你背后立坟，他不会放过你，你还是跟我走吧，到河北或者回甘肃天水，咱还开面馆。宋乔生说：这山里还有三十几座坟，除了我没人找得到它们。春叶说：你不是画了图还有文字标注吗？宋乔生说：不到鱼死网破，这张纸不能露出来，吴友山不算什么，他背后的势力才大得要命。我要在老君岭待下去，静待时机。春叶说：你在这里只有死路一条，吴友山心黑手狠，何旺子更是条吃肉喝血的豺狼。宋乔生说：
管不了那么多了，你能把尸骨运出去，就没有什么绊着我了。

　　第二天晚上宋乔生去了后山，挖出春叶男人的尸骨，装在
长条木匣里背出老君岭，一辆面包车等候在山外。宋乔生把春
叶跟木匣安顿在面包车上，挥手让司机快些离开老君岭。春叶
哭作一团，临行前跟宋乔生说：老宋我说话算话，安顿完我就
回老君岭来找你。面包车在山路上渐行渐远，宋乔生蹲在地上
捂着脸哭得像个小女人。

十一、离奇矿难

　　宋乔生心里明镜似的，纸里包不住火，老君岭到处是吴友
山的眼线，立坟的事终究瞒不过吴友山。宋乔生抓紧时间画详
图。每座坟都画了一张，地理位置，坟前坟后标志物，又各写
了一封短信，分装进信封里，封好封口，写上收件人地址。又
写了十五封信，都是给各级媒体和省里安监部门的，这些信能
不能起作用宋乔生心里没底，反正有枣没枣打三竿，没准哪封
信见了效呢。

　　刚把信都封好，还没想好什么时候寄出去，手机却响了，
是何旺子打来的。宋乔生心里咯噔一下，首先想到春叶运尸骨
的事暴露了。又一想，不会这么快，何旺子又没长千里眼顺风
耳，吴友山也还没回老君岭来，消息就算长了翅膀也飞不了这
么快。犹豫了半天，还是接了。何旺子说：宋乔生你干吗不接
我电话？宋乔生支支吾吾，说不成句子，好歹编了个瞎话：蹲
厕所去了，没揣在身上嘛。何旺子说：快到后山来，三矿区四
号井又塌了。宋乔生听何旺子要自己去背尸，心里打开了鼓，
怕这里面有诈，别中了这小子的圈套。宋乔生说：我不想干了，
你还是另找人吧。何旺子说：宋乔生你真行，火烧腚眼子了，

你让我找谁去，三矿区向来都是你做。宋乔生说：可我真不想再做了，常下井，弄一身风湿关节炎，睡不着觉疼得嗷嗷叫。何旺子说：宋乔生你别跟我要心眼，是不是差钱？急事急办，我给你加钱。宋乔生说：旺子兄弟，真不是钱的事。何旺子说：宋乔生你长本事了，吴矿长请得动你，我何旺子请不动你？宋乔生说：不是那个意思。何旺子说：不是那个意思你就够点意思。

挂了电话，心鼓敲得愈加响，真怕让何旺子给算计了。想起三矿区四号井下的哥儿们修理工老吕，赶忙打电话过去，老吕说：是塌了，不长时间，传开了，埋了几个人不清楚，估计少不了。这下宋乔生放心了，真有塌方，便可以排除何旺子在耍阴谋。归拢好家什，把铁箱子绑上嘉陵摩托后座，锁了门要走。腿跨上摩托了，想起什么，开门回屋，把那四十九封信用绳捆扎好，揭开东屋墙上一张画，画后面抽下一块砖，把信塞进洞里。这个地方是春叶用来藏钱的，相当于保险柜，外人轻易不会发现。

还是老地方，那个废弃的小窑口。何旺子给了宋乔生两张照片，又塞给五千块钱。宋乔生点出一千，还给何旺子：老规矩，我宋乔生不讹人。何旺子拍拍宋乔生：要说吴矿长没看错人呢。何旺子把钱揣起来，又拍拍宋乔生肩头：伙计小心点。宋乔生说：我宋乔生在老君岭背了这么多年尸了，小鬼儿都不敢招惹我，阎王爷也不收。何旺子说：呵呵，你老宋辟邪呀，哪天我把你老宋的照片贴我家门上，盗贼都躲远远的。宋乔生说：敛尸收费，给你家守门不收费。何旺子拍拍宋乔生后背：别贫了，事做成了我请你喝酒。宋乔生往巷道深处走，转个弯不见了。何旺子面露诡笑，掏出一支小遥控器，自语着：宋乔生，别怪何爷心狠手黑，是你做事不干净。手指摁下去，巷道里传来巨大的爆炸声，烟尘与气浪从窑口冲出来，把何旺子从窑口里吹跌到了窑口外。何旺子爬起来抹去脸上的尘土，他也没料到二十公斤炸药竟有如此大的威力。估计宋乔生连骨头都炸碎了，连根头发丝也难寻见。何旺子闪身进了树丛，再也看不见人影。

当晚老君岭传出了比塌方更大的新闻，敛尸多年的宋乔生死在了井下。矿上很快给出了死因，宋乔生下井敛尸，途中遭遇了二次爆炸。事后矿上的人发现，事先传出的塌方事件并未造成人员伤亡，塌方发生在了一片废弃多年的采空区，从未有人到达那里作业。如此说来，塌方事件有人故意为之，有人把这阴谋与宋乔生的死联系起来，但也只烂在肚子里没人敢说出来。

十二、追问真相

回头说说春叶。那晚面包车出了老君岭，赶在清明当日回到丈夫老家，来不及跟人解释尸骨的事，只说挖出来了，匆忙下了葬。歇下手来，给宋乔生打手机，打不通。宋乔生做着敛尸生意，手机该全天开机，却转到了秘书台。有意躲春叶，还是出了什么状况？春叶又打了许多次，都是小秘书服务模式。春叶有了不好的预感，本想第二天赶回老君岭，偏巧甘肃老家来了电话，春叶父亲脑梗塞住院，春叶赶到火车站回了天水，在医院陪护，直到父亲病愈出院，当晚买了火车票，从天水直接回柳城。

前后折腾下来过去了近一个月。等春叶赶回老君岭矿区，满山苦楝子正开着细碎的紫花，浓香充斥山谷，在风里摇摇荡荡，能把人熏醉。春叶本最爱花香，胃却翻江倒海。从天水回老君岭，一路上对气味变得特别敏感，吐了不知多少回。这些日子忙得疲惫，忘了生理上的事，每个月该来的还没有来，掐指算算，错过了二十几天。春叶吃惊不小，在火车上捂着胸口

想，不会有了吧。在柳城下火车，先去了柳城县医院。女医生
拿着检验单据：是的，有了。春叶算算日子，是宋乔生的，就
想快点见到宋乔生，把这喜讯告诉他。走进老君岭，望见面馆
关门闭户，不祥之感陡增。来到面馆门前，打开门锁，进了门，
乍看是老样子，细看看出了异样，屋子让人搜检过。搜检之人
定不是宋乔生。再拨宋乔生电话，依然转接小秘书。

　　春叶在面馆里寻找宋乔生留下的蛛丝马迹，毫无有价值的
发现，忽然想到藏钱的墙缝，取出一匝信件。一封封看，是寄
往许多陌生城市的，收件人地址写到了某某村屯，不用拆开她
也猜得出，这些未来得及发出的信，是寄给三十四个亡魂家属
的。还有十五封是寄给媒体和安监部门的。看来宋乔生真出事
了，把信重又捆好，塞回墙壁。她要理一理思路，给自己做了
一碗面，吃下去大半碗，又汤汤水水地吐。不那么恶心了，就
去了宋乔生住过的工棚，矿工们都很警惕，问起宋乔生去了哪
儿，都闪烁其词，只说是死了。问咋死的呢？又都往开躲闪，
说：去问何代矿长，我们要吃饭了。春叶说：你们知道的，你
们不敢说出来。谁都不再说话，哗哗洗脸泼水，春叶再怎么缠
问，也没人再搭言。春叶差点跪在工棚前了，矿工们稀里呼噜
吃着馒头白菜汤，还是谁也不说话。

　　回到面馆忽然想起了修理工老吕。老吕是宋乔生在老君岭
最好的朋友，来不及歇口气就去三矿区找。没想到老吕也闭口
不谈。春叶说：老吕你是老宋的朋友，你不能看着他这么让人
给害了。老吕说：谁说宋乔生是让人害死的，塌方能砸死背
矿的，就不能砸死背尸的？常在河边走，保不齐哪天掉河沟里
淹了。春叶说：老吕你说得在理，可宋乔生的死不正常，他死
得太过蹊跷，这里面有阴谋。老吕说：人死都死了，还计较这
些有什么用？老宋的哥哥在协议书上也签了字，抚恤金都领走
了，你跟老宋名不正言不顺，半毛钱也落不到你头上，还刨根

问底有意义吗？春叶说：要不是我，老宋死不了，我这么不闻
不问，离开老君岭，走到哪儿心也不安，老吕你也是，你知道
真相却不敢说出来，你对得起朋友吗？老吕说：老宋是自作自
受，自己找死，他在老君岭这么多年了，不晓得老君岭的浑水
深浅？春叶说：老吕你就告诉我吧？老吕说：你已经害死老宋
了，还嫌死一个不够，还要无辜搭上几条人命？春叶说：正因
为老宋因我而死，我才要查出实情来，你要不告诉我，我就缠
着你。老吕忽然发了脾气：你还有完没完了，你不要命了，不
要把别人的命也搭上好不好？你不想活了，我还没活够呢。放
着吴友山不去问，你来问我？老吕一顿雷烟火炮，把春叶轰得
摸门不着，只得返回面馆。第二天再去找老吕，老吕不在矿山
了，问起行踪，都说不清，只说坐何旺子车走的。

　　没人肯说出背后那个阴谋，报警也不会有用，到处是吴友
山跟何旺子的人，谁来指证吴友山与何旺子蓄谋杀人。难道宋
乔生白死了？不白死又能怎样？宋家人在补偿协议上签了字了，
这一页揭过去，成了过去时。春叶跟宋乔生之间又没有名分，
有什么资格为宋乔生鸣冤叫屈？胃里又翻江倒海，扶着树又吐
了许多汤水，春叶捂着肚子念着宋乔生：老宋你可要保佑我好
好的。那晚春叶睡得很死，连日来心神俱疲，等天大亮醒来，
推开东屋门，吓得险些瘫软在地上，门把手上挂着个用雷管和
炸药制成的土炸弹，有人在半夜摸进了面馆，又把炸弹挂在了
屋门上。春叶脊梁骨冒凉气，总觉得有眼睛在暗里盯着她。等
一身冷汗落了，春叶咬咬牙，把土炸弹在水桶里浸湿，拿到屋
后挖坑埋了，没事人似的擦起了窗玻璃。

　　接近中午，山外驶来两辆车，前面是何旺子的丰田霸道，
跟着的是辆红色 JEEP 牧马人，驾车的是吴友山。JEEP 牧马人
疾驰而过，尘烟飘过来，把春叶刚擦净的玻璃又弄脏污了。车
驶过不久，山里响起震天撼地的鞭炮声，那是矿上特意为吴友

山归来燃放的。

土炸弹和吴友山刺激了春叶，她狠狠地把脏水泼在面馆前，压住飞扬的尘土。

十三、血溅面馆

春叶决定找吴友山算笔总账。

先把面馆开起来，装作什么都没发生。生意又慢慢好起来，春叶跟面客们有说有笑。春叶清楚面客里有吴友山的眼线。JEEP牧马人进山出山，经过面馆门前，春叶会故意站在面馆前，深情目视吴友山扬长而去。她要给吴友山错觉，这个女人舍不下他。估计火候到了，春叶进了趟城，把那四十九封信寄走。然后去了美发店，做了个头。第二天，春叶在路中间等吴友山。JEEP牧马人呼啸而来，吴友山停下车，探出脑袋，看着精心打扮过的春叶。春叶走过去，拉开车门坐到副驾驶座上。吴友山说：眼多嘴杂，这样不好。春叶笑笑：敲寡妇门时咋没说眼多嘴杂。吴友山说：这说的什么话。春叶说：我今晚等你，你别想把我当块抹布甩开。吴友山说：过阵子吧，刚回矿山，老多事等着支应呢。春叶说：我不管你支应什么事，反正今晚我等你，你要不来，我就进城去敲你家门，吴大矿长的家门想必不会太难找。吴友山在外拈花惹草，婚还没有离，春叶戳住了吴友山的软肋。吴友山说：你们这些小娘儿们就是贴膏药，粘上就撕不掉。

吴友山来面馆时很晚了，事先喝了酒，这次吴友山长了记性，酒后没有亲自开车。司机送过来，又开走了。春叶备下的酒菜没有派上用场，吴友山进了面馆直奔东屋，把自己剥得精光，打着酒嗝喊春叶。春叶想都没想，进了屋，也把自己扒光了。吴友山翻身上来，把酒气喷在春叶脸上。身下的春叶忽然

问：你们把宋乔生怎样了？吴友山停止动作，说：还能怎样，
该怎样就怎样？又动起来。春叶说：该怎样是怎样？吴友山气
喘吁吁：该怎样就是怎样，要不还能怎样？春叶说：不要跟我
玩文字游戏。吴友山说：我不懂你说的。春叶声嘶力竭：你们
杀了他？忽然掐住了吴友山的脖子，又是声嘶力竭：你们是不
是杀死了宋乔生？吴友山喝了酒，又对春叶没有防备，一时竟
不得反抗。吴友山脸越来越青，嗓子里咝咝作响。春叶毕竟是
个女人，没多久，手劲渐渐松下来，吴友山得到了喘息的机会，
挣开了，反过来把春叶压在身下，拿过枕头捂住了春叶口鼻。
吴友山喊：弄不死的小贱货，弄不死的小贱货。春叶的手抓到
了事先藏在褥子下的刀子。那是宋乔生送给春叶的蒙古刀，让
春叶用来防身的。春叶抓住刀柄，凭着直觉刺向了吴友山。吴
友山惨叫一声，枕头撒了手。春叶拨开枕头，刀子疯狂地在吴
友山身上乱刺，直刺到筋疲力尽，再看吴友山已气绝多时。

　　春叶浑身鲜血淋淋，攥着蒙古刀子，啊——啊——啊，惊
恐地叫。满屋子血腥味让她一阵一阵发呕。她忘了穿衣，身子
还那样光着，坐在血水里，刀子丢在地上。也不知过了多久，
只觉大腿间有热热的液体流出，借着灯光，见大腿内流下红液。
那血在身下汪开来，盖住吴友山快要发干的血。这流下的血是
宋乔生的骨血。当春叶意识到这血意味着什么时，她赶忙用手
去捂，却捂不住，血越流越多。她推开窗子，向着对面坡林喊
宋乔生。湿重的空气把她的呼喊吸走了，冷风灌进屋子，驱走
了一些血腥气，她的身体也随之在冷风中开始了战栗。

一盏麻油灯

货郎沟柳条家的麻油灯，一直亮着。麻油吱吱烧，灯芯积了炭，火光暗下去。娘喊小儿子柳条去拨一拨灯火。柳条窝在炕头替哥擦三八大盖。擦着，擦着，柳条学哥打枪的样子，托起枪瞄碗柜上的麻油坛子。柳条正瞄准呢，娘喊他拨灯芯。柳条嘟囔着嘴，埋怨起了娘。柳条说，都是娘打岔，不然我也崩碎了一个小鬼子的脑壳了。娘哧哧笑起来，说，柳条，瞄油坛子不算啥，有能耐崩碎几个小鬼子的乌龟壳。

柳条擦的三八大盖枪，是哥从鬼子手里夺过来的。柳条听娘这么一说，来了兴致，问娘，你啥时候也让我去当兵，我也想学哥那样威武，去敲小鬼子脑壳。娘说，等你长到碗柜那样高，娘就放你去当兵。柳条听娘这样说，忽地蹿到地上，赤着脚站在碗柜前，和碗柜比身高。一比，还矮着碗柜一拳头。柳条失望地耷拉下脑袋，抱着枪蹿上炕，丢了兴致。

灯火暗淡得不行了，娘催促柳条快点拨

火。娘说，你哥后半夜就要随队伍开拔了，娘得把这双棉鞋缝出来。娘的话柳条没听进去，嘟着嘴不搭理娘。娘一笑，挪过身子，亲自去拨灯芯。灯火重又亮起来。娘估摸时间不早了，加紧了穿针引线，麻绳拉出了一股风。

屋门一响，门外闪进来一个膀阔腰圆的后生。娘没抬头，听脚步声，就知道是大儿子柳树。柳树站在地中央，灯火在窗纸上映出了一个巨大的黑影。柳树说，娘啊，不是说不要你缝吗？眼睛又不好，熬瞎了眼睛就看不见亮光了，好日子在后面呢。柳树转而又对柳条说，老二，哥不在家，你得看着点娘，可别让娘再这么点灯熬油的了。

柳条不理哥，嘴巴撅老高。柳树一看小老二生着气呢，问娘，娘，小老二撅着的嘴巴子能挂个秤砣不？娘嗤一声又笑了，说，岂止挂一个秤砣，能拴头驴。娘和柳树一起哈哈笑起来。柳条也憋不住，跟着娘和哥一起笑起来。

娘说，柳树，快坐到炕头焐焐手。柳树没坐到炕头上去，而是将手伸到了娘屁股底下。娘坐在炕上缝棉鞋，屁股下压热了。娘打柳树的手，说，多大了，还惦记娘的屁股底下。柳树嘿嘿乐了，说，娘，你咋不说老二，他还钻你被窝呢？柳条臊红了脸说，娘，你看看哥，还战斗英雄呢？娘说，柳树，你背上枪像棵酸枣树，打起仗来像头豹子，咋就在娘眼皮子底下长不大呢？柳树吸溜一下鼻涕，说，娘，在你屁股底下焐手焐惯了，没娘的屁股，手还真焐不热。娘说，出门打仗，手冷了咋办？总不能把娘的屁股也带着。柳树说，娘，在战壕里摸爬滚打，子弹在头顶飞来飞去，哪顾得上冷啊热啊的。

娘的屁股用上了劲，柳树就觉得手暖暖的。

柳树又对炕上擦枪的柳条说，老二，哥走后，你可要照看好娘。柳条把枪递给哥，拍着胸脯向哥保证，没问题。娘缝好最后一针线，咬断麻绳，托着两只棉鞋，仔仔细细地端详。柳树说，娘，我要走了，天亮前得赶到伏击地点。

柳树从娘手里摸过一只鞋就要穿。不想，娘夺了回去。娘说，儿子，今儿晚上，你就踏踏实实坐在炕沿上，老老实实让娘把这双棉鞋给你穿上。柳条也帮娘说话，说，哥，你就听娘的吧，娘叨念一晚上了，要亲手给你穿这双鞋。柳树乖乖地坐到炕沿上去。娘蹲下身子，脱下柳树脚上几乎烂掉的单鞋，穿上崭新的棉鞋。

娘给柳树穿上一只鞋，念叨，穿娘鞋，翻战壕，小鬼子，打不着。

娘给柳树穿上另一只鞋，又念叨，穿娘鞋，翻战壕，小鬼子，打不着……

伏击战结束后的第二个晚上，柳树被一个游击队员送回了货郎沟。柳树牺牲了。娘又一次点起了麻油灯。柳树躺在炕上，脸色乌青，身子冻成了硬邦邦的一坨。子弹穿过的地方缠着纱布。白色的纱布叫血染透了。紫红的颜色，和黑夜一般。娘在忽明忽暗的灯火下，看着死去的大儿子。娘说，柳条，去烧一锅热水，娘给你哥洗身子。柳条咬着嘴唇，双眼贮满泪水。看着哥一动不动地躺在炕上，这个十六岁的男孩子体味了死亡的含义。柳条到院子里，摸黑抱来一捆干柴，在灶下引燃了。亮光从灶口照出来，在灶间划出一块明黄色，像一盏麻油灯。

娘给大儿子脱衣服。娘解开柳树的衣扣，摸到了儿子凉滑滑的胸口。娘的手在儿子的胸口来回抚摸，仿佛要找到一丝活着的体温。无奈，柳树全身都是冰冷一团。

娘想起了十年前，给男人柳百顺擦身子的情形。货郎沟管贩牲口叫走牲口，柳百顺就是个走牲口的。那个狗年月，小日本已在东北横行霸道了。柳百顺到关里贩驴归来，赶着三头驴，刚出山海关进绥中县城，三头驴就让日本兵劫了。柳百顺说了一箩筐好话，到头还是挨了日本兵一顿枪托。鼻青脸肿的柳百顺，被日本兵拉到宪兵队，给日本人杀驴。那三头驴是柳百顺亲手杀的。杀了驴，柳百顺还要给日本人煮驴肉汤。到后来，日本兵敲着柳百顺的脑门儿，呜哩哇啦骂了一顿娘，才放了柳百顺。受了日本人侮辱的柳百顺，连家都没回，半路上投了郑桂林将军的义勇军。后来，柳百顺在九门口战斗中，被日本人的炮弹炸死了。柳百顺的尸体运回货郎沟，柳树娘也是在这盏麻油灯下，清洗了柳百顺的身子，干干净净地埋掉了。

水开了。柳条找来洗脸的盆子，又生怕盆子里沾染了污泥，脏了哥的身子。于是，柳条拿清水涮了一遍又一遍。娘没哭，柳条也没哭。柳条不是不想哭，是不能哭。哥走前嘱咐过柳条，在家照顾好娘。哥走了，柳条成了家里唯一的男人。柳条一哭，娘就会更伤心。柳条在心里对自己说，不能哭，要好好照顾娘。

柳条洗净了盆，舀了一瓢开水，再舀一瓢冷水。柳条端着一盆冷热适中的清水，来到娘的近前。娘正拿梳子给哥梳头发。哥的头发里沾满了泥土。娘一根头发一根头发地翻，一粒泥土一粒泥土地捡。柳条在娘的身后说，娘，水来了。娘像是没听见柳条的话，依然给柳树梳着头发。柳条就没再打扰娘。悄悄地将水盆放在娘的身边。灯火暗下去了。柳条没用娘提醒，拿起拨火棍，拨去了灯芯的积炭，将灯火拨得很亮。拨完火，柳条蹲到娘身边去，给娘打起了下手。

娘给儿子穿上了柳百顺生前常穿的衣裤，整整齐齐的。柳树干干净净地躺在炕上，一尘不染。头枕在娘盘起的大腿上，脚上穿着那双棉鞋，仿佛不是死掉了，是累过头儿了，暂且在娘的怀里歇一歇，偷走一点娘的体温。

麻油灯烧到了深夜。柳条拨了几次火，火苗依旧奄奄一息。

娘说，老二，别拨了，该添油了。柳条跳下地，到碗柜的坛子里舀一匙子麻油，添到麻油灯的肚子里。火光又亮起来。娘是要给大儿子点一晚上的长明灯。娘儿俩坐在灯下，看着火光一闪一跳。

柳条说，娘，不要怕，我来照顾你，我答应了哥的。娘看着柳条，听着老儿子充满男人味道的话，发现柳条一夜之间长大了。娘腾出一只手来，像抚摸柳树的胸膛一样，抚摸起了柳条的脑袋。娘说，柳条，你想当一个像你哥一样的英雄吗？柳条说，娘，我想。可是，娘，我当不了英雄了。娘说，为啥？柳条说，娘，爹走了，哥走了，我是家里唯一的男人，我得替爹和哥照顾你一辈子，我答应了哥的。娘说，傻老儿，娘不用谁照顾，娘想让小老儿也当个英雄。

娘儿俩叽叽咕咕，说了大半夜的话。不知不觉间，远处传来了头遍鸡啼，一壶灯油也快熬干了。

娘下地翻箱倒柜，给柳条找出一件过年才穿的干净衣裳。柳条说，娘，这衣裳等我回来穿吧。娘说，傻老儿，新衣不穿，压在柜子底下也烂掉了。柳条就直挺挺地站在地上，让娘给穿上过年才穿的干净衣裳。

寒冬腊月的辽西，黎明前是浓得化不开的一团黑墨，冷风是一柄杀人不见血的刀子。

村口，柳条和娘迎着刀子站在黑墨里，等送柳树回村来的游击队员。怕引起注意，麻油灯提在娘手上，没点。娘忽然跑回家去。柳条不知道娘想起了什么，跷着脚看着娘灰黑色的影子进了村，很快又从村里跑出来。娘手里捧着哥穿的那双棉鞋。鞋上还沾着哥的污血。娘说，柳条，你这一走，山高水长，娘来不及缝一双合脚的鞋给你穿了，带上你哥的这双鞋，等你长高了，脚长大了，就拿出来穿。柳条说，娘，这鞋还是给哥穿去吧，土里冷，看冻了哥的脚丫子。娘说，傻老儿，你拿着这鞋，看见鞋了，就看见了爹，看见了娘，看见了哥……好老儿，揣着它。

娘将沾着大儿子血的棉鞋塞进了老儿子远征的行囊。柳条说，娘，我一定会在个子长高了，脚板长大了，穿得起这双鞋的时候，回到您身边来。您也要好好活下去，到那时，您要像给我哥穿上这双鞋一样，给我也穿上这双鞋。

娘已经说不出话了。

天亮前，柳条跟着游击队员走了。柳条走在高大的游击队员的身旁，显得那样矮小。娘泪眼婆娑地说，傻老儿，娘眼不瞎，娘何尝不知道，你还没有长到和碗柜一般高呀……小儿子走远了，娘还站在那里，一直高高地举着那盏没有点燃的麻油灯，仿佛是要给小儿子照一点火亮。

接年饭

　　姐姐枣花在前面走，弟弟山枣跟在后面走。枣花挎了一个荆条筐，一件旧棉袄把荆条筐捂得严严实实，筐里是一碗热乎乎的接年饭。天咋这么黑呀，黑得结结实实，没有一星星亮，没有一丝丝光，脚底下黑咕隆咚的连个道眼也瞅不准。姐弟俩一前一后摸瞎黑在山路上走。路不平，磕磕绊绊。道上散落着一地石头瓦块，姐弟俩就把山路踩得哗啦哗啦响。风呼呼刮得刺耳，枯柴烂叶漫天飞舞，打在脸上噼噼啪啪疼得挠心挠肺。关东人常说，腊月天风冻地三尺，冷的山，冷的树，冷的路，冷的空气——风裹着寒将大年夜的山梁冻成冰冷一体。姐弟俩顶着风，在寒夜里走上山梁，两个孩子被黑色和寒冷淹没着，荆条筐里那一碗接年饭温热着。

　　"姐，我冷。"山枣在后面说。

　　"挺一挺就到了！"枣花在前面应。

　　"姐，我冷，你让我把手伸到筐里焐焐吧！"

　　枣花说："山枣，出门咱咋说的，不管咋冷，这碗接年饭都不能冻凉了，凉了奶奶咋吃？”

　　枣花说得很体贴，话里没有带上责怪的语气。山枣在后面不说话了，裹紧了衣袄，跟在枣花屁股后面，深一脚浅一脚的朝山上走，脚下磕磕绊绊，踩得山路哗啦哗啦响。

　　天确实太冷了，冻得人伸不出手脚。走着走着，山枣在后面又说：“姐，我还是冷！”走在前面的枣花停住了，放下荆条筐，两腿夹住筐沿，枣花怕一阵风把筐吹翻了。枣花看不清弟弟的脸，看不清寒冷将弟弟冻成的表情。黑暗中，枣花抓过弟弟的手。枣花的手和山枣的手一样凉，可山枣还是觉得姐的手热乎乎的，带着暖人的温度，在这样一个夜晚，自己的手让姐姐抓着就是暖心暖肺的舒服。枣花把山枣的手夹在手掌中间，两只手用力地搓山枣的手背。山枣的手热了，手一热心也暖了。山枣说：“姐，我也给你搓搓吧。”山枣学着枣花的手法，给姐姐搓手。枣花的手也热了，手一热心也跟着暖了。

　　“走吧。”枣花重又挎起荆条筐。山枣说：“嗯，姐我不冷了。”枣花和山枣又继续往山梁上走了。枣花在左边，山枣在右边。枣花的左臂弯里挎着荆条筐，右臂弯里挽着山枣。天还是黑，黑得仿佛四下里啥都没有，只有两眼一抹黑，只有一口看不到边摸不到沿的黑锅底。温度极低，冷得直往骨头缝里扎。

　　山枣说：“姐，你说娘今晚上能回来吗？”山枣两眼深深地望向远方。其实天地间只有黑，眼前除了飘浮着混沌的一团浓墨，其他的啥也看不见。山枣还是执拗地要看，看不见也看。枣花没有吱声，领着弟弟往山上走。枣花想，今天晚上怎么就这么黑呢，今晚上是大年夜，大年夜应该亮亮堂堂的才叫大年夜，大年夜的天咋还这么黑呢?! 天咋这么冷呢? 每年这个时候，已经能嗅到一点春的味道了，今年却比真正的三九天还冷得邪乎。枣花和山枣今晚上算是见识了什么叫冷。寒气在撕扯大地，那声音像是拉大锯，又像是凿冰面。哧拉一声就是一条缝子，嘎巴一声就是一道口子，哧拉哧拉一下下，嘎巴嘎巴一声声，大地就裂开了，左一条缝子右一道口子，填不满也糊不严。山枣说："姐，天咋这么冷呢？"这个问题枣花回答不了，只顾挽紧了山枣，顶着风往山上走。

筐里煨着的那一碗接年饭还热着，枣花捧出来放在一座新修的坟前。山梁不高，树木很盛，荆条杂草疯长得很密，风刮得满山坡草木呼呼啦啦就响得十分瘆人了。坟不小，焦黄的土茬。枣花将那碗饭放进坟前三片石头搭成的坟窝里。筐里有一截白色的蜡头，枣花将蜡头栽在饭碗前。风太大了，火柴划燃一根被风吹灭了，划一根被风吹灭了。山枣凑在枣花身边，用身子给枣花挡风。火柴擦燃了，黑黑的山坡上忽然就有了一线暖人的光亮。枣花小心地将火柴移到蜡烛前，白蜡一跳一跳地烧起来，光亮也大些了，把坟窝里那一碗接年饭照得清清楚楚。而这么大的风，一颗小小的蜡火是着不长久的。风一吹，蜡就忽地一下灭了。山又黑了，黑成一个大锅底。风不让蜡火着长久。枣花只好将那截蜡栽在荆条筐里，这下又点着了。筐身有缝隙，风钻过荆条缝隙，吹得蜡火吃醉了酒，摇摇摆摆，没多大工夫忽拉几下又灭了。枣花急得就差掉泪了。今儿个晚上是大年夜，奶奶活着的时候，年夜是必吃一碗接年饭的。奶奶眼花，没个亮儿黑灯瞎火的这饭可咋吃？不吃接年饭，那叫啥过年呀？！枣花无论如何也得把这截蜡点起来，让坟前亮起来，好让奶把这碗接年饭顺顺当当吃下去。

风啊你慢慢吹还不行？

让枣花把这截蜡点着还不行？

就让奶吃下这碗接年饭还不行？……

枣花对着奶奶的坟不住地念叨。风依然无动于衷，肆无忌惮地刮，呼一下，呼一下，刮起来没完没了！

　　枣花将上衣脱下来，围住荆条筐，围出一个南瓜状的大灯笼。这回好了，风该吹不灭蜡火苗了。枣花麻利地擦燃了火柴，点着了灯笼里的白蜡。红红的蜡火透过衣衫，映在枣花的脸上，被冻得紫红紫红的脸被蜡火映得好看。风打透了枣花身上的棉袄，枣花随着风的节奏开始一阵一阵地发抖。枣花跪在坟前，山枣也跪在坟前。

　　枣花说："给奶奶磕头吧！"

　　枣花和山枣在坟前给奶奶结结实实磕了三个头。

　　枣花说："奶，吃吧，不吃就凉了！"

　　山枣说："奶，吃吧，不吃就凉了！"

　　奶奶没回应，蜡火一跳一跳，忽明忽灭，照着坟窝里那碗饭。枣花看着奶奶的坟，山枣看着姐姐的脸。满山是推不开搡不动折不断揉不碎的黑漆……山枣说："奶睡在土里，不冷吗？"枣花说："冷，奶睡的是凉地，没有人给奶烧炕，又没被子盖，身子上压着冻土，奶咋不冷！"

　　白蜡快烧没了，筐底结了白白的蜡油。待那蜡烧尽，枣花没有将衣服重新穿在身上，而是把自己的外衣连同裹饭的旧棉衣，一起用石头压在了奶奶的坟头。山枣说："姐，奶还冷吗？"枣花说："奶还冷！"山枣就也脱下了自己的外衣，像枣花那样也盖在了坟头。

　　沿着来路，两个孩子下山了。姐姐在左边，弟弟在右边。姐姐的左臂弯里挎着空空的荆条筐，右臂弯里挽着弟弟。看不见两个孩了的脸，满山依然是推不开搡不动折不断揉不碎的黑漆一片。

　　弟弟说："奶能吃到接年饭吗？"

　　姐姐说："当然！"

　　姐弟俩往山下走，路不平，磕磕绊绊，踩得碎石哗啦哗啦响……

　　三年前，一辆敞篷卡车拉走了枣花的爹和娘。随着那辆卡车一起走的，还有村子里其他几十个孩子的爹娘。枣花的爹娘随着招工的卡车外出打工了。半月后，娘来信儿了，他们在广州一个建筑工地做工。那年，枣花十一岁，山枣九岁。爹娘走了，枣花和山枣与奶奶一起过。没了爹娘在身边，日子变得寡淡了。从那以后，枣花和山枣同村子里其他几十个孩子一起，掰着手指成天到晚掐算日子，盼爹，盼娘。村子原本叫青石岭，这个名字传下好久了。崇山峻岭中一个山窝窝，青石岭就是山窝窝的底。近来，青石岭被部分山里人改叫望娘山了。村里几十个有娘的孤雏们，每个晚上都会结队爬上出村的山口，踮脚望向通往山外的路，等爹，等娘。孩子们每天跑上跑下，把青石岭跑成了望娘山。

　　爹和娘已经有两个大年夜没有在家过了。枣花想，今年爹和娘会赶回来吃接年饭的。前两年的年夜，都是奶奶煮的接年饭。眼瞅着第三个年来了，腊月里奶奶却突然被一场急病收走了。枣花和山枣哭成一片。姑姑赶过来，埋葬了奶奶。几经周折，奶奶去世的讯息告知了爹和娘。人已经下葬，再急着赶回来，几千里的路程已没有大必要。冬天的风寒是一天紧似一天，放羊人的狗皮帽子将耳朵捂得严严实实，这个冬天是出奇的冷。枣花和山枣就开始盼望着爹和娘回来一起过年了。姑姑来接枣花和山枣去过年。枣花不去。山枣也不去。枣花说她要等爹娘回来过年。姑姑说，枣花你这孩子，你别执拗，南方下大雪了，爹和娘就是想回也回不来。枣花还是不信。姑姑还是硬把枣花和山枣接走了。过了腊月二十三，农历的小年，枣花和山枣就待不下去了，枣花一心想回家。挨到年三十的傍晚，枣花和山枣给姑姑留了字条，偷偷地回家来了。枣花和山枣要回家等爹和娘，等爹娘一起吃顿接年饭。

进门第一件事便是煮接年饭。山枣找柴火，枣花刷锅。山
枣烧火，枣花淘米。天黑了，风刮得凶巴巴的。十几天灶下没
起火星，屋子到处都是冰凉一片，山墙上挂着厚厚的一层白霜。
热气满满飘了一屋子，白霜化了，哗啦哗啦顺着冰冷的泥墙往
下滑。玉米秸秆在灶下化成烫手热的草灰，一锅接年饭煮好了。
香气飘了满屋子。按照关东乡下风俗，人过世了，活人要连续
三年在大年夜给死去的亲人坟前供一碗接年饭。爹不在家，娘
不在家，家里只有枣花和山枣。枣花揭开热气腾腾的锅盖，饭
香四溢，热热的，暖人的，诱人的饭香扑了枣花一脸。枣花找
来一个碗，山枣找来一个筐。他们盛了一碗香热的接年饭。出
门了，他们要代爹娘给死去的奶奶送一碗接年饭……

去时，姐弟俩磕磕绊绊往山上走，踩得碎石哗啦啦响……

回时，姐弟俩往山下走，磕磕绊绊，踩得碎石哗啦啦响……

夜深了，风停了，空气中寒冷一如既往。原本寂静的村落
渐渐热闹起来，先是有几家庭院中亮了灯，孩童拿燃着的香头
点炮竹，红红的炮竹在天空的黑漆里脆亮脆亮地炸响，一道耀
眼的电光突然照亮夜空，忽地又灭了，天空重新回到黑漆，炮
竹的大音还在寒夜的山谷中旋转，震颤出美妙的回响。枣花和
山枣在院子里放了好大一堆旺年火，熊熊火焰烧出哗哗剥剥的
声音。接神的炮竹声山里山外地响成一片，热锅炒豆子似的紧
密起来。

枣花在土炕上摆了一张饭桌，桌子上盛了四碗饭，都是接
年饭，白白的米饭里掺杂着颗颗紫红色的蚕豆。枣花和山枣对
面坐着。外面紧密的炮竹声脆亮地炸响又混沌地响成一团。

后来，山枣困极了，歪在炕上睡去了。枣花还是那样坐在
桌子前，望着四碗凉下去的接年饭，没有丝毫困倦的意思。头
顶上一盏灯，将枣花瘦弱的身子在炕上映出一个臃肿的轮廓。

枣花等啊，等啊。小村有一座小庙，无僧也无尼，不知何年何月，庙上挂着一口小钟，钟不大，时日却很久远，饱经沧桑的钟身依然能发出浑厚之音。每个年夜，都会有几个庙上的香客，不约而同地来到庙上，敲响新年的第一声钟。枣花坐在灯下静静地等娘，静静地等新年的钟声。

咣一声，传得老远。

又一声，咣，传得老远……

旧年被敲走了，新年被敲来了，把枣花等娘一起过年，同桌吃下这顿接年饭的梦敲碎了。新年的钟声响过去，枣花静静地取出一个日记本子，那是班主任老师奖给枣花的。枣花每天都要写日记。枣花写下旧年的最后一笔，然后悄悄地合上本子，又悄悄地给山枣盖了被子。一切都妥当了，枣花从一个木匣子里，取出一个碗，那是一个普通的饭碗，和饭桌上盛着接年饭的碗一样的饭碗。枣花熄了灯火。屋子里静静的，枣花悄悄的。枣花躺下来，用那个碗罩住脸。枣花拼命地吸，拼命地吸，枣花吸到了亲娘的味道。那个碗是娘离开家时用过的碗，娘走后，枣花没有洗掉，枣花把它悄悄地藏在一个木匣子里，想娘的时候，枣花就偷偷地拿出来，罩在脸上，狠命地吸，狠命地吸，吸娘的味道。枣花吸得贪婪无比，娘的味道从鼻子进去，在枣花体内打了几个转，最后化作了两行清泪，从眼角倏然滑落下来。

一间屋子睡着了两个孩子，一张桌子摆着四碗接年饭。那四碗饭，是代表团圆与吉祥的接年饭，一碗是给爹的，一碗是给娘的，一碗是山枣的，一碗是枣花盛给自己的。那个女孩子在旧年的最后一页日记上这样写：

> 前年，娘不在身边，我和弟弟吵着要奶奶煮一锅接年饭。

去年，娘也不在身边，我和弟弟帮着奶奶煮一锅接年饭。

今年，娘还不在身边，我和弟弟煮了一锅接年饭，盛了一碗，放在了奶奶的坟前……

黑暗中，这个坚强的小女孩在心里对自己说："硬扎一点，过了年，娘就回来了……"

地 脉

甲

罗先生骑一头小草驴，披一身水雾，去九水坡给万掌柜家踏坟地。罗先生看好了方位，手中青竹竿往四个角土里一戳，硬是戳起四枚生了绿锈的铜钱，更奇的是竹签子尖头正好从铜钱方孔穿过。九水坡人看呆了，万掌柜更是满心欢喜，吩咐管家捧来一托盘白花花的银子。罗先生一脸功德圆满，手中青竹竿轻轻一挥，不要万家赏银，却牵着那头小草驴，驮走了万掌柜奇丑的女儿秋云。

罗天癸牵着草驴，草驴驮着秋云，走上山梁。翻过山梁就要出九水坡了，罗天癸忽然勒紧了缰绳，草驴昂首立在山梁上，噗噗喷了几个响鼻。罗天癸回望九水坡。九水坡地势开阔，庄后三里，绵延而来，横亘一条山脉，山上尽生苍松翠柏，密密实实，遮天蔽日，风雨不透。那山脉犹如龙身，蜿蜒而来，到九水坡东郭戛然而止，山脉之端并非顺势隐入平川，而是陡然翘首，立起千丈崖壁，站在山梁之上，看那山脉逶迤，真好似一条沉睡之青龙。山势如睡龙者不少，别处睡龙都是沉睡而无苏醒之意，九水坡之睡龙地脉奇特之处就在那千丈崖壁，戛然而止成就了龙抬头。顺着山脉来向看，龙脉逶迤蜿蜒，缭绕雾气里也难见尽头。九水坡前一条河水，河道从远处来，并不是直来直去，相反曲曲折折，峰回路转，柳暗花明，弯折恰到好处。

　　驴背上，秋云面罩青纱，别看这个女人面相丑陋，声音却极细极动听。秋云细声细语问罗天癸，你给我家踏下的可是美穴？罗天癸说，美穴。秋云说，可是独一无二的美穴？罗天癸说，独一无二的美穴。微风轻拂面纱，露出秋云满面火疤。秋云用手去捂紧面纱。罗天癸说，摘去吧，娶了你，我就不嫌。罗天癸扬起青竹竿，轻轻拍打驴腚，那草驴撑着四蹄，驮着秋云，悠然下了山梁。

乙

　　罗先生叫罗天癸。

　　锦西县方圆百里，有四位有名的风水先生。胡家窝铺的胡先生，罗家坡的罗先生，陈家岗子的陈先生，谷子坡的谷先生。

　　罗天癸爹娘早亡，吃百家饭长到十二岁，罗家坡遭了饥荒，乡邻日子也过不下去，罗天癸要饿死乱葬岗子了，乌云山清虚观观主太上真人，碰巧路过罗家坡把他救下了。清政府日落西山，内忧外患，土崩瓦解，那年月，民不聊生，庙宇也跟着荒废，清虚观日子也不好过。罗天癸奄奄一息，太上真人撬开罗天癸的嘴巴，灌下一碗米汤，硬是救活了一条命。罗天癸醒过来，眨巴眨巴眼睛，盯着屋顶的几片蛛网，发现自己没死，一个土灰色道人站立眼前。老道和道观一般破，道袍褴褛，面色苍黄。罗天癸挣扎着坐起来，倒头便拜，口口声声谢救命之恩。

日子尽管窘迫，太上真人还是将罗天癸留在了观上。太上真人精于相术，是锦西县一流风水大师。太上真人很少在观上住，平日里走街串巷，给人踏勘风水，借以维持生计，太上真人见罗天癸聪慧伶俐，记性超群，悟性又高，便决心让罗天癸继承衣钵，传授平生堪舆之术。罗天癸从师六年，伴着太上真人走南闯北，长了大能耐，将太上真人的看家绝技学到了手。罗天癸有一手绝活，不用罗盘，单观日月，就能确定东西南北准确方位。

那年秋天，罗天癸刚满十八岁。师徒二人从五顶山踏勘回来，罗天癸放下包裹，抄起扫帚，洒扫清虚观上下，洒扫去了浮尘，清虚观还是一样破。太上真人叫过罗天癸。罗天癸放下扫帚，规规矩矩站立在师父面前。太上真人说，天癸，你已经十八岁了，师父这点能耐，你也学到了十之八九，应该出门闯荡了，今后再有来寻的主顾，师父要你独自出山。罗天癸听完，给师父跪下了。罗天癸说，师父，天癸是不是做错了什么，师父尽管责罚，就是不要赶天癸走。太上真人说，天癸，你什么也没做错，师父也没别的意思，只是师父年纪大了，不比年轻之时，爬山过沟，上坡下岭，耽误事。再说了，你跟着师父屁股后面绕哄，一辈子也没大出息，要想独当一面，就要早些出山。罗天癸见师意已决，就不再说话，默立一旁，听师父教诲。太上真人将衣钵传给了罗天癸，一副罗盘，一个日晷，一张五行阴阳太极图，外加一竿青竹。太上真人说，过凤岭裴掌柜要踏坟地，明日一早，你就去吧。

一夜无话，转过天亮。罗天癸辞别师父，走出清虚观，抄路去往过凤岭。罗天癸头一回独自下山，单枪匹马，加上主家是大户裴掌柜，罗天癸心里直敲鼓。敲鼓归敲鼓，罗天癸没有砸师父名声，在过凤岭出了彩。裴掌柜一高兴，赏了大银子。罗天癸满心欢喜，脸上难掩兴奋，揣着赏银，顶着满天星花，急匆匆赶回清虚观。清虚观大门虚掩，罗天癸走进正堂，堂上空无一人，里里外外，不见太上真人踪影。罗天癸走进师父睡间，卧榻上留有一封书信。罗天癸展开信，信纸微黄，黑色墨迹，清秀柳体小楷，写着四句话。罗天癸读罢，顿时泪落涟涟。

太上真人写道：

> 相地寻脉为人堪，
> 巧断阴阳不为钱。
> 如今传下衣和钵，
> 云游四海从此闲。

太上真人离开清虚观，云游四方去了。观上就剩下罗天癸一个人了。清虚观冷清破败，远离村落，罗天癸独自一人难忍清冷，捆了行李，锁了观门，回了罗家坡。罗天癸少年英姿，意气风发，揣着一身相术绝艺，自然受到罗家坡人礼遇。罗天癸寻到祖上老屋地基，不久就用裘掌柜的赏银，盖起了阔亮的新瓦房。

丙

罗天癸出门为人找风水，只带几样东西，胯下一头灰毛小草驴，手里握着一根青竹竿，背上一个褡裢，褡裢里是罗盘和日晷，还有那张五行阴阳太极图。这几样物件不稀奇，却都是风水先生的法宝。罗盘、日晷、太极图，都还是师父亲传衣钵，罗天癸珍爱如命。出门虽带着这些物件，罗天癸却很少用，得了师父太上真人真传，罗天癸练就了一双法眼，乾、坎、艮、震、巽、离、坤、兑，上眼一搭，肚子里一掂量，眼珠一转，便见分晓了。罗天癸只用一件，就是那根青竹竿，三尺三长，磨成乌亮。相好了方位，眯缝着眼睛，青竹竿往地上一戳，竹竿子尖头就入了土，扎进去足有半尺，乌亮的竹竿立在那里，直挺挺的，像一炷高香。罗天葵吐一口气，对东家说，就是这里了，口气是不容置疑的，表情是功德圆满的。东家便取下竹竿，一面捧着青竹，恭敬地交还给罗先生，一面吩咐家人，在土窝子里赶紧下楔子。罗天葵整日围着罗家坡转，靠着师父传下的衣钵和绝艺，没几年便声名大噪，与胡家窝铺的胡先生，陈家岗子的陈先生，还有谷子坡的谷先生，一同被呼为四先生。

　　四先生各有各的地界，平时不来往，却从来不坏规矩，各自围着各自地界的方圆几十里转悠，谁也不到对方地界上要手艺。前几日，谷子坡的谷先生忽然间就死了，谷先生的地界跟着也就空了，罗家坡离谷子坡最近，罗天葵年纪又轻，出远门不费劲。胡先生和陈先生年纪都比罗先生大，胡家窝铺和陈家岗子离谷子坡又远，两位先生出远门都有点费劲，于是谷先生的地界就归罗天葵了。九水坡原本是谷先生的地界，谷先生死了，九水坡大户万掌柜要给老娘踏坟地，管家就带着掌柜拜帖来请罗天葵了。

　　万掌柜家资巨富，三个儿子两个女儿，三子一女都已成家立业，唯有二女儿秋云，一次意外烧成了满身火疤，相貌奇丑无比，嫁不出门去，成了万掌柜一块心病。踏完坟地。罗天葵没要万家赏银，口口声声要娶秋云。这是万家全然没有想到的，万掌柜不觉喜上心头，当下就应下了。万掌柜一高兴，应允下了丰厚陪嫁。罗天葵婉拒了万家的陪嫁，只用来时的小草驴驮走了秋云。

丁

　　山川不改，一年绿了，一年又黄了，生发与凋零如期进行着，春夏秋冬在无声无息地轮回。十二年过去了。罗天癸五十岁，秋云四十岁，儿子罗太乙也十岁了。

罗天癸给儿子取名罗太乙，本身就充满了风水的味道。罗天癸依然为人踏勘风水，择时选日，找寻上佳地脉。秋云人长得丑，心眼却不坏，里里外外看不出一点富贵人家养大女子的娇气，太乙一天天长大，面孔里颇有了几分罗天癸的姿态。太乙生日这天，秋云在枕边问罗天癸，太乙长大会有出息吗？罗天癸说，小孩子哪里知晓？秋云说，你识阴断阳半辈子，还算不出太乙将来的出息吗？罗天癸说，出息不大。秋云说，太乙不会当大官吗？我要太乙当很大很大的官。罗天癸说，不可能。秋云说，为什么？先生说太乙书念得好。罗天癸说，罗家坡地气弱，找不到好脉，别说太乙，罗家坡也不会有一个大出息的人物，风水管着呢。秋云说，你给人找了一辈子好风水，就不能给自己找一处好风水吗？罗天癸说，吉地美穴必要镶在上佳地脉上，罗家坡在一个乌黑的瓦盆底，四周山峦收尾衔接，看似一条睡龙，罗家坡是应该出真命天子的。实则懂风水的站在最高处，便可看出睡山不醒，将罗家坡围成了一块绝地。罗家坡没有威风的地脉，踏破铁鞋也难寻一处好穴。秋云说，你穿街过镇，应该知道哪里有好穴？罗天癸说，九水坡。秋云说，你说九水坡？罗天癸说，方圆百里只有九水坡有龙脉，那里可以出显赫人物。

话说过去了，早该被雨冲淡了，让灰尘遮住了，叫太阳晒干了，放在嘴里也该嚼不出味儿来了。秋云却记在心上了，罗家坡没有好地脉，九水坡有龙脉，可以出显赫人物。

转眼又是两个年头，太乙长到了十二岁。这一年秋月，万掌柜七十大寿。自从罗天癸给踏了好穴，埋了老娘，万家更现蓬勃之气，各处买卖店铺生意兴隆，日进斗金，万掌柜守在家里就有数不完的银子进账。万掌柜越发赏识女婿罗天癸。罗天癸却很少去九水坡。万掌柜办寿，罗天癸对秋云说，老爷子办寿，你带太乙去吧，宽邦镇刘掌柜请我去，你和老爷子解释一二。秋云说，老爷子还能挑你理吗？你就去刘掌柜家支应，答应了人家的事不能失信。罗天癸说，你和太乙骑驴去，多备几样礼。

秋云骑着驴，太乙牵驴，驮着几样礼品，就去九水坡了。

秋云走后，罗天癸哪儿也没去，关上门，温一壶辣烧酒，坐在庭院里自斟自饮，在秋日的暖阳下慢慢地咂摸。过了夜，翌日清晨，罗天癸起了大早，打了清水，梳洗齐整，往祖宗牌位前的香炉里插香。插完香，芸香洒扫院落。香的清气，从屋里飘出来，整个院子就香烟缭绕了。插完香，罗天癸坐到檐下竹椅上去，烧一锅烟叶，一边吸旱烟，一边望着天。昨夜落了秋雨，院角那蓬粉月季，花瓣零落了一地，一派憔悴损的冷伤。罗天癸忽然打了个冷战，望着那一地落红，仿佛意识到了什么，从藤椅里起身，走到月季花丛边上，将一地细碎花瓣，拾进一个紫色香袋，那是秋云缝的香袋，绣着龙凤呈祥。罗天癸捧着香袋看，不明不白地落下一泡泪来。

戊

万家家仆，赶着一辆青骡子车，来接罗天癸。

秋云死了。

罗天癸听家仆上气不接下气地报告了秋云死讯后，并未显出过分吃惊。

罗天癸坐上青骡子车，跟着家仆走了。到了九水坡，万家从寿诞的喜庆中一下子陷入了悲痛。罗天癸还没有走进院子，就听见了太乙哭娘的声音。管家领着罗天癸到了后院女眷住宅，进了后院，门梁上系着三尺白绫，进出院子的人神情哀默。罗天癸进了停放秋云的房间。屋子里昏暗一片，窗子上遮着麻帘，秋云平躺在炕上，脸上蒙着白纱，就像安详的睡相。太乙扑到罗天癸怀里，哭号着喊着要娘。

管家说，秋云来时好好的，给掌柜拜寿，喜眉喜眼的，和家里人有说有笑，吃过中饭，秋云说要回后院歇歇，丫头翠儿就陪着，到了后院翠儿就让秋云打发回来了，晚饭翠儿再去叫，人就死了。罗天癸没有接管家话茬，掀开秋云脸上的面纱，那张熟悉的脸又呈现眼前。罗天癸发现套在秋云左手上的金戒指不见了。秋云的死相和不翼而飞的戒指，罗天癸便猜出了秋云的死是吞金自杀。罗天癸想起两年前太乙生日的晚上，秋云和自己的那次对话，心里更确定了。

万掌柜也来了。万掌柜眼眶有点肿，脸上有没擦净的泪痕。罗天癸见万掌柜进门，忙抢步躬身施礼，万掌柜拉过罗天癸，说，一家人就不要拘礼了。万掌柜说，要知道一场寿诞，送走了我一个女儿，说破大天也不办呀！罗天癸说，岳父大人，人生一世，草木一秋，生有处，死有地，怨谁不得。倒是给您添了麻烦，搅了老人家大喜。万掌柜说，天癸，只要你不怪罪就好。秋云命苦，走得又突然，指定有一肚子话没说，活着未了的心思，我这个做父亲的替她了了。罗天癸寻思了片刻，说，秋云想九水坡，她恋着万家，就让秋云葬在九水坡吧。罗天癸说完，看万掌柜的表情。按照常理，闺女嫁了人就是婆家人，所谓生是婆家人，死是婆家鬼，去世后也是不能葬回娘家的。万掌柜哪里不晓得这个规矩。万掌柜想不答应罗天癸，话到嘴边又咽回去了。万掌柜有自己的心思，按规矩不应答应，可秋云来拜寿，突然就死在了娘家，罗天癸没在眼前，说不清道不明，罗天癸闹起来万家讲不通道理。万掌柜想到这儿，说，好吧，你选块地，好好葬了吧。

万家撕去大红大绿，抹上大黑大白，高搭灵棚，白色灵幡

在门梁上高挂，让风吹得刷啦啦响得心焦，呜呜咽咽的响器吹
着丧曲，一声高，一声低，里里外外呜呜哇哇，又是一片哭号。

己

　　其他事宜都交给了家仆张罗，罗天癸去给秋云寻找葬身之
地。其实罗天癸早就看好了一块美穴，那还是十余年前，罗天
癸头一回来九水坡，站在那架山梁之上，被九水坡威风地脉惊
住了，便选定下了这块美穴。九水坡庄后三里那一条山脉，蜿
蜒绵长，犹如一条睡龙。那龙眼是闭合的，龙眼闭合龙便是真
睡而不醒，若在龙眼上修坟立碑，那龙眼便睁开了，睡龙便要
苏醒了，青龙苏醒必要腾云驾雾。罗天癸就是一个画师，手握
神笔，十余年前就在九水坡这张画布上，埋伏下至关重要的一
笔——娶秋云，随后他在这块画布上悄悄铺叙了十余年，今日
描的只是最后那"画龙点睛"的巧妙一笔。
　　万姓宗族中人多了个心眼，知道罗天癸是个神乎其神的风
水先生，都怕罗天癸将好地相走，夺了万姓族人的好风水。按
万姓族人心思，是断不会答应将秋云葬在九水坡的。无奈万姓
族人的当家人是万掌柜，万掌柜开口应承下了，族人也就无人
敢回绝了。万姓族人还是偷偷来找了万掌柜，说了心中隐忧。
其实万掌柜也有同样忧虑，不过不能当着族人的面表明而已。
万掌柜说，那就随便给他一块地方，让秋云入土为安吧。
　　族人领了万掌柜意思，便跟在罗天癸后面。罗天癸精明过
人，不会看不穿万姓族人的心思，眼睛一转，计上心头。罗天
癸没有直接开口要他相中的那块好地，而是故弄玄虚，围着九
水坡的庄子转悠。走到一块空场，罗天癸说，就埋在这里吧。
万姓族人说，这块地不成，这里留着修祠堂。罗天癸就继续找，
找到窑厂东面，罗天癸说，这里"五凤朝阳"，就这里吧。族人

说，这里已经让万五爷相中了，百年之后这里要做坟地的。罗天癸又走，到了一眼废弃的水井旁，说此地是"凤栖梧"，吉地，就这里了，族人说，不可，此井是九水坡神井，周围百米不可修坟立墓。罗天癸又接连选了几块地方，都被族人以各种理由拒绝了。

罗天癸不选了，回了万家大院。罗天癸来到灵堂，伏在秋云身上痛哭失声。罗天癸一哭，太乙也悲悲切切哭起娘来了，一时间灵堂里哭声一片，惹得进进出出的人一泡酸泪。罗天癸边哭边数落，那话里便是秋云如何苦命，就这样不明不白死了，死了还没有个葬身之所，等等。"不明不白死了""死无葬身之地"这话传到前院万掌柜耳朵里，便犹如一把锥子，扎在心口窝扑哧扑哧冒血。万掌柜找来管家问，罗天癸何出"死无葬身之地"之言。管家便说了实情。万掌柜开口了，平地不成，就选高山吧。管家将这话传给族人也传给罗天癸，这正中罗天癸下怀。罗天癸心中犹如开了一扇门，止住悲声，出了灵堂，站在庭院中，用手一指龙抬头，就那里吧。万掌柜已经放下话了，平地莫选，高山任择，罗天癸选了高山，族人也就不好再说什么了，都纷纷散去，万家上下依旧里外忙活，张罗丧事。

罗天癸说秋云命苦，死后得风光些，墓要修气派。罗天癸就将秋云先暂时下葬，随后主持修墓。秋云葬下了，也算入土为安了。太乙在土坟前摔了丧盆，丧事也就告一段落了。万家在渐渐褪去的悲伤中慢慢恢复平静。

罗天癸回了罗家坡，变卖了家产，换成了现银，随后带着全部家资，请了上好工匠，重新回到九水坡。罗天癸搭了几个窝棚，吃住都在山上。太乙寄养在万掌柜家里。罗天癸从此不再给任何人家堪舆风水，一心一意给秋云修坟立墓。

庚

这墓一修就是六年。

罗天癸白发苍苍了。

罗太乙十八岁了，进了国民党军校，成了威武的军人了。

罗天癸拱这座双合大墓是下了一番苦心的，花费了罗天癸半生积蓄。为了防止破坏和盗墓，墓心用二十块巨型条石围成一个长方形，墓顶是一整块厚达三尺三寸的青石。墓外用黄土封住，几十个工匠花了半年时间夯实。罗天癸挑选良辰将秋云尸骨迁埋到新墓里。秋云尸骨边上留有一个空位，是罗天癸留给自己的。

天近黄昏，工匠们按照罗天癸的要求，做完最后一项活。罗天癸给工匠们结算了工钱，打发众人下了山。罗天癸围着大墓走了几遭，确信是方圆几百里最气派的墓了。盗墓贼很难下手。罗天癸看看天，日头西坠，霞光柔软温暖。他想起了第一次来九水坡，给万家踏完坟地离去时看见的霞光。转眼间十余年过去了，风华无限的罗先生如今也满头白发。罗天癸看着自己投在山上的影子，感慨万千。

罗天癸走上龙抬头最高峰，眺望远方，方圆百里尽收眼底，云山雾罩，山势连绵涌动，万点金光正一点一点铺展开，正可谓朝晖夕阴，气象万千。罗天癸志得意满，激情澎湃，不觉脱口喊出，真乃"龙眼威风"也！自此，"龙眼威风"的穴名便流传开来。回首看那山脉蜿蜒而来的方向，山岭起伏跌宕，真似龙腾云海，那奔涌的山势造就了九水坡气魄浩瀚。俯首看那双合大墓，墓身黄色封土反射着金色光芒，龙眼圆睁，龙头昂首，平添了蓄势腾空的威风。罗天癸看着自己苦心经营的"龙眼威风"，迎着山巅徐徐微风，口中轻吟，圆满了，圆满了……

辛

暮色四合，九水坡进入了宁静之夜。罗天癸在窝棚里挂上了一盏灯。灯被一根细麻绳吊着，麻绳中间捆扎着三炷香。灯下堆满了黄表纸，纸上浸透了麻油。罗天癸看看自己摆下的机关，确信是万无一失的。罗天癸点燃了那三炷香，提着一壶酒，出了窝棚，心满意足地走向了那座双合大墓。

罗天癸躬身从墓门钻进了墓里。墓道里散发着呛人的湿气，罗天癸轻轻咳嗽。到了墓室中心，放下师父传下的衣钵，在秋云旁边坐下来。罗天癸拧开酒壶盖子，陈年烧酒的香气驱散了墓室里的潮气。

罗天癸设下了巧妙机关。那三炷香烧到麻绳时，麻绳就会被烧断，那盏灯就会落在油纸上引燃，燃烧的油纸就会烧着窝棚，那火会越烧越旺，给龙眼开光。旺火会将连成一片的窝棚烧成灰烬，大墓周围会成一片废墟。待到落一场秋雨，雨水冲刷了灰尘，大墓周围就会呈现出一个清新墓场，来年枯根接引地气，新枝就会吐绿，山草也会发芽，又是一派蓬勃新象。

那火还会引燃一条引信，引信直通向墓门，墓门那里罗天癸埋下了火药。引信引燃火药，崩倒墓门口的三根石柱，吊起来的三块石门就会在瞬间落下，永久封死了墓室。这是罗天癸苦思冥想设下的玄关。

罗天癸想起了许多零乱旧事。

罗天癸想到了师父，想到了秋云，还有儿子太乙。那些熟悉的面孔在眼前渐次清晰了。罗天癸觉得这辈子最对不住的人就是秋云了。这个世界上只有他自己知道为什么会迎娶奇丑无比的秋云。

罗天癸还想起了第一次来九水坡的情景，不禁兀自笑了。

那戳铜钱，穿钱孔的绝艺，都是演戏给九水坡人看的。罗天癸走南闯北，不仅练就一双法眼，也练就了一双魔手。那四枚钱就是罗天癸给万掌柜变的戏法，他就是想让九水坡人相信，踏给万掌柜老娘的坟地就是九水坡第一流的好穴，那样就没人去惦记到他相中的龙眼威风了。那四枚生了绿锈的老钱，是罗天癸巧设的一个伏笔。

罗天癸悄悄地对秋云说，这是一块方圆百里也难寻的风水宝地，我们的儿子要当大官了，会当将军的。然后，咽下最后一口烧酒，躺下去，很幸福地闭了眼。

墓门轰然落下。

在那声沉闷的巨响里，罗天癸抓紧了那竿青竹。

壬

罗天癸的大墓修好后不久，万掌柜就死了。万掌柜一死，万家明显一天不如一天了。战争来了，兵荒马乱的，军阀、土匪，整天不消停，狗咬狗。老百姓遭殃了，万家也跟着倒霉，十几家商号和铺子都开不下去了，军阀逼，土匪抢，不到十年，万家所有在外的商号铺子都关了板，只靠九水坡里里外外几百亩地招呼一大家子。后来地也不行了，闹天灾，接连几年几乎绝收，万家撑不下去了。九水坡万姓族人开始了逃荒，不到二十年，死的死，逃的逃，九水坡万姓人家从二百户减少到了二十户。想当年，九水坡富得流油，如今穷困潦倒，叮当山响，万家是彻底衰败了。

罗天癸精心布下的局，似乎在慢慢应验。二十年后，罗太乙再出现在九水坡，真真就是国军的炮团司令了。当了炮团司令的罗太乙正踌躇满志，也可以说野心勃勃。这次他带着炮团来九水坡，是奉了军团司令的命令。军团司令给他下命令时，拍着罗太乙的肩膀，像是教导一个孩子，说，太乙，你们的任务是集中炮火，将炮弹统统打光，轰平八五〇高地，轰碎小日本狗娘养的，这次干得漂亮，回来我就提拔你当师长。

八五〇高地就是九水坡的龙抬头。龙抬头上盘踞着日军一个机枪中队，封锁了国军主力增援过凤岭的必经之路。罗太乙的炮团奉命进入阵地，带着对师长的想与对鬼子的恨，罗司令一声令下，几十门炮一起开火，几百发炮弹在龙抬头上空下了饺子，将龙抬头轰碎了。罗太乙回去复命，还真真就当了师长，虽说是一个临时拼凑的杂牌师的师长，可毕竟是师长，炮团司令顶天相当于一个旅长。

罗太乙四十岁刚出头，就混了个少将师长，罗天癸在"龙眼威风"里躺着，也该偷着乐了吧！估计罗天癸是乐不起来了。罗天癸精心策划了一个局，夺了九水坡的风水，万家人没有挖坟掘墓，却让自己儿子用炮给轰碎了。双合大墓封土让炮弹削平了，露着墓上盖顶白花花的石头片子，冬天漏风，夏天漏水，呛了一下子炮烟。罗天癸算计了一溜十八遭，就是没有算计到挖坟掘墓的会是自己儿子。

正当罗师长奉命带着部队，意气风发地走在增援过凤岭的路上，在杨树漫子被日军一个联队给包了饺子了。名义上罗太乙带着一个师，实际战斗力还不如一个团，日军几次冲锋，打得稀里哗啦。罗太乙请求军团司令支援，军团司令说增援部队马上就到，可眼瞅着鬼子嗷嗷叫着冲到眼皮底下，也没看到增援部队的影子。死到临头了，罗师长才想明白，军团司令派他增援是要他吸引日军主力，其实就是将他这个师塞到锅底下当炮灰的。罗师长正躲在一棵树后面跳着脚骂军团长娘，一个追击炮弹鬼使神差地在罗师长身后炸了，炮弹片子从脖子切进去，血沫子咕嘟咕嘟冒，没一会儿就断气了。师长没当几天就光荣了，罗太乙有点冤。军团司令在追悼会上却说了，不冤，为抗日光荣了不冤。罗太乙一夜之间成了民族英雄了，死了也够本了。英雄本来是要青史留名的，不想，后来国民党被打到台湾去了，青史也就没罗太乙的名了。

癸

　　衰落了的九水坡万姓越来越少，建国后外姓陆续往里进，挤兑到万姓就剩下了一户。这一户后来也没保住，一脉单传，娶了刘姓闺女，倒插门，男娃倒是生下了，可是跟着娘姓了刘姓，至此万姓在九水坡绝迹了。曾经在九水坡显赫一时的宗族，短短几十年便销声匿迹了。许多年后，有万姓人清明节回九水坡来迁坟，说是九水坡风水不好。有人辩驳，不是九水坡风水不好，是罗天癸夺了九水坡的风水，九水坡才败了。不过，人算还是不如天算，到头来，罗天癸巧夺的好风水还是让自己儿子一炮轰碎了。

　　万姓祖坟相继被迁走了。罗太乙死时没有留下后人，罗家也就断了香火，龙抬头上那座罗天癸的坟也就那么撂荒着，无人照管。六十年代，九水坡修水渠，有人就把罗天癸墓石撬开了，巨石用雷管炸成了小块，抬下山垫了水渠地基了。撬石头的汉子在原地堆起一个土包包。又是许多年过去了，荒烟蔓草的，连那个土包包也看不见了。

　　九水坡晨钟暮鼓，春种秋收，还算太平，几十年却再没出过什么显赫人物。九十年代末期，锦西县周易学会高会长走进九水坡，寻找罗天癸的故事。百姓们说东道西，罗天癸一会儿是人，一会儿又成了神，一会儿又变成了鬼，听得高会长兴致勃勃。百姓问，九水坡还能出大官吗？很大很大的那种官？高会长没有正面回答问话，只是在看过轰碎了的龙抬头后，无比叹息地说，九水坡本是绝佳地脉，龙抬头一碎，地脉就断了，地脉一断，地气也就散了。

图书在版编目（CIP）数据

翠衣 / 张忠诚著. －－北京：作家出版社，2016.7

（21世纪文学之星丛书. 2016年卷）

ISBN 978-7-5063-9103-0

Ⅰ. ① 翠… Ⅱ. ① 张… Ⅲ. ① 短篇小说－小说集－中国－当代 Ⅳ. ① I247.7

中国版本图书馆CIP数据核字（2016）第191583号

翠　衣

作　　者：张忠诚
责任编辑：李亚梓
特约编辑：朱晓岭
装帧设计：守义盛创
出版发行：作家出版社
社　　址：北京农展馆南里10号　　邮　　编：100125
电话传真：86-10-65930756（出版发行部）
　　　　　86-10-65004079（总编室）
　　　　　86-10-65015116（邮购部）
E-mail:zuojia@zuojia.net.cn
http://www.haozuojia.com（作家在线）
印　　刷：三河市北燕印装有限公司
成品尺寸：142×210
字　　数：190千
印　　张：7.875
版　　次：2016年11月第1版
印　　次：2016年11月第1次印刷
ISBN 978-7-5063-9103-0
定　　价：30.00元